# SE INFESTA È UNA FESTA

## I MISTERI DEL CIMITERO DI GRIMDALE, 2

STEFFANIE HOLMES

## ISCRIVETEVI ALLA NEWSLETTER
## PER RIMANERE AGGIORNATI

Volete una scena bonus gratuita del ballo scolastico di Bree, insieme alla sua playlist? Se vi iscrivete alla newsletter di Steffanie Holmes riceverete una copia gratuita di *Gabinetto delle curiosità*: un compendio di racconti e scene bonus di Steffanie Holmes.

https://www.steffanieholmes.com/newsletteritalian

Ogni settimana, nella mia newsletter, parlo di vere e proprie infestazioni, strani avvenimenti, rovine fatiscenti e fatti inquietanti che ispirano le mie storie. Con la newsletter riceverete anche scene bonus e aggiornamenti esclusivi. Adoro parlare con i miei lettori, quindi unitevi a noi per un po' di spettrale divertimento :)

# SE INFESTA, È UNA FESTA

**Nulla è per sempre. Nemmeno la morte.**

Sono Bree Mortimer e posso riportare in vita i fantasmi.

Il centurione romano che vive nella mia camera da letto, sexy come Ade, è la prova vivente che posso resuscitare i morti. Ora devo solo impedirgli di nuotare nudo nel laghetto delle anatre, e di infilzare gli uomini con i capelli raccolti in uno chignon, e la mia vita sarà perfetta.

Ah-ah. È una battuta. La mia vita è un fallimento da urlo. Ho due amanti fantasma che desiderano ardentemente che io li riporti qui, ma se non riesco a controllare i miei nuovi poteri magici, potrebbero esserci conseguenze funeste.

E sarà difficile, visto che l'unica persona che avrebbe potuto aiutarmi è stata fatta a pezzi da un mostro che non può, nel modo più categorico, essere umano. Un potere oscuro è a caccia della magia della resurrezione, e se non trovo il modo di fermarlo, la prossima sarò io.

Per fortuna, ho dalla mia parte un ex fantasma psicotico che brandisce una spada, un nobile libertino sarcastico, un gentiluomo vittoriano dolce come un cinnamon roll, un pipistrello sadico, una libraia che uccide i vampiri e un'impresaria di pompe funebri. Ho ottime possibilità di farcela, giusto?

*Giusto?*

**Bree e i suoi uomini fantasma sono tornati per un'altra spettrale avventura in *Se infesta è una festa,* il secondo libro di questa serie fantasy dalle tinte cupe e ironiche, dell'autrice bestseller Steffanie Holmes. Se amate le eroine sarcastiche, i fantasmi sexy, possessivi e leggermente squinternati, i misteri da risolvere e un po' di amore spettrale e bizzarro, allora smettetela di fare gli spiritosi e iniziate a leggere!**

*A mio padre,*
*il mio primo eroe*

Bibamus moriendum est.
La morte è inevitabile;
Beviamo.
-Aforisma latino, attribuito a Seneca il Vecchio

# PROLOGO

«A cosa serve questa pietra?»

La giovane e procace meretrice interrompe la lettura di Vera.

Lei nasconde il suo disappunto con un piccolo e misurato colpo di tosse, e per l'ottava volta nel giro di un'ora chiude il libro di incantesimi e rivolge la sua attenzione alla fastidiosa cliente.

*Non dovevo fare questo mestiere!* Avrebbe dovuto avviare quell'allevamento di capre, come aveva pensato, ma la sua amica Mabel Ellis, di Argleton, aveva insistito perché condividesse i suoi doni con il mondo. Mabel non prende bene i *no* (che invece sembrano essere la parola preferita di Vera), così, prima di rendersene conto, Vera aveva venduto la sua capra preziosa, pagato l'affitto 'di un anno per un negozio in High Street e fatto scorta di acchiappasogni super-pacchiani.

Tutto ciò è accaduto sette anni fa e, da quando ha iniziato a gestire il suo negozio New Age, Vera ha conosciuto circa tre operatori di magia davvero talentuosi e un numero infinito di adolescenti fastidiose, darkettoni imbronciati e casalinghe tristi in cerca di un segno magico che dicesse loro di lasciare il marito.

«Allora? Attira l'amore? Protegge? Approfondisce amicizie?» la incalza impaziente la ragazza. Dietro di lei, due sue amiche altrettanto fastidiose sbirciano i lavori di artigianato fantasy, ridacchiando davanti alla *Dama del Lago* a seno nudo.

«Quella arancione? Va infilata dentro la gigiabaffa, tesoro.» Vera torna al suo libro, che usa per nascondere il sorriso che non riesce a trattenere, mentre la ragazza prende atto delle sue parole.

«Cioè... come, scusi?»

«Oh sì. È un'antica pratica druidica. Le donne si infilano nella topa pietre simili e le tengono lì, dentro la pelosetta, per qualche ora, o anche per tutta la notte. Armonizzano la *yoni*, tonificano i muscoli del nostro giocattolino e trasformano il mondo sotterraneo delle mutandine in uno scabroso tunnel di incalcolabile piacere.» Vera fa una pausa per ottenere un effetto drammatico. «Lode sia alla dea.»

Vera adora la quantità di sciocchi eufemismi che gli esseri umani hanno creato per l'anatomia femminile, solo per evitare di dire *fica*: una parola antica con un potere così grande che pronunciarla davanti al libro di incantesimi sbagliato può scatenare una nuova apocalisse. Si diverte a contare gli eufemismi che riesce a usare prima che i clienti inizino a indietreggiare e smettano di infastidirla.

«Oh, beh...» La ragazza fissa la pietra. «Ma è fantastico. Ho giusto un tizio nuovo, che mi piace, e vorrei proprio rubarlo a quella megera della sua ragazza. Se il mio, ah, scabroso tunnel fosse migliore del suo, beh...»

«Non serve dire altro, mia cara. Basta solo che infili quella pietra all'interno dei petali del tuo fiore abissale e lui cadrà completamente sotto il tuo incantesimo.»

«Okay! Grazie.» La ragazza sceglie la pietra di luna arancione più grande che trova e la posa sul bancone. «Quanto?»

«Ehi, aspetta, ne vogliamo una anche noi.» Le sue due amiche corrono da lei, scelgono altre pietre tra le più grandi e rovistano tra i santini sul bancone prima di acquistare anche un po' di quelli. Vera fa pagare loro il doppio del prezzo normale, perché non crede che la stupidità debba essere premiata. Quando le ragazze escono dal negozio ridacchiando, il campanello della porta trilla.

*Buona Candida a te, sciocchina. Non capirò mai perché qualcuno ritenga una buona idea infilarsi una pietra porosa nell'abbandonato giacimento di uranio della conoscenza carnale. Però sarò ben felice di subire la loro ignoranza. Lode sia alla Dea per Goop, che ha cresciuto una generazione di creduloni fessacchiotti.*

«È stata cattiveria pura» commenta Lottie, spuntando da dietro l'espositore del Buddismo con le braccia incrociate al petto trasparente.

«L'ho trovato esilarante.» Agnes si tiene la pancia, le spalle che ancora le tremano per le risate. «Alcune persone sono troppo sciocche per esistere.»

«Bah...» Con un cenno di assenso Vera torna al suo libro. Le tre streghe si spostano verso il retro del negozio, per discutere dei vari usi del giusquiamo nero, e di chi vorrebbero vincesse *The Bachelor - L'uomo dei Sogni,* che ogni tanto Vera le lascia guardare al suo televisore. Ormai è abituata a tutte le loro chiacchiere. Trattano il negozio quasi fosse il loro quartier generale. Almeno, loro sono molto più sopportabili della media dei suoi clienti Viventi.

Vera controlla l'orologio. Mancano solo cinquantasei minuti alla chiusura. Si massaggia l'anca malandata e pensa con brama alla tisana e ai pot brownies che la aspettano al piano di sopra, ma il campanello del negozio trilla di nuovo.

Un brivido le percorre la schiena.

La temperatura nel negozio crolla di sei gradi *esatti.*

«Cosa... cos'è *quello?*» esclama Lottie con un sussulto.

Vera non alza nemmeno lo sguardo e continua a riordinare i santini che le ragazze hanno scompigliato. Sa esattamente di cosa si tratta.

L'aveva capito subito che era inevitabile. Nel momento preciso in cui Bree Mortimer aveva messo piede nel suo negozio. Sperava solo di aver predisposto tutto per bene.

«Non mi aspettavo di vederti così presto» mormora, posando Sant'Ignazio davanti a lei. Povero Ignazio, dato in pasto ai leoni del Colosseo al cospetto di una folla ruggente. Sembrava proprio che quel dio cristiano amasse sottoporre i suoi più fedeli servitori a tormenti atroci.

«Sai bene che non sono qui per te» dichiara la creatura con voce roca. Si muove verso di lei, i passi quasi insonorizzati dagli spessi tappeti orientali sparsi in giro per il negozio come in un patchwork. Vera lancia un'occhiata furtiva alle sue scarpe: stivali neri lucidi abbinati a ghette con i bottoni bianchi. Un po' all'antica.

*Hmmmm.*

Non se lo sarebbe aspettata. Di solito mandavano qualcuno di più moderno. Erano rinomati per la loro efficienza. Ordine. I vecchi non avevano gli strumenti per essere ordinati.

La creatura si ferma davanti al bancone. La sua presenza risucchia tutta l'aria dalla stanza. Vera sente una delle streghe sussultare.

«Penso che dovresti scappare, Vera» mormora lenta Lottie. «Questo tizio non mi dice nulla di buono.»

«Però è piuttosto curato, non trovi?» aggiunge Mary. «Quel cappello raffinato e quel mantello elegante...»

«Ti sei trovata un nuovo fidanzato, Vera?» chiede Agnes nel solito tono tagliente. «Avresti potuto dircelo. Se pensi che ce ne andremo per lasciarvi qui a tubare in santa pace, ti sbagli di grosso. Ci hanno già impedito di gironzolare per Grimwood

Manor e abbiamo bisogno di un posto dove condurre i nostri importanti affari spiritici.»

La creatura emette un sibilo basso e terrificante, simile a quello di un bollitore in pressione, che zittisce Agnes.

«Se non sei qui per me e non hai intenzione di comprare nulla, allora non ho niente da dirti.» Vera sposta le carte di Sant'Agata sul davanti dell'espositore.

«Sono qui perché ho un messaggio da recapitare.»

«Ti sembra che abbia la scritta ROYAL MAIL stampata in fronte?» sbotta lei.

«Tu non sei il messaggero. Tu sei la pergamena.»

Vera alza di scatto la testa: se è destinata a morire, vuole guardare la morte in faccia.

*In effetti, è un cappello piuttosto raffinato...*

«Ah» esclama lei con un sospiro. «Hanno mandato *te*. Vedo che hanno tirato fuori i pezzi da novanta.»

Il mostro inizia il suo macabro lavoro e tutto si fa nero.

# I

## PAX

Ho le ossa.

E la *pelle*.

Alzo l'altra mano e mi tiro le unghie. Ho le unghie, e sento che se le tiro mi fanno male.

Sento *tutto*. Sento il peso del mio corpo sulle gambe e le piante dei piedi che affondano nella terra sotto i sandali. Sento un dolore fastidioso al gomito del braccio con cui brandisco la spada. Il vento mi sferza la tunica intorno alle ginocchia, e sfiora la mia *verpa*, che si gonfia di gioia.

Le dita di Bree stringono le mie, e il tocco è più puro e viscerale di qualsiasi altra cosa abbia mai conosciuto.

Sento l'odore del bosco, di piscio di volpe e di qualcuno che cucina qualcosa di delizioso.

Sento l'odore di *Bree*. Il suo profumo di pera e mandorla, con sfumature di fumo e tristezza.

«Pax?» grida. La sua voce è pura musica per le mie orecchie.

Le mie orecchie! Me le strattono. Sono vere!

Gli dèi hanno scelto me. Mi hanno salvato!

Sono vivo.

Il mio cuore scoppia di una gioia che ho conosciuto solo

quando infilzavo i druidi, o la notte in cui, insieme a Edward e Ambrose, abbiamo portato Bree a letto. Strappo la mano dalla sua e mi inoltro nel bosco, urlando di gioia perché posso correre! All'inizio le mie gambe tremano un po', prima di ricordare cosa devono fare.

Schivo, salto e mi rotolo nella terra. Rido fino a farmi venire il mal di gola. I rami degli alberi mi grattano la pelle, lasciandomi piccoli graffi che fanno male. Uno addirittura sanguina. Sto *sanguinando*.

«Per il santo scroto di Marte, sto sanguinando!» urlo.

«Tutto bene? Pax, dove sei?»

Rallento fino a fermarmi. Poi mi afferro l'orlo della tunica e della sottotunica di lino e le tiro su. Sotto, il mio pacco è ancora intatto e, per la prima volta in quasi duemila anni, è... beh, sì, intatto! Al di là della mia verpa non vedo il terreno sottostante. Me la afferro e le do un colpo, così, per sperimentare.

La sensazione del tocco... è indescrivibile. Anche l'altra sera, con tutto quello che siamo riusciti a fare grazie al cristallo di Bree, non è stato niente di simile. Questa è una sensazione squisita. *Reale*.

Dimentico la corsa. Sono quasi duemila anni che non mi faccio una bella sega.

«Pax, dove sei? Ti sei fatto male?» Bree corre tra gli alberi. Appena mi vede, strabuzza gli occhi. «Sei tornato vivo e questa è la prima cosa che ti viene in mente di fare?»

«No» grido, sollevando le mani dalla mia verpa. Mi avvicino a lei come farebbe un leone che caccia un cerbiatto, e azzero lo spazio tra di noi. Le porto una mano dietro il collo, le sfioro i capelli di seta, e la tiro a me. «*Questa* è la prima cosa che voglio fare.»

E premo le labbra sulle sue.

# 2

## BREE

Le labbra di Pax sono calde. Sanno di vino fresco d'estate, di sangue e di vendetta. Lui sa di tutti i miei sogni più oscuri che diventano realtà.

Sa di *reale*.

Mi infila le dita tra i capelli, tenendo ben ferma la mia testa contro la sua. Con l'altro braccio mi stringe il corpo. Ha dei muscoli così robusti e forti che potrebbe spezzarmi in due se volesse. Ma Pax è proprio così: nonostante sia un fantasma spaventosissimo e mostruoso non ho mai creduto nemmeno per un momento che potesse farmi del male. Mi ha sempre protetto.

Solo che ora non è più un fantasma.

E quella fame che ha negli occhi è decisamente da *umano*.

E tutta per me.

«La piccola Bree Mortimer» sussurra e mi fa indietreggiare, sovrastandomi con la sua mole. «Ormai cresciuta.»

Arretro fino ad appoggiarmi al tronco di un albero. Tra di noi c'è ancora un filo d'argento, anche se ora è illuminato da una pallida ed eterea luce blu.

Mi rendo conto che abbiamo percorso un grande cerchio nel

bosco e siamo tornati al punto di partenza, nella radura con la vecchia quercia nodosa, l'altare sgretolato e la sua tomba aperta. Non so se dovremmo fare queste cose proprio qui, con le sue ossa che vegliano su di noi, però in un batter d'occhio le sue mani sono su di me e i suoi denti mi graffiano il collo e a me non potrebbe interessare di meno della sua tomba.

Pax è vivo.

*Vivo.*

E il modo in cui mi tocca...

Mi stringe la maglietta nella sua enorme mano e me la strappa. Non indosso il reggiseno e il suo volto si illumina, quasi fosse Natale nell'antica Roma.

Si china e mi prende in bocca un capezzolo. All'inizio è delicato, e ci passa intorno la lingua, in un lento cerchio che mi fa impazzire. Ma dovrei sapere che il mio soldato non può rimanere così tenero a lungo. Mordicchia un po', e mi fa gemere di desiderio.

Il sentiero pubblico è vicino, un po' più avanti lungo il canale. Potrebbe passare chiunque e vederci. Non mi interessa. *Non mi interessa.* A me non interessa di altro che non siano le mani di lui su di me, quella lingua e le labbra che mi divorano e mi fanno sua.

Lui geme e si struscia contro di me, con il cazzo, o forse dovrei dire la *verpa,* dura come una spada e molto, molto reale. Ricordo quanto era grande quando l'ho presa in bocca, quanto era buona, e non voglio aspettare un altro momento. Mi sento una morsa al cuore e mi fa male il ventre, e lo voglio dentro di me, *subito.*

«Voglio fare quello che non siamo riusciti a fare ieri sera.» Pax mi manda a sbattere con la schiena contro la quercia. Sollevo le gambe d'istinto e blocco le caviglie dietro di lui. La gonna mi sale sulle cosce. Tra noi c'è solo il sottile tessuto delle mie mutandine.

«Ottimo. E io muoio dalla voglia di avere un cazzo romano dentro di me.»

È una scelta di parole sbagliata, soprattutto perché *la morte* è esattamente ciò che ci ha portato qui, a questo momento di disperazione in mezzo ai boschi. Ma credo che Pax colga solo il desiderio che ho nella voce.

Con un urlo, mi strappa le mutandine.

L'aria fresca mi bacia la fica esposta. Mi sfugge un gemito di desiderio nell'istante in cui mi solleva le cosce per posizionarmi con l'angolazione giusta. La superficie muschiata dell'albero fa da cuscinetto alla mia schiena e lui mi spinge le gambe più in alto, per poi penetrarmi in un unico, deciso, colpo.

Fa male, ma è così bello. È passato parecchio tempo dall'ultima volta che ho fatto sesso. L'ultima volta è stato con una guida escursionistica in Nuova Zelanda. Mi ero infilata nel suo sacco a pelo una notte in cui eravamo soli in una baita... peccato che non fossimo davvero soli. I fantasmi di due escursionisti che avevano mangiato funghi velenosi non volevano saperne di tacere. Ricordo che io non riuscivo a farmi venire voglia, così l'ho lasciato lì, tutto ingrifato, e sono uscita a fumare un po' d'erba.

Invece Pax sembra fatto apposta per me. La sua verpa tocca tutti i punti giusti, mi dilata come mi stesse impalando. E mi penetrasse fino in fondo, fino al cuore.

Ma chi voglio prendere in giro? C'è già arrivato, al mio cuore.

«Sei squisita» sospira.

Il suo sguardo incrocia il mio, i suoi occhi azzurri da bambino sono ricolmi di fame e di qualcosa di simile all'adorazione. Poi si china verso di me, mi prende la nuca con una mano enorme e stringe un po', non abbastanza da farmi male o da togliermi il respiro, ma abbastanza da farmi sentire nel ventre il brivido ruvido del possesso, mentre affonda dentro di me.

Non riesco a pensare. Mi sta scopando fino a farmi dimenticare qualsiasi cosa. È così che morirò, contro un albero, il bacino ridotto in polvere per il miglior sesso che abbia mai fatto in vita mia?

Che razza di modo, per andarsene.

Controllo delle nascite? Malattie a trasmissione sessuale? Si può rimanere incinta di un centurione romano morto da secoli? Ci penserò domani.

Stringo le gambe, avvicinandolo ancora di più a me, e costringendolo ad affondare ancora di più. Con i denti Pax mi raschia il labbro inferiore. Sento il sapore del sangue. Mi avvinghio alle sue spalle, il piacere che cresce dentro di me, come uno sciame di api, con la regina che vuole disperatamente nutrirsi e scopare.

Pax infila l'altro braccio tra di noi e mi preme il pollice sul clitoride, strofinando così forte che mi fa quasi male. Ma sono così vicina al limite che non ci vedo più.

Riverso la testa all'indietro e vengo. Il bosco diventa buio. Perdo *la vista*, porca vacca. Sono una stella che diventa una supernova, un buco nero che risucchia tutto ciò che incontra, ed esisto solo in questa esplosione di piacere.

Riacquisto piano la vista e rientro nel mio corpo. Scopro che le mie ginocchia hanno ceduto completamente e l'unica cosa che mi impedisce di crollare a terra sono le forti braccia di Pax. Lui geme, i lineamenti rapiti mentre possiede il mio corpo come ha sempre posseduto il mio cuore.

«Potrei andarmene felice da questo mondo» mi sussurra, «ora che ti ho visto venire così su di me.»

«E tu?» gli chiedo.

«Oh, donna, ormai ci sono.»

E spinge, così a fondo e con così tanta forza che so che

domani mi farà male. Il suo volto si contorce e, con un grido, viene anche lui. È un grido di guerra. Di un guerriero che combatte con i suoi demoni per avere il mio corpo, e ne esce trionfante.

Ci appoggiamo all'albero, ansimando, i nostri corpi madidi. Il sudore di Pax ha un odore dolce. Chissà cosa si prova a sudare per la prima volta dai tempi dell'Impero Romano.

«Per essere uno che non scopava da duemila anni» sussurro, «hai recuperato in fretta.»

Pax fa un passo indietro, le sue gambe, robuste come tronchi, tremano un po' mentre mi tiene per la vita e si assicura che io riesca a stare in piedi da sola. «Alcune cose non si dimenticano, a prescindere da quanto tempo passi.»

«Pax, cazzo. Cosa...»

«Bree, dove sei?» grida dietro di noi una voce familiare che mi fa sobbalzare tra le braccia di Pax. «Che succede?»

*Oh, merda. Ci hanno visti.*

# 3

## BREE

Mi trema la voce

«È Ambrose» sussurro.

Pax borbotta qualcosa e mi sfiora il collo con il naso. Io lo spingo via e inizio a risistemarmi la gonna.

«Non ti vede» dice Pax.

«Non è questo il punto.» La mia camicia è rovinata, così lego le due estremità in modo che almeno mi copra le tette, proprio nell'attimo in cui Ambrose entra nella radura.

«Bree, sei qui? Sento il tuo odore. E Pax dov'è? Non lo sento. È a caccia di druidi? A volte vorrei che ci fosse davvero un druido da cacciare. La nostra vita sarebbe più interessante.»

«Attento!» grido, ma è troppo tardi. Ambrose lancia un urlo e crolla nella fossa.

Io e Pax ci precipitiamo verso il bordo della buca e sbirciamo dentro. Ambrose sta girando in cerchio, percorrendone il fondo. «Che cos'è questo? Bree, perché c'è un buco gigantesco qui?»

«Esci da lì» gli ordina Pax. «Smettila di ballare sulla mia gabbia toracica.»

Mi giro sorpresa verso Pax. «Lo vedi?»

Lui annuisce.

*Interessante*. Quindi anche Pax umano vede i fantasmi. O, almeno, un fantasma in particolare.

«Pax?» Ambrose è sempre più confuso. «Sei tu? Sento la tua voce, ma non riesco a percepire la tua essenza fantasmatica da nessuna parte...»

«Ambrose, afferra la mia mano. Devi uscire da lì.» Mi sporgo verso la buca e gli tendo la mano. Le dita di Ambrose sfiorano le mie, trasmettendomi quella scossa di calore ormai familiare. Poi usa la percezione di me per farsi strada verso la parete e riemergere in superficie.

*(Non chiedetemi come fa un fantasma a cadere in una buca quando tecnicamente i fantasmi fluttuano. La risposta è sempre fantasmaticità, okay?)*

«È stato esilarante. Sei crollato proprio in mezzo alle mie ossa.» Pax colpisce Ambrose su una spalla, ma lo trapassa con tutto il braccio. «Nell'Antica Roma saresti stato crocifisso per questo.»

«Bree, ma che succede?» Ambrose rabbrividisce e si strofina le spalle. Poi fa una smorfia e sembra stia per scoppiare a piangere. «Quando mi hai toccato adesso, ho *sentito* male. E poi, cosa ci fa qui questa enorme buca?»

«È...» Faccio un grosso respiro. *Mi sa che ci siamo.* «È la tomba di Pax.»

«Hai trovato le sue vecchie ossa polverose?» chiede Ambrose ansimando.

«Esatto.»

«Ed è una tomba vera? Cioè, i suoi uomini gli hanno dato una vera e propria sepoltura romana? Quindi questo significa che è passato oltre?»

«Sono qui, Ambrose» dice Pax incrociando le braccia.

«Ma sento di nuovo la sua voce, quasi fosse ancora qui con noi. Credo che lo sarà sempre, nei nostri cuori.»

«E infatti, è qui.» Il delizioso dolore che avverto tra le gambe ne è la prova.

Apro la bocca per spiegare, ma Pax, essendo Pax, decide che una dimostrazione pratica farà capire meglio il concetto. Così infila un braccio dritto in mezzo al petto di Ambrose. Lui urla e barcolla all'indietro, stringendosi la pancia.

«È stato orribile. Come essere investiti da uno schiacciasassi imbevuto di vino. Bree, hai fatto il bagno nel vino o qualcosa del genere? Aaahhh... ma perché l'hai fatto? Fa un male terribile.»

«Non sono stata io» esclamo. «È stato Pax.»

«Non ci capisco nulla.» Ambrose spalanca gli occhi. «Pax non può trapassarmi in quel modo con un suo braccio. E se tu hai trovato la tomba di Pax, dovrebbe essere passato oltre. Vuoi dire che alla fine non era questa la questione in sospeso di Pax? Dobbiamo eseguire qualche antico rituale romano per placare i suoi dèi? Posso essere d'aiuto? Adoro i rituali.»

«Non c'è bisogno di alcun rituale» replica Pax. «Bree mi ha riportato in vita.»

Ambrose scoppia a ridere, poi strizza gli occhi e si massaggia di nuovo lo stomaco. «Certo, Pax. Bree ha fatto sì che tu non fossi più un fantasma. È una cosa che può senz'altro fare.»

«A quanto pare, sì» dico.

«No, aspetta, ma è *vivo?*» Ambrose strabuzza gli occhi nel contemplare una simile possibilità. «Pax, il centurione romano, è *vivo.*»

«Molto vivo.»

«Io e Bree abbiamo appena sco...» borbotta Pax, e io gli schiaffo una mano sulla bocca.

«Non so come sia successo» mi affretto a dire, non ancora pronta a rivelare ad Ambrose i fatti recenti. «Ho scoperto la tomba qualche giorno fa e sono stata tormentata dall'idea di perderlo, così non ho detto nulla a nessuno di voi. Oggi ho portato qui Pax per dirgli addio. Quando gli ho mostrato la tomba, siamo stati circondati entrambi da un filo argenteo. Gli ho toccato una mano e all'improvviso le sue dita hanno stretto le mie.»

«Ma questo è... Bree, è fantastico.» Ambrose trova la mia mano e la afferra. Un sorriso gli illumina il volto. «Abbiamo sempre saputo che eri speciale, ma questo è incredibile. Hai riportato in vita Pax.»

«Sono sicura che io non c'entro nulla. Probabilmente è merito di una di quelle monete, o degli amuleti nella tomba, o qualcosa del genere. Ho dato a Pax la moneta che i suoi soldati gli avevano lasciato perché pagasse il traghettatore.» Mi rivolgo a Pax. «Forse l'ha ritenuto un compenso troppo basso e ti ha risputato fuori.»

«Potresti farlo anche con me?» Ambrose saltella, tutto eccitato. «Puoi riportare in vita anche me? Pax, passami quella moneta.»

«Ambrose, no. Non so che cosa ho fatto. E il problema è proprio questo!» Alzo le braccia in aria. «Non credo di avere fatto niente, io. E non posso ricreare la situazione se non capisco cosa sia successo. Non voglio sbagliare qualcosa e farti del male.»

*O mandarti dove non potrò seguirti.*

«Non c'è problema. Possiamo trovare una soluzione. Intanto, dobbiamo riportare Pax a casa. Edward si arrabbierà quando lo vedrà.» Ora Ambrose è così emozionato che non si limita a saltellare: fa veri e propri balzi in aria. Pax, invece, ha perso interesse per la nostra conversazione ed è incantato da una coccinella che gli cammina sulle dita. «A prescindere da quello che dici, so che sei stata tu a farlo accadere. In qualche modo, hai riportato in vita Pax. Forse puoi riportarci tutti in vita, così potremo stare insieme.»

# 4

## BREE

«Quando al telefono mi hai detto che dovevi mostrarmi qualcosa, non mi aspettavo di trovare nel tuo salotto questo gran pezzo di centurione romano.» Dani si aggrappa allo stipite della porta per reggersi in piedi. «Ciao, Pax. Sei più alto di quanto mi aspettassi.»

«Dani? Ma sei in carne e ossa, come me.» Pax le corre incontro, a braccia aperte, e la solleva da terra in un enorme abbraccio. «Sei un'amica di Bree e quindi un'amica di Pax. Giuro sulle gonadi tintinnanti di Giove che ti proteggerò con la spada e che trafiggerò i tuoi nemici, o li crocifiggerò, o li darò in pasto ai leoni: dimmi tu cosa preferisci.»

«Tutto questo è, ehm... fantastico» esclama Dani senza fiato. «Ma per ora, puoi lasciarmi? Non riesco a respirare.»

Pax lascia andare Dani e lei si accascia a terra. Poi si rialza, si spolvera la salopette con i suoi piccoli e tetri mietitori (è davvero carina, devo chiederle dove l'ha presa) e si butta sullo scomodo divano.

Dal petto di Pax, il cordone argenteo striato di blu si arriccia in volute in giro per la stanza prima di infilarsi nel mio petto. *Perché c'è ancora, se lui è vivo? Perché è colorato di blu?*

«Bree, ma che succede? O hai assunto un attore molto convincente da quella compagnia shakespeariana di Argleton, o lui è davvero Pax. Cioè, un essere umano vivo e vegeto...»

«Sì» dico con un filo di voce. «È Pax.»

«Ma come? Mi piace considerarmi una specie di esperta di morte, e posso dirti che le persone morte duemila anni fa non iniziano ad andare in giro di punto in bianco a bere cicchettini dalla collezione di liquori.»

Con un'espressione di lieve imbarazzo, Pax riversa la testa all'indietro e tracanna una generosa boccata di amaretto, direttamente dalla bottiglia. «Sa di scroto di druido.» Si passa una mano sulla bocca. «Però non è male. Abbiamo delle focaccine? Sto morendo di fame. Non mangio dal convivio che ha preceduto la battaglia.»

«Ma tutto questo non ha il minimo senso. Come può essere vivo, se in questo momento le sue ossa sono fisicamente stese su un tavolo nel museo di Alice?» prosegue Dani.

«Non lo so.» Mi butto sulla *chaise longue*. Edward emette un gridolino quando atterro su di lui, per poi trapassarlo e adagiarmi sui cuscini. Mi pervade un intenso calore e per una frazione di secondo la stanza brilluccica e si modifica, diventando più scura, illuminata solo dalla luce delle candele e piena di dolciastro fumo d'oppio, prima che la visione svanisca. *Un altro ricordo che non mi appartiene.* «Mi dispiace, Edward. Non ti avevo visto.»

«La storia della mia vita» borbotta lui. Ambrose aveva ragione: non la sta prendendo bene. È tutto imbronciato e risentito, infastidito per non essere lui quello vivo in questo momento. A quanto pare, ritiene che, in quanto nobile, spettasse a lui essere riportato indietro per primo.

Come se non avessi già pensieri a sufficienza, a un certo

punto dovrò anche placare Edward Bronciofacile. Al momento, però, non so cosa offrirgli per confortarlo del fatto che lui è ancora un fantasma, mentre Pax è molto vivo.

Stringo le gambe, nel tentativo di rimanere concentrata su Dani e non farmi distrarre dai ricordi di ciò che è successo nel bosco.

Non ci riesco.

«È meglio che tu scopra cosa sta succedendo, e in fretta» dice Dani. «Perché Pax non può certo restare qui.»

«Perché no?» Non mi piace sentirla così risoluta.

«Perché è un soldato romano! Lui è convinto che il modo giusto di trattare i criminali sia darli in pasto ai leoni!»

«Anche i Cristiani!» Il volto di Pax si illumina. «Non dimenticare quelli. I leoni li adorano, i Cristiani. Sanno di pollo.»

Dani mi lancia uno sguardo che dice *Appunto!* «Non è del nostro tempo, e non siamo all'interno di una eccentrica commedia romantica dove tu gli devi insegnare come si vive nel mondo moderno mentre noi ci sbellichiamo dalle risa per le sue disavventure. Pax andrà via di testa quando il pub non avrà la birra romana che vuole lui, o non so che altro, e infilzerà qualcuno. E allora sì che finiremo tutti nei guai. Non voglio che la mia migliore amica finisca in gattabuia perché è in grado di resuscitare i morti, però è esattamente ciò che accadrà se non lo rispedisci al suo posto.»

«Non voglio andare nei Campi Elisi.» Pax flette i muscoli delle braccia e un brivido di calore mi brucia lo stomaco. «Non voglio tornare a essere un fantasma. Voglio stare qui. Con Bree. Voglio fare di nuovo l'amore con lei.»

«Tu...» Per poco a Dani non escono gli occhi dalle orbite. «Te lo sei scopato?»

«Beh...»

«*Bree!*»

Le faccio un sorriso imbarazzato. «Ma l'hai visto? Mi sorprendo di essere riuscita a resistere così a lungo.»

Poi sposto l'attenzione sugli altri due fantasmi e tutto il mio entusiasmo si smorza. Lo sguardo freddo di Edward mi raggela. Ambrose ha un'espressione plumbea.

Penso a tutti noi a letto insieme l'altra notte, a quanto è stato bello che si siano impegnati tutti e tre per farmi godere ripetutamente. E a quanto ci ha sconvolti scoprire che i fantasmi non hanno un uccello abbastanza forte per arrivare fino in fondo.

Ma ora io e Pax condividiamo un'esperienza che loro non possono vivere. Un'altra cosa di cui la morte li priva.

Non volevo che lo scoprissero in questo modo.

Cazzo, è tutto un gran casino.

Dani si accascia sulla sedia. «Sei sicura di sentirti bene? Non ti starai mica buscando qualche malanno? Sarebbe l'unica spiegazione che riesco a dare a un comportamento così strano. Cioè, voglio dire: un centurione romano pazzo torna in vita nella moderna Grimdale e la prima cosa che tu fai è *scopartelo*. Almeno, hai usato una protezione? Che poi... servirà, una protezione? O rischi di avere dei bambini fantasma? Magari hai combinato un gran casino con l'universo, a un livello cosmico?»

«Non lo sooooo» gemo.

«È stato il miglior sesso di sempre» dice Pax battendosi il petto. «Ci saranno molti bambini. Sono stato virile quanto il dio Giove, e il *cunnus* di Bree mi ha stretto così tanto che mi ha praticamente spremuto...»

«Stai zitto!» sbotta Edward.

Dani ora sta ridendo e io mi sento le guance in fiamme.

«È tutto molto eccitante. Sono sicuro che riusciremo a capire come è successo» dichiara Ambrose. «Il mio buon amico Charles Dickens una volta disse che l'unica cosa che serve nella vita sono i fatti. Non dovremmo piantare altro che fatti, ed estirpare tutto il resto...»

«Beh, la mia radice vorrebbe essere piantata di nuovo dentro Bree» borbotta Pax.

Il povero Ambrose arrossisce, ma non riesce a nascondere il suo entusiasmo. So perfettamente a cosa sta pensando: che se riusciamo a capire cosa è successo a Pax, forse anche lui potrà essere riportato in vita. Anche io lo vorrei, più di ogni altra cosa, non fosse che...

... non fosse che sono *terrorizzata*. Ho paura di essere io la responsabile di tutto questo, ho paura di essere ancora più stramba di quanto pensassi e di non comprendere cosa sono, o come fare per controllare questo potere. Oppure tutto ciò potrebbe non avere nulla a che fare con me, il che significa che è stata qualche altra forza a riportare in vita Pax, per ragioni per nulla chiare o addirittura nefaste.

In ogni caso, vorrei scappare via e continuare a correre fino ad arrivare all'oceano. Ma questa è sempre stata l'unica soluzione a qualsiasi cosa strana e inspiegabile mi sia mai successa nella vita. Sono scappata da Grimdale cinque anni fa, e guarda un po' dove sono arrivata. Quindi, anche se i piedi mi prudono per la voglia di fuggire, e ho i palmi madidi di sudore, rimango ancorata alla mia sedia. Per ora.

«Ambrose dice che dovremmo affrontare la questione in modo scientifico» dico, cercando di mantenere una voce calma. «Allo stesso modo in cui abbiamo testato il cristallo di moldavite.»

«È una buona idea.» Dani tira fuori il telefono. «Apro un file. La mia prima domanda è: come facciamo a studiare scientificamente qualcosa che non è scientificamente possibile?»

«Credo che inizieremo con quello che sappiamo sui fantasmi.»

«Le regole fantasmatiche di Bree. Capito.» Dani sorride. Io e lei parliamo delle regole dei fantasmi da quando le ho detto che vedo le anime inquiete dei morti. «Sappiamo che i fantasmi possono alterare la temperatura e che di solito si aggirano nel luogo in cui sono morti, o comunque in un posto che per loro è importante.»

Ambrose cammina tutto eccitato su e giù davanti al caminetto... e un po' anche dentro il caminetto. «Sappiamo che quando completiamo le questioni che abbiamo lasciato in sospeso, dovremmo passare oltre. Come è successo ad Albert. E anche al fantasma dell'attrice. E a quel gatto che è stato investito mentre attraversava la strada per cacciare il topo, ricordate? Il topo morì una settimana dopo e poi i due continuarono a inseguirsi verso la luce...»

«Ricordo quel gatto. È stato triste» commento, con le budella che mi si torcono appena mi rendo conto che devo confessare tutto. «Allora... c'è una cosa che non vi ho ancora detto.»

Così descrivo questi fili d'argento che da un po' di tempo vedo uscire dai fantasmi. Racconto loro quello che è successo con l'attrice e con Albert, e di come ho sentito spezzarsi i loro fili. E spiego che la stessa cosa stava per accadere anche a Pax, ma che a quel punto lui mi ha afferrato una mano e l'ha tenuta ben stretta.

Dani rimane a bocca aperta.

«Lo sapevo!» grida Ambrose. «Sapevo che sei stata tu a riportare in vita Pax!»

«Questo significa che se Brianna ci tocca mentre stiamo per completare le nostre questioni in sospeso, diventiamo di nuovo dei Viventi?» Edward scruta Pax con rinnovato interesse. «Perché io ne ho *parecchie*, di questioni in sospeso. La maggior parte delle quali implica cose peccaminose e perverse al corpo di Brianna...»

«Che schifo, ho sentito, eh» dice Dani al nulla, leggermente appena più a sinistra di dove si trova la testa di Edward. «Però il nostro principe potrebbe aver ragione su una cosa. Propongo un esperimento: troviamo un fantasma che sta per passare oltre, lo facciamo toccare da Bree e vediamo se questo lo riporta indietro.»

«Ehm, non è che stiate dimenticando qualcosa?»

«Io vorrei dimenticare che hai avuto l'uccello di Pax dentro di te, ma per il momento non è rilevante» dice Edward.

«Io non voglio affatto dimenticarlo!» sbotta Pax. «Voglio farlo di nuovo, subito.»

Si lancia verso di me, ma io mi sfilo da sotto il suo braccio e levo in aria le mani. Si fermano tutti a guardarmi.

«Dimenticate che *non ho la minima idea* di cosa ho fatto a Pax, né del perché con lui abbia funzionato e con Albert no. Non posso rifarlo! E se per sbaglio mando via qualcuno che in realtà non è ancora pronto per andarsene? E se facessi del male a qualche Vivente?»

«Non lo sapremo finché non proviamo» dichiara Ambrose. «So che non farai del male a nessuno...»

«Non posso correre il rischio.» Infilo le mani in tasca. Tremano.

Dani mi scruta in volto finché non riesco più a sopportare i suoi occhi su di me e devo girarmi dall'altra parte.

«Sai» inizia a dire Dani. «Non abbiamo mai indagato sul *perché* tu sia in grado di vedere i fantasmi, quando nessun altro ci riesce. Abbiamo sempre pensato che fosse perché hai avuto un'esperienza di pre-morte. Ma forse c'è qualcosa di più. Forse c'è qualcosa di speciale in *te*, Bree, e la moldavite la fa emergere.»

«Sappiamo tutti che Brianna è speciale» sottolinea Edward, piuttosto scocciato. Ricordo quello che mi disse una volta, che secondo lui io vedevo o percepivo i fantasmi anche prima del mio incidente. Questo mi fa pensare che Dani possa avere ragione, che ci sia qualcosa di più nella mia capacità di vedere i fantasmi, rispetto alla botta che ho preso in testa da piccola.

Non voglio pensarci. Proprio no.

«Al di là del fatto che è comunque splendida, Bree non si limita a vedere il mondo dei fantasmi» dice Ambrose. «Lei interagisce con noi. E attraverso di lei, noi possiamo interagire con il mondo dei Viventi.»

«Non c'è nessun altro che possa fare quello che fa Bree» interviene Pax.

«Ne siete sicuri?» chiede Dani.

I fantasmi e Pax si scambiano uno sguardo. So esattamente a cosa stanno pensando.

*Non vogliono che io sia spaventata dalle domande di Dani.*

*Non vogliono che fugga di nuovo.*

Raddrizzo le spalle. *È tutto a posto. Sto bene. Per quanto spaventose si possano fare le cose, non scapperò di nuovo. Adesso ho i fantasmi, Dani, Mina e anche Quoth. Non sono sola. Non sono un fenomeno da baraccone.*

«Sono stato un fantasma per più di duemila anni, e Bree è l'unico Vivente che sia mai stato in grado di parlarmi» dice Pax. «O di farmi tutte quelle cose, come quel gioco con la lingua...»

«Okay, ho sentito abbastanza.» Dani si mette le mani sulle orecchie e guarda Pax. «Tra l'altro, la tua fantasmaticità ti aveva tenuto legato alla casa, giusto?»

«Sì. Finché non hanno dato quella pietra a Bree, potevo arrivare solo fino al sentiero nel bosco e alla strada principale del villaggio. Era difficile pattugliare tutto da solo, ma ci sono riuscito. E quindi?»

«Però non è che abbiamo tra le mani un campione particolarmente rappresentativo, no?» Dani annota qualcosa sul telefono. «Da qualche parte nel mondo potrebbe esserci un'altra persona con gli stessi poteri di Bree.»

«Sono stata in tutto il mondo» intervengo. «E ho incontrato molti fantasmi in giro. Ma non ho mai incontrato un altro Vivente in grado di parlare con loro.»

*Ma forse si nascondevano. Forse cercavano di soffocare quelle voci con erba, alcol e pessima musica dubstep.*

*Dopotutto, è esattamente quello che stavo facendo anche io.*

Dall'espressione di Dani, intuisco che anche lei è giunta alla stessa conclusione. «E quella vecchia pazza del negozio Basic Witch? Da quando ti ha dato quella pietra, qualcosa è cambiato, nei fantasmi. Pensi che lei lo sappia?»

«E poi, mi ha guardato proprio in faccia.» Edward indica i suoi insondabili occhi di ossidiana. «Quasi mi vedesse.»

«Però non ha mai fatto nessun cenno al fatto che magari anche lei vede i fantasmi» dico. «E immagino che se due come me vivessero nello stesso villaggio, ci saremmo viste qualche volta in giro, mentre provavamo a rimorchiare i lampioni.»

«Sono sorpreso che non si sia messa in ginocchio ad adorare il mio bel viso» continua Edward. «Ma forse era troppo presa...»

«Credo che dovremmo parlarle» lo interrompe Ambrose. Fermarlo è l'unico modo per gestire Edward.

«Ma non sa niente» ribatto io. «È solo una vecchia pazza.»

*E poi, tutta questa storia è iniziata prima che io andassi al negozio. È iniziata quando ho rimesso piede a Grimwood Manor...*

«Però quando ti ha dato quella pietra io ho iniziato a sentire Edward» sottolinea Dani. «Non mi sembra una cosa così assurda.»

*Forse è meno assurda di me che resuscito un soldato romano e me lo scopo nel bosco.*

Incrocio e ridistendo le gambe.

Dani alza in aria le mani, spazientita. «Sentite, non ho idea di come funzioni tutta questa roba. Alla scuola di imbalsamazione non mi hanno insegnato niente sugli effetti scientifici della fantasmaticità. Però quella donna al Basic Witch sembra saperne qualcosa, e penso che tu debba andare a verificare, per il bene del tuo nuovo amico corporeo.»

«Sì!» Pax infilza l'aria con la spada, e manca di poco il lampadario. «Andiamo dalla vecchia e scopriamo come rendere mortali anche i nostri amici!»

«D'accordo, hai ragione» borbotto. «Ci andremo per prima cosa domani mattina.»

«No» dichiara Pax, strofinandosi lo stomaco. «Ci andiamo adesso, dopo il verdetto del Bake Off. Ho fame e non mangio da duemila anni. Prima ci fortifichiamo con le focaccine, poi andiamo in cerca di risposte.»

# 5

## BREE

«Questa è una focaccia?» Pax se la infila tutta in bocca. «Per i testicoli succosi di Giove, sa di felicità.»

Appena lo guardo in faccia, capisco di aver fatto bene a fermarmi alla veglia funebre di Albert, sulla strada per il Basic Witch. Il villaggio ha deciso di trasformare il Bake Off in una commemorazione improvvisata per Albert. Si è presentato quasi tutto il villaggio e tutti i partecipanti alla gara hanno donato alla causa i dolci avanzati. È bello constatare quanto Albert fosse amato, anche se lui non è più qui e non lo saprà mai.

«Posso portarvi qualcos'altro?» chiede Maggie, mentre mette a tavola un pasticcio fumante di rognone. Deve essersi messa a cucinare nel momento in cui ci siamo salutati. «Gli amici di Bree sono amici miei, soprattutto perché mi ha detto che tu sei stato fondamentale per scagionarmi. La polizia mi ha detto che Linda ha ammesso di aver ucciso il mio caro Albert, e ha confessato che aveva persino intenzione di farmi mangiare un cupcake avvelenato! Tutto per poter vincere il Bake Off. Ma vi pare?»

«Io sarei disposto a uccidere un intero esercito, per la tua cucina» esclama Pax con la bocca piena.

«Certo, caro.» Maggie gli dà una pacca indulgente su una spalla. «E ho saputo da Alice Agincourt che avete avuto un disperato bisogno del suo aiuto per mettere dietro le sbarre di quell'antipatica agente immobiliare e di suo marito. È una ragazza sveglia, la nostra Alice.»

Gemo. Di sicuro Alice presenterà la mia ricerca non del tutto ortodossa in modo da farla lei, la bella figura.

Però è vero che, grazie alla testimonianza di Alice sulla tomba di Pax, Annabel e Kieran ora si trovano in seri guai. Non sono i responsabili dell'omicidio di Albert, però nel corso degli anni hanno rubato centinaia di manufatti. Quando ho messo loro davanti tutte le prove, sono crollati e hanno ammesso tutto, fornendo alla polizia anche l'indirizzo del deposito in cui custodivano la refurtiva, e gli estremi del loro conto bancario alle Isole Cayman.

Ora ho anche delle risposte sugli indizi che ci avevano portato fuori strada: il kit di prodotti per il bagno era un hobby di Annabel, e le foglie di belladonna nel cestino dei rifiuti nel suo ufficio si erano attaccate alle suole degli stivali di Kieran dopo che era tornato da un'uscita con il suo metal detector. Annabel l'aveva costretto a togliersi le foglie dalle suole, per evitare di sporcare in giro per l'ufficio.

«Basta con le chiacchiere» sbotta Pax, strofinandosi lo stomaco da sopra l'armatura di pelle. «Ancora cibo!»

«Ah, adoro gli uomini con un bell'appetito» esclama Maggie con un sorriso. «Abbiamo a disposizione un'ampia scelta di prodotti da forno tipici inglesi. Sono anche riuscita a preparare un'informata dei miei *scones* da premio e a portarli giù in tempo per partecipare alla gara. Non c'è niente di meglio di un po' di pasticci e pasticcini per festeggiare la mia ritrovata libertà. Oppure potrei tagliarvi un pezzo del pudding di datteri del signor Graham, o c'è questa Victoria sponge...»

«Sì.» Pax porge il piatto. «Tutte le torte.»

«Io credo che prenderò un caffè» commento con un sospiro. «E posso tagliarle io, le torte di Pax. È la commemorazione di Albert: non dovresti essere tu quella che serve. Devi scusare le maniere del mio amico. È... straniero e non capisce le nostre usanze.»

«Straniero? Oh, che emozione» commenta Maggie con entusiasmo. «Questo spiega l'abbigliamento che indossa. Non capita spesso di avere persone che arrivano dalla Scozia, qui. E non preoccupatevi per me: io adoro vedere la gente che si gode il buon cibo. Albert sarebbe così felice della vostra presenza. Vado a tagliarti una bella fetta di pan di Spagna, caro.»

«E anche un po' di torta al limone!» grida Pax, con la bocca piena.

Dopo che Pax ha mangiato così tanto da riuscire a malapena a muoversi, salutiamo Dani e Maggie e ci dirigiamo verso il Basic Witch. Mi guardo intorno nel parchetto del villaggio, alla ricerca delle tre streghe. Per una volta, mi interessa il loro parere riguardo a quello che è successo a Pax.

*Bizzarro.* Non le vedo da nessuna parte. Non si perderebbero mai un grande evento di paese simile a questo. Normalmente Mary salterebbe da una bancarella all'altra, e infilerebbe la faccia in ogni torta e sformato. Agnes accarezzerebbe Walpurgis e urlerebbe insulti a tutti, e Lottie farebbe ciondolare allegra i piedi nel lago, oppure cercherebbe di sbirciare sotto i calzoni dei ballerini di danze Morris.

Ma ho già abbastanza cose di cui preoccuparmi, senza dovermi arrovellare su quali Importantissimi Affari Fantasmatici (IAF in breve, cioè qualsiasi cosa facciano i fantasmi quando non li trovi) stiano combinando quelle tre. Ora la mia missione è capire cosa sia successo a Pax, e il motivo per cui all'improvviso io sono in grado di riportare in vita i fantasmi.

Anche se sono terrorizzata da quale possa essere la verità, *devo* sapere. E ho con me i miei fantasmi e il mio centurione: posso affrontare qualsiasi cosa abbia da dirmi la vecchia.

È tardi, ma sono sollevata quando vedo che il negozio è ancora aperto. La maggior parte delle attività commerciali della High Street ha allestito delle bancarelle sul marciapiedi per approfittare del gran passaggio, invece il Basic Witch è silenzioso come sempre.

Nonostante avessero un rapporto d'affari, non ho visto la vecchia megera alla commemorazione di Albert, quindi ho pensato che fosse ancora al negozio.

«Non posso credere di essere di nuovo qui» borbotto mentre passo intorno alla statua dell'orco e afferro la maniglia. «Questo posto mi fa venire i brividi.»

«Sarà» dice Ambrose. «Ma se c'è qualcuno che sa qualcosa della tua nuova capacità di resuscitare i morti, si tratta proprio di quella vecchia strega inquietante.»

«Vero. C'è qualcuno?» chiedo entrando. Il campanello del negozio trilla. «Vecchietta strana? È qui? Vorrei parlarle...»

«Non credo che dovresti chiamarla *vecchietta strana*, se vuoi che ti aiuti» suggerisce Ambrose. «Così, per dire.»

Mi porto un dito alle labbra e mi metto in ascolto. Il negozio è silenzioso. *Troppo* silenzioso. Non c'è la musica di Deepak Chopra in sottofondo, non si sente il chiacchiericcio di adolescenti chine sulla sezione di magie sessuali, non c'è il gorgoglio della fontana buddista.

Mi avvicino al bancone, e lo stomaco mi finisce sotto i tacchi e un brivido minaccioso mi percorre la schiena. L'espositore dei santini è stato rovesciato. I cartoncini colorati di vari santi cristiani sono sparsi in giro per il pavimento.

«Vecchietta?» chiamo, il cuore che mi balza in gola. *Vorrei averle chiesto come si chiama.* «C'è qualcuno?»

«Brianna.» Edward fluttua dall'altra parte del negozio e indica qualcosa dietro il bancone. È ancora più pallido del solito.

«Che c'è? Che hai visto?» Prendo per mano Ambrose e attraverso il negozio. E dietro il bancone vedo la vecchia.

È sdraiata a terra, le gonne scure attorcigliate intorno alle gambe nodose.

Non si muove.

«Oh, no. Tutto bene? Non si preoccupi, ora ci siamo noi. Chiamiamo un'ambulanza.» Mi chino e le prendo la mano per sentire il polso.

Ma la sua pelle è gelida.

Ed è allora che mi accorgo del disastro.

Gusto di bile in gola.

La vecchia strega non è solo morta, è stata... *profanata.*

Qualcuno l'ha squartata e ha sparso tutti i suoi organi intorno al corpo, in una sorta di macabra decorazione.

«Oh no» gemo. «Non di nuovo.»

*Non un altro omicidio.*

# 6

## BREE

*Un altro omicidio a Grimdale. E questa volta potrebbe essere collegato a quella bizzarra magia che mi ronza nelle vene.*

Pax estrae la spada e si aggira nel negozio. «Vieni fuori, vieni fuori, ovunque tu sia, assassino. Ti prometto che non ti farò del male. Voglio solo presentarti il mio buon amico, il signor Gladius. Sarà un bell'incontro.»

«Solo un suggerimento» dice Edward. «La maggior parte degli assassini non è un cucciolotto smarrito che corre da te quando lo chiami.»

«Capito?» Pax ridacchia e solleva il coperchio di una grande urna cinese. «Sarà un *bell*'incontro? Hai capito ora perché i romani la guerra la chiamavano *bellum*?...»

«Prendi questo!» grida una voce arrabbiata dall'interno dell'urna.

Ho un sussulto nello scorgere una figura che salta fuori dall'urna. Una forma nera e confusa sfreccia nell'aria verso di me, ululando e agitando all'impazzata le zampette pelose.

Allungo una mano per afferrare Walpurgis, ma il fantasma

terrorizzato del gatto mi trapassa le mani e cade silenziosamente a terra, atterrando sulle quattro zampe.

Una figura trasparente esce dall'urna e si ferma proprio di fronte a me, i lineamenti familiari preoccupati, e gli occhi spalancati dalla paura. Dietro di lei, altri due fantasmi altrettanto familiari. Si stringono e tremano.

«Era ora che arrivaste» ci rimprovera Agnes. «Sono *ore* che ci nascondiamo dentro quell'urna.»

«Non posso credere che tu mi abbia lanciato addosso il tuo gatto!» Mi chino e accarezzo Walpurgis sulla testa. Lui si lascia cadere sul sedere e comincia a leccarsi in mezzo alle dita delle zampe, il volo traumatico già dimenticato.

«Pensavamo che tu fossi la bestia, tornata a finire il lavoro!»

Socchiudo gli occhi. «E così avevate deciso di sacrificare Walpurgis per fuggire?»

«Speravamo che Walpurgis avrebbe scatenato quei suoi poteri diabolici che i famigli delle streghe dovrebbero possedere» sbotta Agnes. «Sì, hai presente, quei poteri che ci hanno portate sul rogo...»

«So che sei amareggiata per questo, ma possiamo concentrarci sulla situazione attuale?» Indico le gambe ossute e macchiate di sangue che spuntano da dietro il bancone. «La vecchia strega è morta.»

«Vorrei informarti che io ho un aspetto eccezionalmente giovane, per la mia età» esclama Agnes.

«Non badarle» replica Lottie. «Quando ha paura diventa ancora più sgarbata.»

«E, comunque, la nostra amica si chiama Vera» dice Mary. Fissa la pozza di sangue che si allarga intorno al corpo di Vera e si asciuga una lacrima spettrale. «Non se lo meritava.»

«Vostra amica?» le chiedo, scrutandola con sospetto. «No, aspetta un attimo, vuoi dire che Vera vi vedeva?»

«Certo.» Agnes gonfia il petto. «Una vera strega riconosce sempre i suoi simili, anche quando sono morti da secoli.»

Mi sento ribollire di rabbia. «Vuoi dire che in tutti questi anni hai sempre saputo che a Grimdale c'era un'altra persona in grado di vedere i fantasmi e non hai mai pensato di dirmelo?»

«Non me l'hai mai chiesto, cara» replica Agnes annusando l'incenso.

«Quando Vera è venuta a vivere qui nel villaggio, tu ci ignoravi» aggiunge Mary. «Pensavamo che non volessi saperlo.»

«E poi, Vera ci aveva detto di non dirlo ad anima viva» conclude Lottie. «E noi manteniamo sempre le promesse. Una strega vale quanto la sua parola.»

«A volte veniamo qui da lei» dice cupa Mary. «Lei odia i clienti quasi quanto il fidanzato della tua amica Mina, Heathcliff. È stato bello frequentare qualcuno che condivideva la nostra passione per la trasformazione dei mariti traditori in rospi. Inoltre, Vera fa... ehm, *faceva*... dei favolosi brownies alla cannabis. Li faceva così forti che sballavo anche solo ad annusarli.»

Le guardo, e provo a metabolizzare il fatto che mi hanno tenuto nascoste le capacità di Vera. Infilo una mano in tasca, e afferro la moldavite che mi ha dato. Ora che ho il potere di toccarle, mi viene voglia di afferrarle e di far cozzare le loro teste l'una contro l'altra, per dimostrare loro cosa si prova a essere esclusi dalle cose importanti.

Ma non è giusto. Per quanto sia spaventata a morte dalla notizia che Vera fosse come me, devo concentrarmi su altro. Il suo cadavere giace sul pavimento del negozio e dobbiamo trovare la persona che l'ha fatta a pezzi.

«Quindi voi tre eravate all'interno del negozio quando è successo?» chiedo. «Cosa avete visto?»

«È stato orribile» dice Mary con un brivido. «Eravamo lì,

tranquille, fuori dalla finestra, a farci gli affari di tutti, e stavamo giusto parlando di andare verso la tenda della gara per annusare qualche focaccina quando *lui* ha fatto irruzione dalla porta.»

«Lui chi?»

«La creatura bestiale» esclama Mary con una smorfia.

«Indossava un elegante cappello a cilindro e un mantello, e brandiva una lama lunga e affilata. E aveva occhi che sembravano i testicoli del diavolo in persona» aggiunge Lottie.

«Rossi e infuocati.» Mary si stringe le braccia attorno al busto.

«Non so chi fosse. O meglio, *cosa* fosse» sbotta Agnes. «Ma non era umano.»

*È esattamente quello che temevo.*

«Ma nemmeno un fantasma?» Edward storce il naso e tocca con la punta del piede la punta della scarpa di Vera. Il suo piede attraversa quello di Vera. «Anche in presenza della pietra di Bree, un fantasma non avrebbe potuto fare tutto questo, giusto?»

«Nessuno dei fantasmi che io abbia mai incontrato» afferma Agnes.

«Qualcuno può descrivermi il corpo?» chiede Ambrose.

«Perché?» chiede Edward con uno sbuffo. «Vuoi scriverne nel tuo nuovo libro?»

Il volto traslucido di Ambrose si arrossa. «Certo che no. Non potrei sopportare di scrivere un altro libro, dopo che il mio editore ha perso il mio. Ma qualcosa in questo omicidio mi sembra familiare. Non riesco a individuare cosa sia... forse qualche dettaglio mi potrebbe aiutare.»

Anche io ho qualcosa che mi ronza in testa. Vera è stata uccisa pochi giorni dopo che mi aveva dato la moldavite e che aveva lasciato intendere di sapere qualcosa sul mio potere. Ora scopro che anche lei riusciva a vedere i fantasmi. E da quanto dicono le streghe, il suo assassino non è umano.

*È tutto collegato. Ne sono certa.*

«Più tardi potrò dirti quello che vuoi, Ambrose. Adesso dobbiamo chiamare la polizia.» Mi allontano dal corpo, perché non ci tengo a guardare più da vicino di così. Mi dirigo verso la porta e prendo in mano il cellulare. «Il negozio è ancora aperto. Dobbiamo impedire a chiunque di entrare, per non contaminare la scena.»

«Non l'abbiamo già contaminata noi?» Edward aggrotta le sopracciglia. «O meglio, l'avete contaminata tu e Pax, visto che io e Ambrose siamo privi di DNA.»

«Hai ragione. E la sergente Wilson non sarà esattamente entusiasta di scoprire che sono al centro di un altro macabro omicidio. Beh, anch'io non è che faccia le capriole per la contentezza. Quindi, per favore, facciamo le cose come si conviene.»

Giro le spalle a Vera e faccio una telefonata, con Edward che si libra su di lei e descrive le varie ferite ad Ambrose, in ogni macabro particolare. Una volta terminata la chiamata, spengo il telefono e mi costringo a guardare la scena raccapricciante. Devo deglutire più volte per non vomitare.

*Guarda la situazione in modo scientifico, Bree,* mi dico, pensando a quanto vorrei che ci fosse Dani. Poi, tutta tesa, mi accovaccio accanto al corpo di Vera. *Stai cercando un indizio su quello che è successo.*

Non riesco a vedere alcun indizio: solo molto sangue e... organi sparsi in giro, quando dovrebbero essere all'interno del corpo. Vera indossa un paio di scarpe ortopediche, calze grigie, una gonna di velluto a coste marrone e un maglione blu. Le mani sono strette a pugno lungo i fianchi e non ci sono lividi visibili sulle braccia, come se non avesse nemmeno provato a difendersi. I santini sono sparsi a terra e il loro espositore giace rotto davanti al bancone. Devono essere caduti durante la colluttazione.

Oppure non le è stata nemmeno data la possibilità di reagire.

«Non sono un esperto di indagini moderne» dice Edward. «Nonostante la maratona di puntate de *L'ispettore Barnaby*, che ho fatto insieme a Sylvie, ma sono abbastanza sicuro che la scena del crimine non si debba toccare.»

«Non ho nessuna intenzione di toccare.» Mi chino in avanti e ispeziono la ferita cercando di avvicinarmi il più possibile. Lo stomaco mi si rivolta. «Mi servirebbe solo... non so esattamente cosa mi servirebbe, ma la polizia sarà qui da un momento all'altro, e una volta arrivata non potrò più guardarla. Però so per certo che non cercheranno... tracce di una bestia magica con un cappello a cilindro.»

«Tipo... cosa vorresti? Una pergamena con scritto "L'Uomo Nero è stato qui"?» chiede Edward.

«È bello notare che, anche di fronte a una grave emergenza, tu conservi il tuo senso dell'umorismo» rispondo.

Comunque sia, per sicurezza, le controllo le mani alla ricerca di un biglietto. Il mio cuore salta un battito appena vedo che stringe qualcosa tra le dita.

Mi avvicino e lo libero, poi lo sollevo alla luce. È un santino, con l'immagine parzialmente oscurata da schizzi di sangue. Mostra un uomo avvolto in un panno bianco che emerge da una grotta, le mani alzate verso il cielo in segno di preghiera, circondato da parecchie persone, e una donna che gli avvicina le mani con riverenza per toccargli il viso.

Non è che abbia dedicato molto tempo a studiare i santi cattolici, quindi non so bene cosa sto guardando, ma mentre scruto l'immagine, il pizzicore che sentivo sulla nuca si trasforma in vero e proprio brivido.

Reagisco seguendo l'istinto. E infilo il santino in borsa.

«Sono abbastanza sicuro che *L'Ispettore Barnaby* fosse esplicito sul fatto che non si devono sottrarre oggetti dalla scena del crimine» sottolinea Edward.

«Questo santino è destinato a me» dico. Non so come faccio a saperlo, ma me lo sento.

In qualche modo, Vera sapeva che sarei stata io a trovarla e, in punto di morte, l'ha afferrato per mandarmi un messaggio.

Ma cosa significa?

# 7

## BREE



«Guarda, guarda, guarda, non mi dire che questa è Bree Mortimer, sulla scena di un altro crimine» dice Wilson entrando nel negozio. Il detective Hayes la segue, leccandosi dalle dita la crema di uno dei famosi scones di Maggie.

«Non ci si può nemmeno godere il Bake Off in santa pace?» borbotta tra sé e sé Hayes mentre gira intorno alla fontana del Buddha per ispezionare la scena. «Abbiamo trascorso la mattinata a interrogare l'ultimo assassino, e tu hai già un nuovo caso.»

Non riesco a credere che solo poche ore fa abbiamo "tormentato" Linda per farle confessare l'omicidio di Albert. Da allora ho visto Albert passare oltre, ho riportato in vita Pax, ho scopato il mio centurione romano contro un albero, ho mangiato tante focaccine quanto peso, ho scoperto un altro cadavere e ho appreso che per *anni* le streghe mi hanno nascosto la verità sui poteri di Vera.

Sembra che questo giorno sia durato dieci anni. O almeno, dieci capitoli.

«Non vado certo in giro per il villaggio a caccia di crimini in cui impelagarmi» sbotto. Ho bisogno di bere. E di cioccolato. Di una montagna di cioccolato. Un *continente* di cioccolato.

«Certo, come no!» La sergente Wilson schiocca le labbra e osserva il corpo di Vera. «Merda. È una brutta cosa, capo. Non abbiamo mai avuto un omicidio così brutale nemmeno ad Argleton, eppure quel posto è un focolaio di omicidi.»

«Eravamo entrati per dare un'occhiata alle candele di Maggie, e l'abbiamo trovata così...»

«*Noi* chi?»

Pax si batte il pugno contro il petto. Io gli strizzo una mano. «Io e il mio... ehm, amico, Pax.»

*Bree, non è questo il momento di sentirsi nervosi a usare le parole "il mio ragazzo".*

Non posso farci niente. Non chiamo nessuno "il mio ragazzo" da... beh, da *mai*. In Grecia la guida turistica spagnola amava chiamarmi così, ma io ho sempre evitato l'argomento. E poi mi ha tradito con un'istruttrice di surf polacca, quindi immagino che anche per lui non significasse un gran che.

"Ragazzo" implica un legame. Un impegno. Una corda che mi tiene vincolata a un determinato luogo, a una persona. E nel caso si provino sentimenti per tre persone, una sola delle quali è corporea?

E che cosa può voler dire se si è terrorizzati dal fatto che il legame meraviglioso che esiste con queste persone per le quali si potrebbero provare dei sentimenti (o anche no) potrebbe essere spezzato da un momento all'altro?

Non essendo pronta ad affrontare tutta la questione, riporto l'attenzione sulla situazione attuale. Wilson osserva Pax, sospettosa. «Perché sei vestito da soldato romano?»

Piazzo una mano sulla bocca di Pax prima che possa provare a dire qualcosa. «Perché stasera andiamo a una festa in maschera, okay? Magari potrebbe preoccuparsi un po' meno del vestito di Pax e un po' di più della donna sventrata a terra.»

«Sto facendo il mio lavoro, Bree Mortimer. Hai toccato il corpo, o contaminato in qualche modo la scena del crimine?» Il tono di Wilson è accusatorio.

Il santino in borsa scotta così tanto che giurerei me la possa bruciare. «Le ho solo preso una mano per controllarle il polso, ma poi mi sono allontanata subito. Non ho toccato altro... non che ricordi. E nemmeno Pax.»

La bugia mi lascia un sapore acido sulla lingua. Ma so che sto facendo la cosa giusta. La polizia non cercherà mai una spiegazione soprannaturale e io non dirò loro che tre testimoni fantasma hanno visto Vera che veniva uccisa da un mostro demoniaco. Quel santino è il nostro unico indizio su chi sia *veramente* il responsabile.

«Io ho toccato l'urna laggiù» mi corregge Pax. «Stavo controllando che quel mostro non si nascondesse ancora nell'ombra, come un druido buono a nulla...»

«Hai toccato l'urna? E quella spada cos'è?» La sergente Wilson fissa il gladio che Pax stringe nel pugno. «Tu impugni una *spada* e questa donna è stata infilzata e squartata.»

«Fa parte del costume, per la festa in maschera» dico.

«La lama sembra affilata.»

«Pax è un... rievocatore romano. Ha il *pallino* dell'accuratezza storica.»

Pax annuisce, ma la sua espressione lascia intendere che non ha idea di cosa io stia dicendo. «In effetti, ho delle *palline* di tutto riguardo. Piuttosto maestose, devo dire. Posso mostrarvele, se volete...»

«Va bene così.» Hayes fa un gesto infastidito a Pax e lancia un'occhiataccia a Wilson. «Abbi un po' di comprensione. Non vedi che quella povera ragazza è sotto shock? Imbusta l'arma, raccogli le loro dichiarazioni e lasciali andare a prendere una tazza di tè.»

«Chiedo scusa, signore» commenta Wilson, preoccupata. «È che ho visto Bree in giro con Mina Wilde al festival Shakespeariano, e questo è il secondo omicidio a Grimdale in cui è stata lei a trovare il corpo. *E in più* il suo ragazzo sta agitando una lama.»

«Non è il mio ragazzo...»

«Essere amici di qualcuno non è un reato» mi redarguisce Hayes, agitando un dito. «Però non lasciare che Mina e i suoi uomini ti riempiano la testa con i racconti delle loro indagini amatoriali, signorinetta. Possono essere stati fortunati una o due volte, ma questo lavoro va lasciato ai professionisti.»

*La cosa che desidererei più di tutto sarebbe non vedere mai più un altro cadavere. Soprattutto non uno sventrato in questo modo...*

«A proposito di professionisti.» La sergente estrae una busta per le prove e la porge a Pax. «Mi devi consegnare quell'arma.»

«Mai e poi mai!» Pax si stringe la spada al petto quasi fosse un neonato. «La spada di un soldato è un'estensione del suo corpo. Non dovrebbe mai separarsene.»

«E che razza di estensione!» commenta Lottie leccandosi le labbra spettrali. «Bella lunga, e con uno spessore a dir poco discreto...»

Le lancio un'occhiataccia da sopra la spalla di Pax e lei si zittisce.

«So che non ti piace» sussurro a Pax. «Ma la sergente Wilson ha davvero bisogno che tu gliela consegni. Ne avrà cura e la restituirà più tardi. La analizzeranno per assicurarsi che non sia stata usata per infilzare Vera.»

«Nel senso che riuscirà a dire di chi è il sangue che c'è sopra?» Pax fissa la lama con stupore. «Perché ho ucciso parecchie centinaia di druidi, ma poi pulisco sempre la lama con la Miscela Pericle per Spade Splendenti...»

«Consegnala, Pax.»

L'espressione di Pax cambia quando lui si accorge che sono seria. Attraversa a grandi passi il negozio e deposita l'arma nella busta delle prove. Mentre torna indietro, porta la mano verso la cintura di cuoio, a posare la mano sull'elsa, come fa di solito. Solo che, ovviamente, non la trova. Strizza gli occhi in una smorfia che è quasi di dolore.

«Grazie per la vostra collaborazione» dice Wilson con una voce che tutto sembra, tranne che riconoscente. «L'agente fuori raccoglierà le vostre dichiarazioni e vi chiameremo se avremo bisogno di qualcos'altro. E vi chiameremo *di sicuro*.»

I fantasmi ci seguono fuori dal negozio e sento Mary sussurrare: «Quella donna ha una personalità così solare che dovrebbe fare la strega del tempo.»

«Alcune persone hanno solo bisogno di qualche coccola» risponde Agnes. «In faccia» aggiunge. «Con una sedia» precisa poi.

I veicoli della polizia e l'arrivo della Scientifica attirano l'attenzione degli abitanti del villaggio radunati alla veglia per Albert. Maggie si avvicina a noi, seguita da un capannello di amici anziani. Io mi siedo sulla panchina fuori e abbasso la testa tra le gambe. Poi faccio del mio meglio per rispondere alle domande dell'agente Shrive senza lasciarmi sfuggire nessun dettaglio soprannaturale. Non appena riesco a liberare me e Pax dall'agente, Maggie mi prende tra le braccia.

«Mi dispiace tanto, Maggie. So che era tua amica.»

«Oh, Vera non era amica di nessuno» dice Maggie con tono leggero.

«Non è vero!» grida Mary. «A Vera piaceva che frequentassimo il suo negozio. Si prendeva cura di noi. Diceva sempre che ero un faro nel deserto.»

«Sì, nel senso che fai luce ma non sei utile a nessuno, cara» replica Agnes.

Cerco di non ridere. Vera era certamente un personaggio. Vorrei aver avuto la possibilità di conoscerla. «Ho sentito dire che Vera aveva il tatto di una palla da bowling.»

«Si era offerta di vendere le mie candele e i miei saponi solo perché, secondo le sue parole: "gli idioti che vivono in questa città comprerebbero qualsiasi cosa, a patto che sia piena di ramoscelli e venduta da una vecchia strega piena di verrucche"» racconta Maggie. «Era un'eccellente panettiera. I suoi brownies erano deliziosi. Però non sono mai riuscita a convincerla a partecipare al Bake Off.»

*Forse è meglio così.*

«Cosa le è successo?» chiede Maggie. «Hai detto che è stata uccisa? È stato cruento? Non è stata *violentata*, vero?»

«Non so cosa posso rivelare» le dico. «La polizia informerà tutti. Ma non è stato per niente carino...»

«È stata pugnalata a morte!» dichiara Pax. «Una cosa molto sporca, per nulla precisa come invece farebbe un centurione romano. È opera di un barbaro, forse con ascendenze druidiche...»

«Vedo che stai facendo da guida in giro per il villaggio a questo bel ragazzo» commenta Maggie, guardando di nuovo Pax con interesse. Poi mi dà una gomitata sul braccio. «Ottimo,

Bree, mi sembra che te la stia cavando bene, mia cara. Molto, molto bene.»

Quando Maggie e i suoi amici circondano Pax per conoscere tutti i dettagli più macabri, con la coda dell'occhio noto qualcuno che si avvicina a me.

«Salve!» mi saluta cordiale la dottoressa che condurrà le indagini legali, mentre infila una tuta che la fa sembrare uno spermatozoo. «Tu sei Bree, giusto? Ti ho riconosciuta dai documenti sul caso di Albert Fernsby. Io sono Jo, l'amica di Dani.»

«Sì, sono Bree. Piacere di conoscerti.» Le porgo la mano, ma lei scuote la testa e mi mostra i guanti che ha addosso. «Mi dispiace che le circostanze non siano delle migliori.»

«Non preoccuparti. La mia migliore amica Mina ha molta esperienza nel mettersi nei guai e intrufolarsi nelle indagini. La sergente sembra convinta che seguirai le sue orme.»

«Giuro che sto cercando di non farlo» esclamo. Se solo Jo sapesse quanto è vero. «Hai idea di cosa sia successo lì dentro?»

«Ne saprò di più quando l'avrò sul tavolo autoptico, ma quello che hai visto parla già da solo. Praticamente, qualcuno le ha tagliato la gola e l'ha squarciata, per fortuna in quest'ordine. È una cosa brutta e brutale. E l'assassino ha avuto del coraggio, a farlo in pieno giorno, in orario di apertura del negozio mentre era in corso la gara del Bake Off. Chiunque avrebbe potuto entrare e scoprirlo intento a svolgere la sua macabra attività.»

«Lo so. È davvero terribile.» Rabbrividisco.

«In un certo senso, potrebbe essere una buona notizia. Significa che si tratta di qualcuno a cui non importa di essere catturato, e quindi non sarà stato particolarmente attento a non lasciarsi dietro delle prove. Se è così, lo prenderemo.» Jo indica Maggie e i suoi amici che circondano l'agente Shrike, tutti che parlano come treni merci in corsa mentre offrono ogni minimo dettaglio sul Bake

Off/veglia funebre e sulle persone del villaggio su cui loro hanno dei sospetti. «Qualcuno deve aver visto l'assassino entrare o uscire dal negozio, o comunque sarà stato ripreso dalle telecamere a circuito chiuso. Avrà lasciato degli indizi. Lo prenderemo» ripete.

Jo entra nel negozio e io mi accascio di nuovo sulla panchina, le braccia strette al petto. Edward è in piedi di fronte a me, la camicia aperta che svolazza all'aria. Mi mette un dito sotto il mento e mi solleva la testa verso l'alto, così che io incroci i suoi antichi occhi di ossidiana. Deglutisco, incerta sul perché, nonostante abbia appena scoperto il corpo deturpato di Vera, io senta ancora le api ronzare sotto la pelle nel punto in cui lui mi tocca.

«Devi considerare gli aspetti positivi, Brianna» mi dice. «Se non ci fossimo soffermati a guardare Pax che si ingozzava di dolci nel tendone del Bake Off, avremmo potuto arrivare al negozio proprio nel momento in cui Vera veniva aggredita, e trovarci faccia a faccia con l'assassino.»

*Santo cielo, non ci avevo nemmeno pensato.*

«Stai dicendo che mangiare focaccine ci ha salvato la vita?» esclama Pax da dietro le spalle di Edward.

«Gli dèi ci avranno anche abbandonato, ma lo stomaco dell'antico romano ci ha salvati» mormora Edward, e intanto mi accarezza il mento con il pollice, tracciandomi deliziosi cerchi.

«Bene.» Pax si china in avanti e mi tira in piedi, facendomi passare attraverso Edward, che grida indignato. «Perché io ho di nuovo fame e abbiamo molte altre vite da salvare.»

# 8

## AMBROSE

«Non fissatemi in quel modo, aspettandovi che sia stato attento al catechismo» esclama Edward mentre Bree ci descrive il santino, a mio beneficio. «Ero troppo occupato a cercare di capire quante ostie per la comunione potevo nascondere nel mio sospensorio. Inoltre, i santi sono una sciocchezza cattolica. A noi, protestanti convinti, queste stupidaggini non interessano...»

Stiamo fluttuando in giro per la camera da letto di Edward mentre Bree la prepara per i primi ospiti della stagione. Pax ha provato a dare una mano, ma ha tirato con troppa forza il primo lenzuolo nel tentativo di rimboccarlo e ha finito per strapparlo in due. Così ora ci limitiamo a guardare (beh, Edward e Pax guardano, io ascolto) e Bree raddrizza e rimbocca le coperte e ci racconta del santino macchiato di sangue con l'immagine di un uomo vestito di bianco, come un fantasma...

«È Lazzaro» dico, ricordandomi all'improvviso.

«Cos'è un Lazzaro?» chiede Bree.

«Non ne so molto su di lui» ammetto. Nemmeno io ero un appassionato del catechismo. «Era un uomo che è morto, e poi

Gesù ha fatto un miracolo e lo ha riportato in vita. Di solito viene raffigurato con un sudario bianco addosso.»

Tutti ammutoliscono. Per una volta, nemmeno Edward ha qualcosa da dire.

Bree lascia andare piano il respiro. «Allora ho ragione: è un messaggio per me. Deve essere così. Anche Vera vedeva i fantasmi. Voleva che fossi io a trovare il santino. Ma non capisco cosa signifìchi. Non ci ha scritto nulla. A meno che il messaggio non sia l'immagine stessa. Vorrei che sapessimo qualcosa di più su questo Lazzaro.»

«Forse dovresti chiedere a un esperto» dico. «Non ci viene un prete a dormire in questa stanza?»

«E metterà a soqquadro il mio letto con i suoi piedi santi» borbotta Edward. «E si laverà i denti con l'acqua santa nel *mio* lavandino. Oltre a fare pensieri impuri sui ragazzi del coro sulla *mia* poltrona preferita per i pensieri impuri.»

«Edward» lo richiama Bree.

«Beh, che c'è? Quella è la *mia* poltrona. Non voglio che venga lordata da volgari sogni cattolici a occhi aperti.»

Bree sospira. Sembra stanca. Vorrei tanto ricordare la sensazione che si prova quando si è stanchi. Oggi sono successe molte cose, e Bree chiaramente non ha la pazienza per la... Edwardità di Edward. «Se ti sente Dani, potrebbero sentirti anche altre persone. Mentre i nostri ospiti saranno qui devi tenere per te i tuoi pensieri sui luridi preti cattolici...»

«Dici sul serio? Ho aspettato secoli per avere l'opportunità di comunicare con i Viventi. Ho così tante cose da dire.» La voce di Edward si fa imperiosa.

«Anch'io.» Pax si batte il petto. «Sarà il mio primo incontro con un collega romano.»

«È un membro della *Chiesa cattolica* romana, Pax» specifico. «Non è esattamente la stessa cosa. Se non ricordo male, gli uomini come lui tu li davi in pasto ai leoni.»

«Oh, allora è ancora meglio.» Pax si sfrega le mani entusiasta. «Ci sono leoni nelle vicinanze? Potremmo fare una festicciola.»

«Niente feste» afferma Bree. La sento sprimacciare i cuscini. «Ho altri letti da fare e poi...»

«Il letto è fatto. Ora, se volete gentilmente togliervi di torno, io mi stendo» annuncia Edward, interrompendo Bree.

«Ma sta per iniziare il *Great British Bake Off*» dice Pax.

«Per quanto possa essere emozionante guardare i finalisti che preparano delle mini torte Charlotte (che all'inizio pensavo fosse il nome di una di quelle band emo che Brianna adorava) vedo che l'asta di Pax si sta irrigidendo sotto la tunica. Quindi, so esattamente come andrà a finire la serata. Preferirei non assistere, grazie mille.»

*Ah no?*

Non capisco. Dopo la serata che abbiamo passato insieme tutti e quattro, in cui Edward mi ha mostrato tutti i modi in cui posso dare piacere a Bree, e lui l'ha fatta urlare e contorcere più e più volte, non vuole ripetere il tutto? Ora che Pax è umano, può fare ciò che noi non abbiamo potuto fare. Può stare dentro di lei e darle esattamente ciò che lei desidera. Edward avrebbe fatto di tutto per riuscirci, e ora non vuole prendere parte alla cosa?

Non capisco.

La voce di Bree si fa tesa. «Non fare così, Edward.»

«Buonanotte» mormora impacciato.

Non vedo cosa sta succedendo, ma l'atmosfera nella stanza è cambiata. Perché Edward si comporta così? Ci sono così tante cose tra noi che non sono state dette, e abbiamo ancora qualche ora per dare piacere a Bree prima che arrivino gli ospiti.

E ora che sappiamo che può riportare in vita i fantasmi... Beh, ha riportato in vita *Pax*. Che era un fantasma. E non un fantasma qualsiasi: il fantasma più vecchio, più grande, più forte di tutta Grimdale. E lui ora è di nuovo un Vivente.

Questo significa che c'è speranza. Tutto il mio corpo sfrigola per l'eccitazione. Credo che non riuscirò più a tornare nel mio piccolo nascondiglio in fondo all'armadio, non con tutta questa speranza che minaccia di esplodermi dentro. Non ora che posso *sentire* Bree e sono capace di fare al suo corpo cose che non avrei mai creduto possibili.

Nonostante la macabra morte di Vera, e il fatto che Bree si sia fatta così cupa e silenziosa, non riesco a non fluttuare con entusiasmo, né a impedirmi di sorridere.

Perché Edward non sta saltando di qua e di là dai muri? Perché non sta prendendo Bree tra le braccia e non le sta chiedendo di essere il prossimo che lei libererà? Non riesco a pensare ad altro.

«Okay, Edward.» Anche Bree sembra irritata. Spegne la luce con un *click* e infila la mano nella mia. Il mio corpo spettrale risponde al suo tocco con un brivido delizioso, e lei mi guida fuori dalla stanza senza farmi attraversare alcun muro. «Andiamo, Pax, Ambrose. Lasciamo il principe al suo sonno.»

Bree chiude la porta alle nostre spalle con un calcio.

«E fareste meglio a non fare rumore!» ci grida dietro Edward. «Sono in vena di decapitazioni.»

«A me non la puoi tagliare, la testa!» grida Pax. «Ora sono *cappero*.»

«Si dice *corporeo*, Pax» dico io. «Significa "avente corpo fisico", oppure "relativo al corpo fisico".»

«Il mio corpo fisico farà cose orribili a quel fantasma se interrompe la semifinale» borbotta Pax.

Scendiamo le scale in direzione della sala ospiti. Anche se Mike e Sylvie hanno un salotto accogliente per la loro famiglia nell'ala ovest della casa, Bree preferisce sempre stare nella sala degli ospiti con i suoi tappeti antichi, il Chesterfield in pelle scrocchiante e il ritratto dorato di Edward alla parete.

Bree ci conduce nella stanza e sistema Pax sul divano. «Sono distrutta. È stata una giornata strana, meravigliosa e terrificante. Ora vado a letto, ma Pax, se tu vuoi, puoi restare sveglio a guardare il *Great British Bake Off*.»

«Ma ho bisogno che pigi tu i pulsanti... ah, no, non è vero!» Sento Pax che batte i piedi in una danza scatenata, che fa ogni volta che gli succede qualcosa di eccitante. «Posso usare la TV da solo!»

«Esatto» replica Bree con uno sbadiglio. «Però io ho bisogno di dormire un po'. Quindi, per favore, riduci al minimo balli e urla.»

«Non posso prometterti nulla» ribatte Pax tutto serio. «È la settimana della Pasticceria, e se eliminano Janusz mi arrabbio come quella volta che un druido mi ha dato un calcio nelle prugne proprio prima che gli tagliassi la testa.»

«Beh, divertiti. Oppure...» Bree si interrompe. Sembra incerta. «Forse potresti saltare lo spettacolo, *solo per questa volta*, e venire a letto con me?»

«Sarò fuori dalla tua finestra non appena annunceranno il vincitore» la tranquillizza Pax. «È il mio dovere. Non mi sottrarrò, ma prima... le piccole Charlotte.»

«Pax...» La voce di Bree si fa incerta. Lo sento: è il tremore del desiderio. E all'improvviso tutto torna al suo posto. Ecco perché è stata così silenziosa per tutta la sera e non era entusiasta di scavare nel mistero dell'improvvisa carnalità di Pax.

Bree ha paura.

È terrorizzata.

Ovvio. Ha appena scoperto di avere poteri sconosciuti che non riesce a controllare e ora deve gestire un centurione molto chiassoso e molto reale. E proprio quando aveva in mente di ottenere delle risposte, scopre che l'unica altra persona al mondo che condivideva il suo stesso potere è stata brutalmente assassinata.

Serro i pugni.

Bree non si sente al sicuro a Grimdale, e ciò è terribile. Questa è casa sua.

E soprattutto, è il posto più meraviglioso della Terra, ed è sbagliato sentirsi tristi qui. *È ingiusto.*

In tutti i miei viaggi, Grimdale è sempre stato il luogo dove amavo tornare. A quel tempo, la casa era di proprietà dei miei amici più cari, la famiglia Van Wimple. Dopo che sono stato ripudiato da mio padre, loro mi hanno offerto un letto ogni volta che ne avevo bisogno.

Mi rintanavo nella stanza nella torretta, quella che poi è diventata la camera da letto di Bree da piccola, mi sedevo sotto la finestra con il sole che mi illuminava il viso, e usavo il mio telaio e la penna per scrivere le mie memorie. Trascorrevo le serate nel salotto dei Van Wimple con i miei amici: ridevamo davanti a vino e buon cibo, e raccontavo loro le mie avventure.

Perciò mi sembra giusto che, una volta morto, mi sia ritrovato nelle vesti di fantasma non nel remoto villaggio siberiano dove ero stato avvelenato, ma di nuovo a Grimwood Manor. Non ho più potuto viaggiare al di là del villaggio, il che è stato triste, però ho potuto trascorrere molti anni con i miei amici, e li ho visti invecchiare. Poi la casa è passata alla famiglia di Bree e quando i suoi genitori hanno trasformato Grimwood in un B&B, io sono stato di nuovo circondato da viaggiatori e racconti di emozionanti avventure. Non ho mai potuto partecipare ai loro vivaci racconti, ma, d'altra parte, essere isolato è stato a lungo il destino della mia vita.

*Fino a Bree.*

Amo questa casa, amo Bree e non voglio che si senta sola o

spaventata. Ma sono ancora lontano da lei. Non posso proteggerla, se sto dalla mia parte del Velo. Forse con le braccia di Pax che la stringono, e con il suo enorme pisello romano che affonda dentro di lei, la Bree che amo tornerà a sorridere e a sentirsi al sicuro.

Però devo fare capire tutto ciò al soldato.

«Pax» mi avvicino per sussurrargli. «Credo che Bree stia cercando di chiederti di prenderla, in modo virile.»

«Grazie, Ambrose» sussurra Bree, con un accenno di risata nella voce.

«Pensavo avessi detto che avevi sonno» la voce di Pax si fa incerta. «Le donne mi confondono.»

«Non so cosa voglio» ammette Bree, e penso che sia la cosa più sincera che abbia detto in tutta la giornata. «So solo che non posso sopportare di vederti stare di sentinella ai piedi del mio letto. Questa notte non posso dormire da sola.»

I miei occhi pizzicano per l'emozione, perché sento il desiderio nella sua voce e vorrei tanto essere ciò di cui ha bisogno in questo momento. Ma io sono un fantasma, mentre Pax è reale, e almeno uno di noi due può darle ciò di cui ha bisogno.

E forse, dico *forse*, capiremo il funzionamento della sua magia, e allora anch'io potrò stare con lei.

Pax non se lo fa dire due volte: scaglia il telecomando contro la scatola delle immagini che si muovono. Però il suono non si ferma, quindi suppongo che l'abbia mancata. Per fortuna non si è frantumato nulla. Batto il bastone a terra e mi sposto nella stanza. Poi faccio appello ai miei nuovi poteri per azionare il pulsante e spegnere la scatola. Tra la magia di Bree, il cristallo di moldavite e l'applicazione di Sylvie per la meditazione, sono entusiasta delle mie nuove capacità di interagire di nuovo con il mondo che mi circonda.

Mi ci vuole uno sforzo enorme, ma alla fine riesco a

spegnere la scatola delle immagini in movimento. Mi giro, ma Pax e Bree nemmeno si sono accorti della mia impresa. Non vedo cosa stanno facendo, ovviamente, ma sento il flebile e implorante gemito di Bree e percepisco l'aria addensarsi e vibrare di promesse lascive.

«Ambrose, puoi stare tu qui in salotto. Io porto Bree nella sua stanza» grida Pax. Sento Bree strillare di gioia mentre lui la solleva tra le braccia. Cerco di reprimere quella serpe di invidia che mi stringe le budella. Ho le dita che prudono per il desiderio di toccare Bree, di accarezzarle la pelle e di esplorare il terreno del suo corpo, più e più volte.

«Posso... posso stare con voi?» dico, prima ancora di pensarci. «Vorrei... ascoltare, sentire, percepire il più possibile.»

«Sì, devi restare!» La voce di Pax si accende di gioia. Che stia combattendo o scopando, Pax crede che ogni cosa sia migliore, se ci sono gli amici.

«Sei sicuro, Ambrose?» Le dita di Bree sfiorano le mie, e il tocco accende le mie vene spettrali. «Non voglio che tu ci rimanga male per ciò che Pax può fare e tu no...»

«Le uniche cose della vita che possono ferirci sono le cose che amiamo» le dichiaro. «Per me tu vali tutto il dolore del mondo.»

«Oh, Ambrose.» La voce le si incrina nel pronunciare il mio nome. Si china verso di me e percepisco il momento in cui il suo corpo mi sfiora. Il mio essere è attraversato da un formicolio, e poi le sue labbra sono sulle mie.

Il suo bacio, oh che bacio! Inizia lento e delicato, simile allo sciabordio delle onde su una riva lontana. Poi, come l'oceano, si gonfia con la marea, e minaccia di tirarmi sotto, di spazzarmi via.

Sono pronto a farmi spazzare via.

«Tocca a me.» Pax me la strappa di dosso e la rapisce,

portandola lungo il corridoio verso la sua stanza. Bree ride. Immagino se la sia caricata sulle spalle.

«Ambrose, vieni anche tu» grida Bree.

Seguo le loro voci per quanto possibile, dato che ho abbandonato il bastone sul pavimento del salotto. Credo che Bree abbia ancora con sé la pietra di moldavite, perché sento il muro quando lo tocco, così lo seguo e riesco a farmi strada lungo il corridoio. Individuo la porta della sua camera da letto ed entro.

Il letto cigola. Bree mi chiama. Io mi lascio trasportare, eccitato per ciò che potrebbe accadere.

«Ops» mormoro appena urto un vaso che finisce a terra in frantumi.

«Non preoccuparti.» La voce di Bree è un basso mormorio nel mio ventre. «Era brutto. Vieni qui.»

Mi sposto con cautela fino al bordo del letto. Con una gamba le sfioro una coscia. È seduta sul bordo e, quando mi avvicino, apre le gambe, prendendomi tra le sue cosce. Dietro di lei, Pax si accovaccia sul letto: lo so perché la sua mole affossa il materasso. Allungo una mano e gli tocco un braccio: sento che le passa le mani sul corpo e le bacia il collo.

All'improvviso, avverto qualcosa di morbido che mi arriva sul volto, e che in parte mi trapassa e in parte intercetta la mia struttura, stranamente più corporea del solito. Sembra tessuto. Me lo tolgo di dosso. È la maglietta di Bree. La annuso. Sa di mandorle, di vin brûlé e di incontri segreti davanti a un caminetto che arde.

«Smettila di annusare quel tessuto e vieni a letto con noi» grida Pax.

Le dita di Bree cercano di sbottonarmi la *redingote*, ma non riescono ad afferrare i bottoni. Questi movimenti, sembrano ancora troppo piccoli e precisi, per la connessione che abbiamo ora.

Così me la sbottono io, poi la lascio cadere a terra, seguita dal gilet, la camicia, i pantaloni e la biancheria intima.

«Sembri un regalo di Natale, tutto incartato con strati su strati di fronzoli. Sbrigati e scartati, amico» dice Bree con una risata nella voce. «Voglio godermi il mio regalo.»

Così mi tolgo stivali e calzini e salgo sul letto accanto a lei. Bree mi gira verso di sé. Mi fa distendere. Percepisco il letto sotto di me, il cotone morbido delle lenzuola che struscia sulla mia pelle nuda e spettrale. È una sensazione che non riesco a descrivere, ma dopo tutti questi anni in cui ho avuto così poca percezione fisica, in cui sono rimasto sospeso in un vuoto oscuro nel quale solo la punta del mio bastone riusciva a toccare il mondo, questa sensazione significa *tutto*.

E non è nulla, in confronto alla sensazione delle labbra di Bree sulle mie. *Lei* è tutto. È squisita. Emetto un respiro tremante e la sua lingua si infila nella mia bocca. Affamata e tenera, accarezza la mia. Le sue mani, calde e vibranti di vita mi afferrano le spalle. Un mugolio si leva da lei e fa levitare il mio cuore... sempre che ce l'abbia, un cuore.

Mentre ci baciamo, le mani di Pax vagano sul suo corpo. Sento le sue dita infilarsi tra di noi, afferrare i capezzoli di Bree e stuzzicarli finché lei non mi morde la lingua. Le abbassa una mano sul ventre e lei si inarca addosso a lui, reclinando la testa all'indietro per esporre il collo.

Io glielo bacio, percorrendole la pelle delicata fino alla clavicola. Le mie labbra formicolano dove affondo un po' dentro di lei, ogni mio spettrale nervo acceso a sentire il suo gusto.

Faccio fluttuare le mie dita sul suo corpo, muovendole in languidi cerchi anche su Pax, e godo del modo in cui lei si contorce sotto di noi. Sentire il suo calore e la sua fisicità mi fa riaffiorare dentro qualcosa che sto cercando di recuperare da giorni. Quella misera, meravigliosa speranza di poter avere più di tutto questo, insieme a lei.

Immagino che Edward sia malinconico perché invece ha deciso che è meglio non sperare. Pax ha concluso la sua faccenda fantasmatica: ha appreso che, dopotutto, aveva avuto una sepoltura adeguata e in qualche modo la magia di Bree lo ha riportato in vita. Ma, rispetto alla questione in sospeso di Pax, che era piuttosto semplice, la mia è quasi impossibile. Non so cosa mi stia costringendo a rimanere un fantasma. Se ciò che mi impedisce di passare oltre è il mio desiderio di vedere il mondo e tutto ciò che contiene, allora temo che resterò un fantasma per sempre.

D'altra parte, se posso avere altre nottate simile a questa, insieme a Bree, allora mi accontento di rimanere invisibile.

*Eppure, quanto ardentemente vorrei...*

Passo le dita tra le gambe di Bree, accarezzandole con dolcezza il pube. Lei geme e spinge in avanti il bacino, implorandomi di fare di più. Ma Edward mi ha insegnato che, quando una donna chiede forza, io posso aumentare il suo piacere con la dolcezza. Così muovo le dita piano, dolcemente, stuzzicandole la fessura, immergendomi appena, prima di tornare a disegnarle piccoli cerchi intorno a quel bocciolo che non manca mai di farla impazzire.

E ora è scatenata: ha il respiro affannoso, il suo corpo si contorce sotto di me, dalle labbra le escono gemiti squisiti, fusa e imprecazioni.

Scatenata. E squisita. E, almeno per questa notte, mia.

«Sei un sogno» sussurro mentre le mie dita danzano su di lei.

«Non può essere un sogno» grida Pax mentre le afferra i fianchi e la solleva, infilando le sue robuste cosce sotto di lei. «Nei miei sogni, mi cavalca come un guerriero scita montato su un possente cavallo da guerra.»

Bree grida, mentre mi accorgo che Pax la abbassa su di sé. Le mie dita sono ancora tra le sue gambe, e sento il suo palo da vero gentiluomo che si infila dentro di lei, la riempie, la dilata. Bree sospira, capisco che spalanca le gambe e con le mani mi afferra le spalle. Le sue dita affondano dentro di me e accendono un fuoco sulla mia pelle spettrale, pronta a bruciarmi tra le sue fiamme.

Bree stringe le mani e mi penetra, anche se io non riesco a penetrare lei. Si lascia cadere in avanti, sfiorandomi le labbra con le sue, così calde e avvolgenti. Le faccio danzare le dita sul clitoride, come mi ha insegnato Edward, e ciò suscita in lei bellissimi mugolii mentre Pax spinge più a fondo.

Il suo corpo sussulta a ogni spinta, la sua lingua scivola sulla mia, attraverso la mia, e il contatto tra di noi si accende e si spegne allo stesso modo di una fiamma che vuole divampare, ma non ci riesce.

Sono straziato dalla voglia, che risveglia in me sensi da tempo spenti, e alimenta un fuoco con un'*invidia* insaziabile, da far accapponare la pelle.

«Dimmi» dico a Pax che affonda ripetutamente dentro di lei. «Cosa si prova a toccarla? A toccarla *veramente*?»

«È simile alla seta» grida lui, con le mani enormi che sfiorano le mie mentre le tocca la pelle. Cosa darei per toccarla anche io così, per sentirla davvero. All'improvviso, uno strattone e una scossa mi riempiono il petto, come se qualcosa mi avesse avvolto il cuore.

Ignoro il disagio, perché voglio stare con Bree. Continuo a passarle le dita sul corpo, perché voglio sentire il più possibile, quando si abbandonerà a Pax, quando il suo corpo cederà e lei godrà, su quel suo robusto membro, da soldato romano. Pax ormai c'è quasi, lo capisco dal suo respiro affannoso e dal modo in cui la stringe. Le labbra di Bree si serrano sulle mie quasi avesse bisogno di me per respirare. Essere necessari, essere desiderati è una sensazione meravigliosa, anche se non posso...

Traggo un profondo non-respiro, travolto da quella strana forza.

«Oh» la voce di Bree trema. «Ambrose, il filo...»

Ma qualsiasi cosa stesse cercando di dire viene cancellata dalla forza del suo orgasmo. Bree gode, con un lungo tremito, e la cosa che mi circonda il cuore stringe *forte*.

Cado in avanti verso di lei, *attraverso* di lei, *dentro* di lei. Ma non sento il solito dolore che provo quando attraverso un oggetto solido, quella breve ma straziante sensazione del mio corpo spettrale che viene fatto a pezzi e poi ricomposto intorno a qualcosa di più solido, di più reale.

Invece, il fuoco che è Bree mi consuma, e io rinasco nelle sue fiamme, un'esplosione di luce stellare incandescente e violenta. Sono dentro di lei. Sento i suoi organi, le sue ossa, le sue vene e i suoi tendini. È la cosa più intima che avrei mai potuto immaginare.

E *vedo*.

*Ci vedo*.

Ma non capisco.

Quando sono diventato cieco, mi ci sono voluti circa cinque anni per smettere di sognare con il senso della vista, per riscrivere i miei ricordi solamente con gli altri quattro sensi. Questa è la prima volta da allora che vedo qualcosa *dentro* la mia testa. Sembrerebbe un ricordo, solo che non mi appartiene.

Il profumo di Bree mi avvolge. Sono sul pavimento di casa sua, sto giocando con delle costruzioni e una donna con una valigia rosa si inginocchia accanto a me...

E poi, il ricordo si sposta. Sono su una bicicletta rossa con dei nastrini argentati e un campanello, che suono in continuazione. Mio padre mi regge da dietro, dal portapacchi, mentre io giro su e giù per il vialetto di Grimwood. «Stai andando alla grande, dolce Bree! Hai un talento naturale.»

Io mi *sento* un talento naturale. Rido per il fruscio del vento tra i capelli mentre pedalo più veloce, così veloce che mio padre riesce a malapena a starmi dietro. Guardo la casa e sorrido alle due sagome che mi osservano dalla finestra.

E poi papà lascia la presa e io volo davvero. Evviva! Sto andando in bicicletta!

Volo via dal cancello e imbocco il sentiero verso il cimitero. Pedalo forte mentre supero l'alta inferriata. Papà mi insegue ridendo. «Attenta, dolce Bree. Non andare troppo veloce. Rischi di svegliare i fantasmi!»

Volo dietro l'angolo del mausoleo più alto. La risata mi si spegne quando vedo una figura uscire dall'ombra, vestita con un lungo cappuccio nero. C'è qualcosa di *sbagliato* in quella persona, ma non so cosa. Un grido mi si blocca in gola.

La figura incappucciata si avvicina, e solleva una mano. Io strattono con forza il manubrio. La ruota gira, ma vado troppo veloce. Il terreno si solleva verso di me e mio padre urla: «Vieni via! Allontanati subito da lì!» e il mondo esplode di dolore...

Una stretta al cuore, e quello strattone che mi aveva trascinato dentro Bree, in questo ricordo che non è mio, mi spinge di nuovo fuori. Con forza. Io sobbalzo all'indietro e crollo. Attraverso il materasso e finisco sul pavimento duro. Sbatto la testa a terra, ma sono troppo scioccato da ciò che ho visto per concentrarmi sul dolore.

Striscio fuori da sotto il letto e salgo di nuovo. Le dita di Bree trovano le mie e mi tirano ancora tra le sue braccia, lì dove devo stare. Preme il corpo nudo contro il mio e sento il suo cuore che batte forte.

«Ambrose» sussurra Bree. «Sei stato dentro di me.»

«È vero.»

«Ti ho sentito. Ti ho sentito nelle mie ossa. E ho visto attraverso te.»

«Per forza, è trasparente» le ricorda Pax in un ringhio. Lui è ancora dentro di lei. «È un fantasma.»

«No, voglio dire che ho visto attraverso i tuoi occhi. Ero nei tuoi ricordi. Ero seduta alla scrivania della mia vecchia camera da letto, davanti alla finestra, e scrivevo furiosamente con penna e inchiostro e una cornice di legno, con la mano che non riusciva ad andare veloce quanto la mente. Sentivo la disperata frenesia di voler scrivere la scena prima di dimenticarla, ma il mio cuore era leggero.» Si china in avanti e posa la guancia contro la mia. «Mi sentivo completamente a casa. E poi sono venuta, e il ricordo è sparito.»

«E io sono stato nei tuoi ricordi» sussurro, stupito per questo strano nuovo potere che ha condiviso con me. Non voglio parlarle del ricordo della bicicletta, perché so esattamente cosa è successo quel giorno. Edward e io la guardavamo dalla finestra. Così le racconto della donna con la valigia rosa. «Era il giorno in cui il maniero ha aperto come B&B. Tu eri seduta sul tuo tappeto da gioco in cucina, che costruivi una torre con i mattoncini colorati per poi distruggerla, tutta allegra. Mike e Sylvie hanno fatto entrare una bella donna dagli occhi azzurri, con una piccola valigia rosa. Mike si è offerto di portargliela in camera, Sylvie ha messo in funzione il bollitore, e lei si è chinata sul tappeto e ti ha tolto un pezzo di terra o qualcosa del genere dalla fronte. Poi ti ha dato un mattoncino rosso e ti ha detto che non dovevi preoccuparti, che avresti sempre avuto qualcuno con cui giocare.»

«Non me lo ricordo» dice Bree, con voce affannata. «Devo essere stata molto piccola.»

«Avevi il pannolino e un adorabile bavaglino rosa...»

Bree fa un verso di disappunto. «Promettimi che non userai mai più la parola pannolino mentre siamo a letto insieme.»

«Ti prometto qualsiasi cosa» dico con un sospiro felice. «Per quanto sia stato bello vedere per un istante attraverso i tuoi ricordi, non era questo che intendevo quando ho detto che desideravo essere *dentro di* te.»

«Oh, Ambrose.» Le dita di Bree mi accarezzano la guancia, lasciandosi dietro una scia di luce stellare. «Lo vorrei tanto. Se riusciamo a capire cosa sta succedendo con la mia magia e a essere sicuri che non farò del male a nessuno, troverò un modo per riportare indietro anche te.»

A quelle parole, le si blocca il respiro. So che ha paura di ciò che è, di ciò che può fare. Per quanto abbia il desiderio di colmare l'ultimo divario tra noi, ha troppa paura di cercare di capire quale sia la mia questione in sospeso.

Aspetterò finché non sarà pronta. Aspetto una donna come Bree da tutta la vita, e anche da tutta la morte. E aspetterò ancora, tutto il tempo che le serve. Mi accontenterò di momenti e notti simili a questi. Una parte di lei può bastarmi.

«Sembri triste» dice.

Io scuoto la testa. «Non sono mai triste quando sono con te.»

«Ti conosco, Ambrose. Tu vorresti di più. Tu vuoi sempre sperimentare *tutto*, e ti uccide sapere che Pax ha qualcosa che tu non hai. Vorrei potertelo dare, ma non posso. Non ancora. Non finché non sarò sicura che non ti farò del male. Però posso darti qualcos'altro.» Mi passa le dita sulle spalle. Mi spinge indietro. «Sdraiati» sussurra.

Obbedisco. Ho la schiena premuta sulle lenzuola. Con Bree così vicina a me, questa volta non cado.

Mi passa le dita sul petto. Ho il corpo che brucia, per il desiderio che so che lei non può soddisfare...

Invece la sua bocca calda e morbida si chiude sul mio sesso.

Oh, ma è una sensazione deliziosa. Il suo profumo di pera e di mandorla mi avvolge. Lei mi passa le labbra lungo il sesso, facendomi bagnare, prendendomi dentro di sé finché non sento la sua gola. Quella spirale di desiderio che ho nello stomaco si scioglie, e tutto ciò che avverto, annuso e percepisco è *lei*.

Bree infila le mani sotto di me, costringendomi a inarcare il bacino verso l'alto, spingendomi più a fondo nella sua bocca. *Oh, la sua bocca!* È il piacere più squisito del mondo! La sua lingua è un guizzo di fuoco che mi danza sulla punta. Le sue labbra si stringono intorno a me e quando mi prende in profondità è come se inghiottisse tutte le cose brutte che mi sono successe. Percepisco la vibrazione del suo gemito, e usa le dita strette a pugno per accarezzarmi e stringermi. Ovviamente io non vedo, ma sono certo che Pax ora sta usando la sua linguaccia romana sul suo clitoride, e non ci vorrà molto prima che esploda di nuovo. Per me, per *noi*.

Un gemito profondo e lamentoso le sfugge dalle labbra, e mi succhia con così tanta forza da sollevarmi dal letto. Le palle mi si tendono, dentro di me si forma un nodo che è una cosa viva. Da un momento all'altro, potrei, *potrei*...

«Ambrose» dice Pax all'improvviso. «Potrei insegnarti un trucchetto romano.»

«Certo» riesco a dire a fatica.

Sento la mano di Pax che mi si infila tra le gambe. Ho la bocca di Bree stretta sulla mia erezione, e Pax mi passa un dito sotto. Bree affonda su di me e lui preme su quel pezzetto di pelle.

*Vedo* le stelle. Esplosioni di luce brillanti mi danzano dentro le palpebre. Per un attimo temo di essere passato oltre, temo che il mio corpo sia diventato polvere e luce di stelle. Ma poi il piacere svanisce e mi rendo conto di essere ancora qui, ancora un fantasma, ancora a letto con Bree e Pax.

«Ambrose...» Bree mi accarezza la guancia. «Sembri scioccato. Com'è stato?»

«Io...» Muovo le dita. Le sento strane e formicolanti. «Sono abbastanza sconvolto. Ma non ti sei sporcata?»

«No, non è uscito nulla. Il che è forte, in realtà. Credo che i fantasmi non producano sperma. Però ho sentito... qualcosa. Ho sentito il tuo sapore sulla lingua. Un cocktail mediterraneo, con un pizzico di sale.»

*Wow. È incredibile.*

*Lei* è incredibile.

Mi rivolgo a Pax. «Quindi, puoi insegnarci qualche altro trucchetto romano?»

# 9

## EDWARD

«Invano attende l'onore dei suoi fedeli,
Nessuno viene, anche se tutti lamentano la sua
    mancanza;
La sua mano regge il registro preciso,
Di ogni generoso e amichevole atto.»

«Aaaaah! Pax, ah, sì...»

Mi affaccio alla finestra del mio boudoir privato, che presto verrà invaso da un prete, e recito le parole di Voltaire, un poeta che assomiglia al mio cuore oscuro, depravato e anarchico. Mi inginocchio e allungo una mano. Le mie dita si aprono meravigliosamente mentre grido la strofa successiva con tutta la passione che ribolle nelle mie vene spettrali:

«...Favori per cui stima e amicizia competono,
Non sono ricevuti con modestia, né conferiti con
    arroganza:
Tali favori, come quelli che li conferiscono, si
    dimenticano,

E chi riceve, dichiara senza rimpianti - argh!»

«Ambrose, sì, sì!»

Mi butto sul letto e faccio per tirarmi il cuscino sulle orecchie, ma poi mi ricordo che sono un fantasma e le mie mani lo attraversano. Così decido di incastrare la testa nel muro e di mordere il cavo elettrico. Le luci sfarfallano e il mio corpo è attraversato da un ronzio, che produce l'effetto di riverberare nel cranio ectoplasmatico i suoni del piano di sotto.

Per quanto forte reciti la mia poesia preferita, non riesco a soffocarli. Le grida d'estasi di Brianna riecheggiano tra le pareti e mi pulsano dentro, scandite dai grugniti odiosi di quello stupido soldato, e dalle esclamazioni di quel traditore di Ambrose.

*Dovrei esserci io, lì.*

*Io* sono il principe. Sono *io* il proprietario legittimo di Grimwood Manor. Sono io che comando e ho tutte le idee brillanti. Dovrei essere io, quello riportato in vita da Brianna. Dovrebbe essere *il mio* scettro quello su cui sta saltando su e giù in questo momento.

«*Questa storia delle virtù dell'umanità, Dentro un ambito ristretto è confinata*» mormoro tra me e me mentre osservo un topo che attraversa l'intercapedine nella parete. L'elettricità mi ronza nel corpo e il mio misero scettro risponde ergendosi, fiero e leale, palpitante di un bisogno che solo Brianna può saziare.

*Potresti scendere al piano di sotto e unirti a loro*, mi sussurra una voce oscura nella testa. *Tu sei il principe. Esigi che i tuoi sudditi ti adorino. Prenditi ciò che ti spetta.*

Potrebbe essere di nuovo come quella notte, la notte che rivivo ogni volta che sono con Brianna. Persino le mie fantasie più depravate e sconce non sono all'altezza di ciò che ho provato nell'istante in cui mi ha baciato, quando il mio nome è uscito dalle sue labbra in un sussurro affannoso. Nemmeno al tempo in cui ero in vita, nessuna donna mi ha mai fatto sentire così vivo.

Ma non sarà mai più così.

Perché ora Pax è vivo e io no.

Perché Ambrose crede che anche noi possiamo essere resi vivi, ma io so che non posso.

Perché i miei amici meritano una seconda possibilità di essere felici con lei, ma io no.

Non sarò mai più in grado di essere vivo, perché quando ero vivo non ho mai avuto una cosa di cui mi sia importato così tanto da legarla alle mie spoglie mortali.

Non ho idea del motivo per cui sono un fantasma, e quindi lo resterò per sempre, mentre guarderò Brianna che invecchia con Pax e Ambrose. Li guarderò scopare, sposarsi e riempire questa casa di minuscoli bambini che Pax addestrerà con piccole spade di legno per farli diventare una seccatura costante contro di me. Loro avranno la loro bella vita insieme e io sarò lo spettro tra le pareti.

Me lo merito.

Rimarrò intrappolato qui con la loro felicità e questo mi trasformerà nel mostro che in fondo so di essere.

Il mio scettro pulsa con urgenza. Anche se so che è inutile, che uno degli orrori punitivi dell'essere un fantasma è l'impossibilità di godere, me lo prendo in mano e lo accarezzo.

Le urla di Brianna risuonano tra le pareti, mentre l'elettricità pulsa e il mio pugno pompa. Tocco le stelle.

Cosa le stanno facendo? Pax le stringe i capezzoli tra le dita, pizzicandoli proprio come piace a lei? Ambrose la sta baciando con tutta la sua passione e il suo entusiasmo da principiante? Lei si starà contorcendo con un sesso romano affondato dentro mentre un avventuriero vittoriano adora il suo corpo quasi fosse un altare?

È meglio così. È meglio che Brianna sia con loro.

Le mie palle si tendono fino a farmi male. La mia mano si muove più forte. *Quasi. Ci sono quasi...*

Vengo.

Non posso crederci. Un'ondata di piacere mi scuote il corpo. Fisso il mio scettro, mentre la gonfia punta violacea si contrae e ha un guizzo nel mio pugno. Non esce nulla, perché dentro di me non ho più liquidi vivi. Ma il mio corpo si affloscia per il sollievo.

Le luci della mia stanza sfarfallano di nuovo e si spengono.

*Fantastico, ho bruciato un fusibile. Brianna mi ucciderà.*

Ma lei non sembra accorgersi che la corrente è saltata e che tutta Grimwood Manor è completamente al buio. Sta ancora urlando. Esco dal muro, fluttuo nella camera da letto di Pax e mi pulisco sul suo cuscino la mano con cui mi sono toccato, perché è questo il tipo di insulto meschino che adoro. Torno alla finestra della mia camera e ascolto, il corpo scosso per l'emozione.

*Vai da lei,* mi sussurra la voce.

Mi rifiuto.

I libri di storia mi hanno descritto in molti modi, ma mai come un uomo buono. Mi interessavano solo la mia arte e le mie fantasie. Ho inseguito il piacere perché sapevo che alla fine i miei demoni mi avrebbero sopraffatto. Desideravo essere adorato da tutti e non volevo che la festa finisse mai, perché nessuno dei miei amici bohémien potesse vedere il vero me stesso all'impietosa luce del giorno. Non ho mai fatto nulla di importante o di valore, a meno che non si conti la mia raccolta di poesie che, se devo essere brutalmente onesto con me stesso in questa oscurità, non ha mai ricevuto il plauso della critica che meritava.

Brianna mi crede migliore di così. Vorrei essere degno di lei, ma non lo sarò mai.

E così rimango lontano.

Ambrose pensa che io non capisca. Povero, egoista Edward. Lui non vede cosa sta succedendo davvero.

Sciocchezze. Io ci vedo meglio di un avventuriero cieco.

Io ascolto Brianna. Beh, è vero, quando si abbandona ai suoi sproloqui sul femminismo, tendo un po' a non ascoltarla. (Pensavo che concedere il voto alle donne avrebbe almeno reso un po' più piccante la politica. Invece è diventata più noiosa che mai).

Ascolto ogni parola che dice e ascolto anche ciò che non dice.

So che Brianna ha paura.

Pensa che farà la stessa fine di Vera, affettata sul pavimento di un negozio di magia deserto.

Forse non ha torto.

E io non posso farci nulla.

*Sono inutile.*

Non sono in grado di uccidere i suoi nemici. Il massimo che so fare è una voce spettrale per spaventare un paio di squinzie sciocchine. Non posso impedire che questo mostro la trovi e la faccia a pezzi, proprio davanti ai miei occhi.

Anzi, è proprio la mia presenza che la mette in pericolo, perché rende più probabile che Brianna riveli in qualche modo i suoi poteri a questo mostro.

E non possiedo l'arguzia, il fascino o l'intelletto di Ambrose. Io non so nulla di Lazzaro. Non ho la vena psicotica di Pax. Sarò anche stato addestrato nell'arte principesca della scherma, ma non ho mai dovuto affrontare un nemico in battaglia, a meno che non si contino gli scontri con mio padre nella sala del trono (contrasti che ho sempre perso).

Non sono altro che una distrazione per lei. Una distrazione di una bellezza devastante, ma comunque...

Sono più che...

*...inutile.*

Sento la voce di mio padre che mi risuona in testa, che mi rimbomba nelle orecchie. Chiudo gli occhi ed è come se fosse qui accanto a me.

*«Oh, il mio svampito e spregiudicato figlio è finalmente tornato a corte con la coda tra le gambe? Di cosa hai bisogno questa volta, Edward? Fammi indovinare, sei stato cacciato via da quella costosa accademia di pittura perché hai scatenato una rissa, e ora pretendi altri soldi da buttare in oppio e donne francesi? Almeno ho un figlio con l'intelligenza di mezzo bue. Ringrazio il cielo di avere Henry, così questo Paese non sarà mai così sfortunato da avere te come re.»*

Per niente simile a mio fratello: il grande Henry, adorato da tutti a corte, infallibile agli occhi di mio padre.

Anche dopo tutto questo tempo, pur sapendo che mio padre è morto agonizzante di vaiolo e che mia madre è stata mandata a vivere in solitudine in una squallida località scozzese, le sue parole mi perseguitano ancora.

Quel giorno gli ho urlato che non mi importava di quello che pensava di me. Era una bugia. L'ultima bugia che gli ho detto. Mi ero presentato in tribunale solo per perorare la causa del mio buon amico, Charles Villiers, sesto conte di Dorset. Charles aveva accumulato un consistente debito di gioco ed era inseguito per ogni dove da una banda di malviventi intenzionati a riscuotere a qualsiasi costo ciò che era di loro pertinenza. Avevo bisogno di soldati per proteggere lui, e me stesso in quanto suo compagno, dato che anch'io dovevo una piccola fortuna allo stesso creditore.

Ma mio padre affermò di non avere uomini da poter dedicare alla nostra causa. Non avrebbe alzato nemmeno una spada per la vita del suo primogenito. Anzi, se mi avessero rinvenuto morto, a galla nel Tamigi, avrebbe dato una festa. Io replicai dicendo che sarebbe stato l'unico piacere di cui la sua infelice corte avrebbe goduto dopo che aveva privato le sue raffinate dame dei piaceri del mio boudoir.

Per tutta risposta lui mi informò che la notte del mio concepimento avrebbe preferito che mia madre avesse ingoiato il suo seme. Avrebbe voluto che non fossi mai nato.

Dopo ventisei anni di maltrattamenti da parte di mio padre, quelle parole avrebbero dovuto avere poco impatto su di me. Invece, con il suo desiderio di cancellarmi dal mondo che risuonava in ogni nobile angolo della sala del trono, ogni ricordo della sua crudeltà veniva amplificato. Non mi aveva mai voluto. Ogni volta che elogiava Henry per il modo in cui cavalcava o sparava, o per le sue altre nobili attività, affondava sempre di più il coltello.

*Edward non è un vero principe. Edward non ha la stoffa per sopravvivere a corte. Edward è distratto e non ha la testa per la guerra, o la politica. Edward è troppo stupido, troppo sensibile, troppo pigro, troppo egoista...*

Ci tenevo così tanto a compiacerlo che diventai ciò che lui pensava di me. Gli diedi la scusa che gli serviva per ripudiarmi e crescere Henry da suo erede. Pensavo che, una volta ottenuto ciò che voleva, avrebbe potuto vedere qualche utilità in me e dedicare del tempo a comprendere la mia arte, a capirmi. Invece mi odiava più che mai, e così fuggii a Grimdale, nel grande maniero che avevo acquistato come base in campagna per i miei atti più impuri. Portai con me tutte le persone che rendevano la mia vita degna di essere vissuta e le sistemai nella dimora, a cominciare da Villiers. Dato che non ero stato in grado di farmi amare da mio padre, allora avrei costruito il mio regno in questa casa di peccato, e i miei sudditi mi avrebbero amato come il loro Padre dei Vizi.

Mi si forma un nodo in gola, anche se, tecnicamente una gola non ce l'ho.

Non è cambiato nulla. Sono ancora Edward la delusione. Edward il fallito.

Non riesco a farmi amare.

Hanno intenzione di disfarsi di me, e non posso biasimarli.

Sono inutile per Brianna. È meglio che non mi conosca mai, che non si innamori di me allo stesso modo in cui si sta innamorando di Pax e Ambrose.

Non sarò mai degno di lei.

Io sono tutto ciò di cui lei ha paura.

Sono io il mostro.

Le so, queste verità, però ogni momento che passo in presenza di Brianna, la mia determinazione si indebolisce. L'impulso di correre al piano di sotto, di gettarmi ai suoi piedi, di baciarglieli e di fare al suo corpo tutte le cose lascive che desidera, minaccia di soffocarmi.

Devo allontanarmi. Prima di dimenticarmi chi sono.

Prima che il mio cuore bestiale creda nell'impossibile.

Prima di convincermi che la merito.

Una volta sono stato lontano da Brianna, anche se è stata un'agonia. Posso farlo di nuovo.

Fluttuo fuori dalla finestra e mi dirigo verso il cimitero. Ma poi intravedo il mio mausoleo, che svetta sul resto delle tombe. Il groppo in gola si fa più stretto. Non posso andare lì.

Non mi sottrarrò ai miei fallimenti nascondendomi in quell'effigie.

Inoltre, qui fuori l'acustica è il peggio del peggio. Anche se le luci sono spente, il grido penetrante di Brianna buca la notte silenziosa, e mi ci vuole ogni grammo di autocontrollo che possiedo (che non è poi molto) per trattenermi e non tuffarmi nella loro finestra e infilarmi a letto con loro.

Dove andare? Con i nuovi poteri di Brianna, possiamo allontanarci da Grimdale più di quanto ci era possibile prima. Ma più mi allontano da lei, più si affievoliscono. Vale comunque la pena di provare.

Passo fluttuando sul giardino davanti alla casa, sopra il mosaico dello zodiaco di Mike, rovinato da Kelly e Leanne. Il mosaico è proprio sul punto della mia caduta fatale, dove sono precipitato dalla finestra della torretta sui ciottoli sottostanti e mi sono conficcato il vetro nelle natiche.

Come se chiamato in causa, il vetro si fa sentire. Allungo una mano e lo estraggo senza pensarci. Poi lo lancio verso la finestra di Brianna, ma la scheggia svanisce a mezz'aria. Un secondo dopo il mio sedere formicola e mi si forma un nuovo frammento.

Sono maledetto da questa mia inutilità.

Fluttuo lungo la strada, ma appena arrivo all'angolo di Grimwood Crescent, la fantasmaticità mi riporta nel giardino di casa, proprio fuori dalla loro finestra buia, giusto in tempo per sentire Pax che ordina ad Ambrose di fare qualcosa di *interessante...*

Mi avvicino, attirato dalle grida di Brianna. Il mio scettro scatta di nuovo sull'attenti.

Forse potrei dare una sbirciatina.

Solo per sapere cosa mi sto perdendo...

No.

*No.*

Edward il cattivo.

Non posso cadere in tentazione. Una sola occhiata agli occhi color champagne di Brianna, appesantiti dalla lussuria, e mi perderei di nuovo. Desidererei cose impossibili. Comincerei a credere di meritarla.

Deglutisco a fatica. Indietreggio.

So cosa devo fare. È l'unico modo per sfuggire alla tentazione, per costringermi a non piegarmi alla mia debolezza.

Devo fare i conti con il male che ho commesso.

Almeno lassù non sarò tormentato dai suoni del piacere di Brianna. Tre anni fa, Mike ci ha trascorso un'intera estate, a posare materiale isolante per aiutare a mantenere caldo il maniero. Questo ha reso la stanza insonorizzata, anche se non meno deprimente.

Lo so bene, perché ci ho vissuto per due tristissimi anni, terrorizzato da una bestia di tale cattiveria che non mi sorprenderebbe se fosse l'assassino di Vera. Ma devo correre il rischio e affrontarlo.

Sono drogato. Ho bisogno della mia medicina.

Il corpo che trema, risalgo fino alla camera da letto principale e mi infilo nella parete. Il dolore che provo nell'attraversare gli oggetti solidi non è nulla in confronto a quello che sento nel cuore. Evito le prese elettriche. Se mi distraggo, potrei avere il tempo di cambiare idea.

Mi infilo nell'intercapedine del muro e poi in soffitta. La luna brilla attraverso uno dei minuscoli lucernari e fa danzare lunghe e spettrali ombre sull'accozzaglia di vecchi mobili e di oggetti accatastati quassù.

«Ehilà?» chiamo timidamente nella penombra. «Sei qui?»

Nessuna risposta.

«Sono io, Edward. So che è da un po' che non ci vediamo. Ti giuro che non sono qui per farti del male. Non sono qui per realizzare nessuna delle mie tante minacce, anche se te le meriteresti tutte. Ho solo bisogno di nascondermi per un po'.»

Forse è fuori ad affilare gli artigli.

*SQUEAK.*

Mi si gela il sangue. Riconoscerei quello squittio ovunque. Sobbalzo e urto una pila di vecchi vinili, che mi trapassa le dita dei piedi, ma il dolore acuto non è nulla in confronto al terrore che si agita dentro di me.

Scruto l'oscurità. «Ci... ci sei?»

*SQUEAK.*

«Sei qui. Certo che sei qui. È casa tua. A-ha. È casa tua e io sono tornato, senza essere stato invitato.» Deglutisco. Sollevo le mani e cerco di rimanere saldo, nella speranza che non si accorga che tremo. «Sono venuto a cercare rifugio. So che non ho il diritto di chiedertelo, ma non è per me. È per lei.»

*SQUEAAAAAK.*

«Ti prego» mormoro, crollando in ginocchio. «Te lo giuro. Devo solo... vedere se quella cosa è ancora qui. Faccio il bravo, te lo prometto.»

Niente.

Sospiro di sollievo. Se fossi vivo, sarebbe il momento di espirare il fiato che non mi ero reso conto di aver trattenuto, nel modo in cui sono solite fare tutte le protagoniste di romanzi lascivi, quando il loro terrore irrefrenabile si placa. Mi muovo rapido in giro per la stanza piena di oggetti. La soffitta è il luogo in cui ogni nuovo proprietario della casa getta le cianfrusaglie dei proprietari precedenti, dopo che ha venduto tutti i mobili decenti. Passo davanti a un angolo, interamente dedicato a orribili mobili di mogano di cui i Van Wimple, amici di Ambrose, erano tanto appassionati, e anche ad alcuni bauli di vestiti della nonna di Brianna.

Mi dirigo verso un angolo che conosco. È ancora più lugubre di quanto ricordassi. Una tenda di ragnatele pende dal soffitto, drappeggiata come un merletto di seta sulla vecchia bicicletta rossa di Brianna e sulla macchina da allenamento StairMaster di Mike. Il vecchio pianoforte che un tempo si trovava nel mio salotto, attorno al quale io e i miei amici ci riunivamo per cantare canzoni da taverna in serate languide e impregnate di oppio, ha preso polvere, addossato alla finestra.

Trattengo il fiato e immergo la testa al suo interno.

«Ahi» mormoro, mentre la mia faccia si infila tra le corde, che raschiano quasi fossero una grattugia. Sono abbastanza solido da trovare angusto e scomodo lo spazio all'interno del pianoforte. Ma individuo subito l'oggetto. Ricordo che osservavo dal guardaroba il giorno in cui fu infilato lì dentro, rendendo il mio bellissimo pianoforte per sempre stonato. Inutile, proprio come me.

Cerco di prenderlo. Le dita vi si chiudono attorno e sento la consistenza della custodia in pelle. Provo a estrarlo, ma non riesco a farlo passare attraverso il piano di legno. Così lo lascio ricadere nel suo nascondiglio, con una nuvoletta di polvere.

*Il manoscritto di Ambrose.*

Pensava che fosse andato perso nell'incendio della sede del suo editore. Nella sua amnesia post-mortem, aveva dimenticato di possederne una copia e di averla nascosta qui, per sicurezza. Non credo che abbia mai pensato che la chiave della sua questione in sospeso potrebbe essere proprio il suo manoscritto.

Un altro modo in cui sono superiore a lui.

Sapevo da anni che era qui, naturalmente. Ho visto Ambrose che lo nascondeva nel pianoforte prima di partire per il suo viaggio in Russia, dal quale è tornato solo in *ispirito*.

Lui non lo sa. Non sa nemmeno che lo seguivo ogni volta che veniva a trovare i Van Wimple. Io e Pax eravamo in un altro dei nostri periodi ventennali nei quali non ci parlavamo: da quanto ho capito, una delle mie poesie aveva offeso i suoi dèi, o qualche altra sciocchezza del genere. E così mi occupavo delle relazioni amorose dell'insolito ospite dei Van Wimple.

Non ho mai ammesso con nessuno che trovavo Ambrose... intrigante. Quell'uomo così serio, con tutta la sua sete di conoscenza e di avventura. Quell'uomo bellissimo, che non vedeva il mondo, eppure trovava in esso più gioia di chiunque altro avessi mai conosciuto. Di notte mi sedevo nella sua stanza e lo guardavo lavorare con diligenza al suo telaio di legno, molto tempo dopo che l'ultima candela si era spenta. Mi chiedevo come ci si sentisse ad avere uno scopo.

Nei lunghi anni in cui abbiamo vissuto in soffitta sotto il controllo di Ozzy, ero certo che avrebbe trovato il manoscritto.

Lo stringo di nuovo tra le dita, così forte che le mie mani attraversano il tomo e accarezzano le pagine deteriorate al suo interno. È sempre stato la chiave per aiutarlo a passare oltre, e invece ora è ciò di cui ha bisogno per diventare un Vivente, come Pax.

Ed è per questo che gliel'ho tenuto nascosto per tutti questi anni.

A parte il sodato scemo, Ambrose è il mio primo vero amico. E se trova questo manoscritto, mi lascerà. Mi lasceranno entrambi. Entrambi potranno stare con Brianna.

E sarò solo. Di nuovo.

# IO

## BREE

Apro gli occhi di scatto. La luce del sole filtra dalla mia finestra, e proietta ombre chiaro-scure sui mobili. Ricordo vagamente che ieri sera è saltata la corrente, ma ero troppo persa tra le braccia di due dei miei migliori amici, per preoccuparmene.

Una mano spettrale si stende sul cuscino sopra la mia testa. Ambrose. Fluttua appena al di sopra delle lenzuola stropicciate, gli occhi azzurri cerchiati dalla luce del sole. «Buongiorno» mormora.

«Ora lo è!» Allungo una mano e gli passo le dita sulla guancia, e adoro sentire quel caldo formicolio nel punto in cui la mia pelle incontra la sua forma spettrale. Non ci stiamo ancora toccando, ma per molti versi è ancora meglio che toccarsi.

Il sesso con i fantasmi è il migliore che esista. Mi opporrò a chiunque dica il contrario.

«Eri troppo bella ieri sera.» Le dita di Ambrose esplorano la mia pelle. So che la storia dei ciechi che ti toccano il viso per *vederti* è una stupida leggenda, però Ambrose non è uguale alla maggior parte delle persone. Lui vuole sapere tutto, provare ogni emozione, sperimentare ogni aspetto dell'umanità. Vuole conoscere ogni parte di me, persino la forma del mio naso o il modo in cui le mie orecchie sono leggermente appuntite.

«Anche tu eri piuttosto carino» gli dico con un sorriso. «Sono contenta che ti siano piaciuti i trucchetti romani di Pax.»

«È solo che mi vergogno a chiedere ai miei amici di insegnarmi queste cose. Dovrei essere io quello che mostra loro gli sfavillanti segreti vittoriani (o come li chiamate ora, Victoria's secrets), o a spiegare i vari usi di una macchina per l'isteria...»

Non riesco a trattenermi. Comincio a ridacchiare. Lui sembra ferito. «Che c'è da ridere?»

«Ambrose, i vittoriani sono passati alla storia per essere stati sessualmente repressi. È una specie di cliché...»

«Bene, allora sono lieto di essere qui per liberarvi da queste folli menzogne che avete sentito su di noi» commenta. «Queste sensazioni sono tutte nuove per me.»

«So che sei vergine. Ma non hai mai...» E faccio un gesto verso la sua spettrale zona inguinale. «Si possono fare molte cose da soli, sai. A volte io lo preferisco. È molto meno complicato e incasinato.»

«Cielo, no.» Ambrose fa una smorfia. «Ammetto che a volte sono stato tentato, ma mi sono astenuto, perché il mio medico mi ha informato che la masturbazione porta alla pazzia.»

Soffoco una risata. A volte dimentico che i fantasmi non sono al corrente dei moderni progressi della scienza.

«Beh, che c'è? È vero, sai! La masturbazione è stata collegata a numerose e preoccupanti malattie. E, dato che l'amore di Edward per l'onanismo lo ha spinto a cercare il brivido nella corrente elettrica, è qualcosa che *io* non desidero minimamente... ehm... perseguire.» Si china in avanti e preme le labbra sulle mie dita intrecciate. «Preferisco di gran lunga avere te come insegnante. Non so cosa ci si aspetta o no, cosa sia normale o sia tabù. Io so solo cosa mi fa stare bene: stare con te e con i miei due amici più cari.»

«Bene. Purtroppo non possiamo passare la mattinata a distruggere altri stereotipi puritani vittoriani. Devo andare a lavorare.»

Mi alzo a sedere e prendo l'acqua, ma mi fermo quando mi accorgo di una figura in ombra in fondo al letto.

Pax è dritto e impettito, gli occhi fissi sulle finestre. Stringe e allenta i pugni: evidentemente gli manca la spada.

«Non sei rimasto sveglio tutta la notte, vero?»

«È mio compito. Il turno notturno è stato tranquillo, anche se le lanterne che si illuminano da sole per magia non si sono riaccese nel villaggio fino all'alba.»

*C'è stata un'interruzione di corrente. Spero che si sia trattato di un normale blackout, e non sia stato un problema causato da un certo nobile libertino sovraeccitato dopo aver fatto un po' di baldoria.*

Pax sbadiglia.

«Pax, ora sei umano. Devi dormire... credo.» Lo studio, preoccupata. «In realtà non sappiamo quali siano le esigenze degli umani che sono di fatto dei fantasmi.»

«A me serve una sola cosa: il tuo corpo sotto il mio, che si contorce nell'estasi...»

Sbadiglia di nuovo.

«Bene, bene, ma che ne dici di fare colazione?» chiedo. «Preparo una Full English.»

«Con tanto di minuscoli dischetti di croccantezza dorata?» chiede Pax, la sua attenzione all'improvviso all'erta.

«Sì, e anche frittelle di patate. Non è una Full English senza quelle.»

Pax si muove rapido lungo il corridoio, sbatacchiando i sandali romani sul pavimento in pietra. Io infilo jeans e felpa, e Ambrose viene con me, una mano spettrale infilata nella mia, la pallina del suo bastone che batte a terra.

Mentre attraversiamo l'atrio, sollevo lo sguardo verso la scala che porta alla suite padronale. Non si sente alcun rumore da quella direzione. «Credo che Edward sia arrabbiato con me.»

So per certo che lo è. Per prima cosa, diventa umano Pax e non lui, poi una donna viene uccisa e tutta l'attenzione è su di lei e non sul principe Edward e sulla sua ricerca della mortalità. Mi viene da pensare che quel fantasma mi condurrà a una morte precoce... ma il petto mi si stringe subito al pensiero che ieri sera non si sia unito a noi.

«Forse non diamo abbastanza credito a Edward» commenta Ambrose. «A volte fa finta di essere un menefreghista scapestrato, invece credo che provi sentimenti più profondi di quanto noi possiamo mai sapere.»

«L'unica cosa che Edward prova è l'invidia, quando non è al centro dell'attenzione» replico mentre spingo la porta della cucina. «Lui è...»

«Bene, bene, bene» commenta brusco Edward, voltandosi dai fornelli. «Vedo che finalmente siamo riusciti ad alzarci.»

Le parole mi muoiono in gola. Deve aver sentito quello che ho detto su di lui. Non solleva mai lo sguardo verso il mio, ma lo tiene abbassato su una pentola che bolle sul fornello. Sul bancone, gusci d'uovo. Altri scricchiolano sotto i miei piedi quando faccio un passo verso di lui.

«Le uova sono quasi pronte» annuncia facendo finta di niente. Si avvicina alla panca e inizia a sbattere un'arancia contro la sua superficie. «Il pane tostato è un po' bruciacchiato, perché ho avuto un piccolo diverbio con il tostapane. Ma io il pane lo preferisco bello nero, proprio come la mia squallida anima quando il diavolo mi metterà le mani addosso. Non sono riuscito ad aprire la scatola di fagioli, ma non volevo svegliarti: non volevo pensassi che stavo cercando di attirare la tua attenzione.»

«Edward, io...»

Le scuse mi muoiono in gola quando lui stringe in un pugno l'arancia, che ormai è tutta ammaccata, la tiene sospesa sopra un bicchiere vuoto, digrigna i denti e fa una faccia che può essere descritta solo come quella di un nobile che visita la latrina dopo un party notturno a base di curry e formaggio.

«Ma che fai?»

«Sto cercando di fare una spremuta d'arancia fresca.» Serra i denti. La buccia dell'arancia si incrina, e due gocce cadono nel bicchiere vuoto. «Ora che sei qui vicino, è un po' più facile spremerla. Dovresti davvero assumere dei servitori, per fare questa cosa. Questo è un uso inefficiente del mio tempo.»

«Fatti da parte.» Pax si scrocchia le nocche. «La spremo io questa arancia, come una volta ho spremuto il cervello del re dei Galli e gliel'ho fatto uscire dalle orbite.»

«Che immagine deliziosa.» Mi avvicino al frigorifero e afferro il contenitore del succo d'arancia, che poso sul bancone accanto a lui. Edward fa una smorfia appena vede che verso il succo nel bicchiere. Poi posa l'arancia con estrema delicatezza, e si lecca le dita con movimenti lenti e lussuriosi che mi si appiccicano alle viscere.

«Ah, lo vendono in scatola, vedo. Ormai vendono qualsiasi cosa in scatola. I servitori non servono più a niente, in questi oscuri tempi moderni?» Edward scruta il cartone aperto. «O magari qui dentro ci vivono dei minuscoli servitori che calpestano la frutta per ottenerne il succo?»

«Oh, certo.» Prendo il bicchiere e ne bevo un lungo sorso. «Li rimpiccioliamo con un raggio restringente. A volte qualcuno finisce dentro il bicchiere e mi capita anche di berli. Si attaccano alla gola e sono terribilmente fastidiosi.»

Edward storce la bocca. «Mi stai prendendo in giro.»

«Un po'.»

«Se fossimo alla corte di mio padre, una donna che deride un reale potrebbe trovarsi con la testa su una picca.»

«Per fortuna siamo a casa mia, dove la cosa peggiore che può accadere è che *qualcuno* tolga la corrente a tutto il villaggio.»

«È stato un incidente.» Edward distoglie lo sguardo. «Non so cosa mi sia preso. Ma ho visto alcuni servitori del Comune che facevano la riparazione, quindi nessuno può dare a me la colpa per...»

«Avresti dovuto venire a letto con noi» sussurro. Lui si allontana di scatto, dimenticando di avere l'arancia in mano. La spreme così forte che gli schizza in un occhio.

«Ahi» grida. «Mi ha fatto male! Solo che sono un fantasma: non dovrebbe far male. Questo principe reale ordina al mio occhio di smettere di pizzicare, e a Pax di smettere all'istante di ridere.»

«Non succederà mai» esclama Pax ridacchiando. Ambrose cerca di nascondere il sorriso con la manica della camicia. Poi si gira verso Edward, gli occhi spalancati mentre riflette sulla stessa domanda che io *muoio* dalla voglia di chiedere (il gioco di parole è voluto).

Ieri sera Edward era terribilmente scontroso, deciso a non divertirsi con noi, e invece adesso eccolo qui, a prepararci la colazione.

«Visto che ridi, soldato, tu non avrai nulla. Ambrose, per te ho già preparato il tuo piatto preferito.» Edward indica un piatto di pane bruciacchiato sul tavolo. «Pane con lievito madre, affogato nel miele.»

«Grazie, vecchio mio» dice Ambrose tutto serio. «È molto gentile da parte tua.»

«Nessun problema, amico. Dato che siamo bloccati in questa casa per il resto dei nostri giorni da fantasmi, direi che ce li meritiamo dei semplici piaceri, non credi? E ho trovato dei fiori per ravvivare questa stanza così triste. Devo dire che sono molto belli, anche se la loro bellezza non sarà mai all'altezza della nostra Brianna.»

Non riesco a trattenere il rossore che mi sta colorando le guance per il complimento di Edward. Ma poi noto che in un vaso al centro del tavolo c'è un mazzo di erbacce con uno stelo di digitale purpurea, che penzola sui piatti.

Afferro il tutto e lo butto fuori dalla finestra.

«È questo che pensi del mio dono?» Edward si porta una mano al cuore. «Oh, Brianna, sono ferito. Sono stato pugnalato al cuore...»

«Bree non è brava a pugnalare» dice Pax guardando la pentola sul fornello, che ora emette un odore piuttosto fastidioso. «Non capisce che il trucco sta tutto nel polso...»

«Mi piacciono molto i fiori» mi affretto a dire, travolta da una sensazione di calore che ribolle e friccica, con tutte queste buffonate. Edward che prepara la colazione per tutti (beh, per me e Ambrose) e raccoglie dei fiori è incredibilmente dolce. E anche molto strano, per lui. «E mi piace soprattutto il fatto che sembri essere tornato quello di sempre. Però devi sapere che la digitale purpurea è mortalmente velenosa, e non dovrebbe stare vicino al cibo.»

«Ecco.» Edward serra i denti. «Lo sapevo.»

«Cosa ci hai preparato?» Mi avvicino alla pentola, pronta a qualsiasi sorpresa.

«Uova con soldatini di pane.»

Il mio cuore ha un sussulto. Quando ero piccola, le uova con i soldatini di pane era uno dei miei cibi preferiti. Pax si sedeva di fronte a me mentre mangiavo e usava il mio cibo per spiegarmi le formazioni militari.

«Edward, è... è meraviglioso. Grazie mille.»

«Non meriterà di partecipare al *Great British Bake Off*» borbotta Edward mentre il timer delle uova trilla. «Ma è comunque qualcosa...»

Solleva il coperchio della pentola. Mi chino per guardarci

dentro e me ne pento subito. Un'enorme nuvola di terribile fumo nero mi colpisce. Barcollo all'indietro, e mi porto una mano su bocca e naso.

«Ma puzza come l'assedio di Antiochia» grida Pax, che corre a spalancare una finestra.

Gli occhi mi pizzicano e mi lacrimano mentre rimetto il coperchio sulla pentola. «Edward, non so cosa hai combinato, ma quelle non sono uova.»

«Non capisco. Ho fatto esattamente quello che faceva sempre tua madre. Ho messo una pentola a bollire e ho impostato cinque minuti sul timer.» Edward osserva accigliato lo strumento. «Forse è stato un Roundhead, una testa rotonda, un oppositore della monarchia, che vuole distruggerci e sostituire tutti con le uova...»

«Ma avevi messo acqua nella pentola?» Corro alla finestra e scaravento in giardino pentola e tutto, e poi sbatto le ante per chiudere fuori quell'odore orribile.

«Ci va dell'acqua?»

Edward sembra così sconcertato all'idea che per far bollire qualcosa sia necessaria l'acqua, che non riesco a decidere se gridargli contro o scoppiare a ridere. Uno sguardo all'orologio decide al posto mio.

«Temo che, grazie all'impegno di Edward, non avrò il tempo di pulire tutto. Né di preparare una Full English prima di partire per il mio turno di cinque ore al cimitero» dico mentre sistemo le ciotole di cibo per Moon ed Entwhistle. «Dopo il lavoro ho una riunione con la Società degli Amici del Cimitero di Grimdale. Poi devo accogliere gli ospiti del B&B e assicurarmi che si sistemino per bene e che non trovino strano che Pax sia vestito in abiti da antico romano, dato che dobbiamo aspettare domani per vestirlo in modo civile. Mina si è gentilmente resa disponibile a passare il suo giorno libero a fare shopping di vestiti per Pax.»

«Ma io ce li ho dei vestiti» dice Pax strattonandosi l'armatura di cuoio. «Un vero e proprio abbigliamento da antico romano. Mia madre dice che sono l'immagine della virilità.»

«Sì, sono sicura che se fossimo nell'anno 100 saresti sulla copertina di Vogue. Ma se per caso non l'hai notato, non siamo più nel mondo antico. Gli uomini di oggi tendono a indossare i pantaloni.»

«Puah. Pantaloni.» Pax fa una smorfia. «Solo i barbari portano i pantaloni. I veri uomini hanno bisogno di avere il pacco libero. E so che Edward è d'accordo con me.»

«Vero» concorda Edward, piazzandosi una mano sulla brachetta.

«Edward è d'accordo perché è morto con i calzoni aperti e una scheggia di vetro che gli usciva dal culo. Non credo sia il caso di prenderlo a modello» dico mentre mi volto verso la dispensa. «Un paio di barrette di muesli dovranno bastare, per colazione, e...»

«Ho ancora fame» esclama Pax battendosi un pugno sul petto. «La colazione da assedio di Edward mi ha riportato a casa, anche se dal punto di vista nutrizionale non era un pasto particolarmente equilibrato, per un soldato in crescita.»

«Sì, ma certo che hai fame.» Avevo dimenticato che doveva essere nutrito. Non mi sono ancora abituata al fatto che Pax sia umano. Cerco nella dispensa qualcosa che possa piacergli. «Tieni. Puoi prendere le patatine Walkers al gusto di sale e aceto, e questa scatoletta di tonno. Basta mettere il pollice nella linguetta e tirare per aprirla.»

«Delizioso.» Pax schiocca le labbra. «Metti il tutto nel tuo cestino per il pranzo e mangeremo una volta arrivati al cimitero.»

«Oh, ma tu non vieni con me.»

«Devo! Ora che sono vivo, ho bisogno di un lavoro. È quello che fanno tutti i Viventi. E poiché tutti i druidi sono stati uccisi e la polizia mi ha preso la spada, in giro non ci sono altri lavori da centurione, così vengo con te al cimitero e farò...» Pax arriccia le labbra. «Cos'è che fai tu?»

«Faccio la guida turistica. E tu non puoi fare il mio lavoro.»

«Perché no?»

*Arriverò in ritardissimo.* «Perché non riuscirai a finire nemmeno una giornata, senza accoltellare qualcuno.»

«Ma non è per questo che vai a lavorare tu? Per infilzare qualcuno?» Pax si mette la mano sul cuore con orgoglio. «Ti prometto che, anche senza la mia spada, sarò una vera risorsa per la tua squadra di guide turistiche. Ho il maggior numero di uccisioni di tutta la Terza Legione. Nell'ultima valutazione mi hanno anche dato delle stellette d'oro...»

«Mi dispiace, per fare questo lavoro si devono indossare i pantaloni.»

«Oh, beh, te lo puoi scordare.» Poi il volto di Pax si illumina. «Questo significa che rimango qui con Edward e Ambrose? A guardare la puntata di *Bake Off* che mi sono perso ieri sera?»

«Puoi guardare tutto quello che vuoi. Purché non sporchi e non esca assolutamente di casa.» Non vorrei dover spiegare a qualcuno in paese perché c'è un tizio enorme, con i muscoli oliati e che indossa un costume da centurione romano, che bazzica per il Garden Center.

«Quindi oggi sarà un giorno simile a tutti gli altri» commenta Pax mentre apre il sacchetto di patatine e ne prende una manciata. «Tranne per il fatto che posso cambiare da solo il canale della scatola animata, e quindi Edward e Ambrose dovranno guardare quello che voglio guardare io.»

«A me non interessano le immagini in movimento» dice con uno sbuffo Edward. «Io ho cose importanti e principesche da fare.»

Mi mordo il labbro mentre lui attraversa il muro.

«Non preoccuparti per Edward. Poi gli passa.» Ambrose si

china per sfiorarmi una guancia con le labbra, e mi fa fremere la pelle di calore. «Tu vai a lavorare e non preoccuparti per noi. Ci vediamo al cancello del cimitero dopo la tua riunione, e facciamo insieme la strada fino a casa.»

«Sarebbe meraviglioso.» Lancio un'occhiataccia a Pax. «Per ricapitolare quello che abbiamo detto, cosa farai oggi?»

Pax serra i pugni. «Pattuglierò il terreno e farò pratica di esercitazioni...»

«*No*, Pax. Non devi uscire, né fare nulla che possa attirare l'attenzione su di te.»

«Ma come faccio a sapere cosa va bene e cosa no?»

Traggo un sospiro. «Tu pensa a quello che fai normalmente, e poi fai il contrario. E se qualcuno viene alla porta, tu...»

«Certo, li trafiggo perché hanno osato avvicinarsi alla tua proprietà!» grida lui, afferrando un coltello da cucina.

«No, tu li ignori e resti in casa, così non ti vedranno» concludo io. «È fondamentale che tutti credano che tu sia un mio amico del ventunesimo secolo, il che significa che devi recitare.»

«Se mi comporto da perfetto fidanzato del ventunesimo secolo, avrò una ricompensa?» L'espressione di Pax si illumina. Faccio per correggerlo, perché non è il mio fidanzato, ma lui è troppo preso dalla prospettiva di un premio. «Mi porteresti a uno spettacolo di gladiatori a vedere dei criminali sbranati dai leoni?»

Gemo. Sarà un'impresa ardua.

# II

## BREE

Il mio gruppo della visita mattutina è una scolaresca, e la maggior parte degli studenti passa tutto il tempo a fissare il telefonino, invece di ascoltare i miei affascinanti racconti storici su malaria e assassini. In fondo al gruppo ci sono un paio di ragazzi dark che sembrano leggermente interessati, ma sono troppo cool, o troppo timidi, per dire qualcosa, quindi la partecipazione del pubblico alla mia presentazione è piuttosto reticente.

Quando i ragazzi della scuola finiscono la visita, c'è un gruppo della Casa di Riposo di Argleton, che varca i cancelli come se un cimitero fosse l'ultimo posto in cui vorrebbero essere. Chi potrebbe biasimarli.

«Dovrebbero venirci a trovare ogni fine settimana» mi dice Edward da oltre la recinzione. «In questo modo, se uno di loro muore, puoi semplicemente farlo rotolare dentro una tomba aperta. Oplà.»

«Avevo capito che ti rifiutavi di avvicinarti al cimitero» sibilo attraverso la recinzione, grata che la maggior parte dei turisti in visita non indossi l'apparecchio acustico e non mi senta mentre parlo all'aiuola. «Credevo mi avessi detto che il fantasma di Voltaire ti avrebbe fulminato se tu avessi lanciato anche solo uno sguardo in direzione della tua tomba.»

«Evito di guardare» si giustifica, tutto imbronciato. «Sto solo facendo una passeggiata in giardino, sperando che tutti quei fiori dalle mille sfumature mi siano di ispirazione per le mie poesie. In realtà ho alcuni versi di cui vado molto fiero. Te li recito.»

«Magari più tardi. Ora devo assolutamente tornare dal gruppo, prima che a qualcuno di loro venga un infarto.»

La visita termina all'una e per pranzo condivido un takeaway cinese con il signor Pitts. Mangiamo seduti alla base del monumento alla strega. Questa scultura, dell'artista locale Sidney Smith, è stata installata in occasione dell'anniversario dell'ultimo processo alle streghe che si tenne a Grimdale, per commemorare donne innocenti che finirono impiccate per il loro atteggiamento "sospetto". Ricordo che dieci anni fa Agnes, Lottie e Mary rimasero affascinate da questa installazione.

Mary ne aveva ammirato l'aspetto *fallico*, dicendo che le ricordava il suo defunto marito (una delle tante immagini di cui potevo tranquillamente fare a meno), Lottie aveva detto che le ricordava un hot dog e poi se ne era andata ad annusare i profumi del camioncino del cibo, e Agnes aveva tirato su con il naso, tutta sdegnosa, e aveva lanciato Walpurgis al sindaco, facendogli interrompere il discorso a causa di un forte dolore al petto.

«Ti piace questo lavoro?» mi chiede il signor Pitts mentre mi passa una forchettina di legno riciclabile.

«Molto.» Infilzo un pezzo di pollo in agrodolce. «È così tranquillo qui.»

«Mi fa piacere che la pensi così. Non ci sono molti giovani che rispettano questo posto come te. Ed è proprio questo il problema. Il numero dei nostri visitatori sta diminuendo e il

Comune è preoccupato che se non riusciamo ad attirare più giovani, sia io che te resteremo senza lavoro.»

Ingoio un pezzo di frittatina. «Ma non potranno mica chiudere questo posto? È un cimitero. La gente ha bisogno di visitare i propri defunti.»

«E, infatti, non chiuderanno Grimdale. Però potrebbero abolire le visite guidate.» Il signor Pitts mi dà una pacca sul ginocchio. «Non preoccuparti, Bree. Vedrai che troveremo una soluzione. Alla fine, si trova sempre. Forse questa idea del tour non è una buona idea. Forse i morti e le loro storie dovrebbero rimanere sepolte.»

*Non sono d'accordo. I morti meritano la possibilità di rivivere attraverso le loro storie... come Ambrose.*

Io e il signor Pitts torniamo alla biglietteria dove si sono già riuniti i membri degli Amici del Cimitero di Grimdale. Gli *Amici* sono un gruppo di volontari del villaggio che si occupano della gestione del cimitero per conto del Comune. Ovviamente, la presidente è Maggie, che sta già distribuendo un piatto di *scones* con la marmellata e la panna rappresa.

Dopo ciò che mi ha detto il signor Pitts, non mi sorprende che la riunione si apra con il tesoriere, un certo Jules Dodd, che si lamenta dello stato delle finanze del cimitero.

«Le nostre uscite sono superiori alle entrate, che provengono dalla vendita dei biglietti e dei lotti per le tombe. Pensavamo che le cartoline cimiteriali da collezione avrebbero fruttato qualcosa, ma a questo punto sembrano essere un buco nell'acqua. Siamo a corto di idee e di questo passo saremo al verde entro la fine del mese.»

Il tono così severo di Jules perde un po' di incisività quando lui cerca di infilarsi in bocca un'intera focaccina ai datteri.

«I numeri dei turisti in questa stagione sono stati terribili» concorda Carla, insegnante di storia del Grimdale Comprehensive. «Io ho cercato di promuovere il maggior numero possibile di visite scolastiche, ma con le nuove modifiche ai programmi di studio, gli insegnanti vogliono utilizzare il budget limitato per visitare siti più significativi dal punto di vista storico.»

«Ma noi siamo storicamente significativi!» Punto un dito alla finestra, verso l'imponente mausoleo di Edward. È così grande che fa ombra alla biglietteria. E non sarebbe storicamente significativo? «Sepolto proprio nel cuore del cimitero abbiamo uno dei più famigerati principi reali, per non parlare di tutti i famosi scrittori sul Sentiero dei Poeti, dei pittori e delle sculture sul Viale degli Artisti, del monumento alla strega e...»

«Ma non saremo mai *intriganti* quanto il Black Crag Castle!» esclama Carla con un sospiro, riferendosi a una grande fortezza medievale a quindici minuti di auto da Grimdale. «Non abbiamo installazioni a realtà aumentata, né un centro visitatori del National Trust, e nemmeno spade stampate in 3D per rievocare battaglie famose...»

«Ci deve essere qualcosa che possiamo fare» interviene Maggie. Poi si rianima. «Ho trovato! Organizziamo una vendita di torte e...»

«Temo che nemmeno tutti gli scones e le torte del mondo possano pareggiare i costi crescenti.» Il signor Pitts scuote la testa e prende un altro scone. «Il giardiniere ha appena aumentato la sua tariffa oraria, dobbiamo sostituire le trappole per i topi e l'ente per la sicurezza negli ambienti di lavoro pretende che installiamo un cartello sul gradino traballante, ovviamente a nostre spese...»

Jules consulta le carte che ha in mano. «La verità è che con tutti quei tour a caccia di fantasmi e varie attrazioni "dark" che ci sono in circolo, la gente non è disposta a venire fino a Grimdale per vedere un cimitero, quando ce ne sono di altrettanto belli nel centro di Londra.»

«Bene. Quindi, abbiamo bisogno di un motivo che li spinga a venire fin qui» esclamo io.

Tutti gli occhi si rivolgono a me.

«Sì, Bree, è proprio quello che ci serve» dice Jules. «Ma con il nostro budget, cosa potremmo mai fare? Non abbiamo altra scelta che...»

«Aspetta un attimo, Jules. Bree è *giovane*» dice Maggie piena di interesse, e mi osserva nemmeno fossi un'aliena.

«E poi, ha girato il mondo» aggiunge il signor Pitts. «Scommetto che hai visitato molti posti simili, eh, Bree? Hai visto il modo in cui gestiscono le cose in giro?» Il signor Pitts conosce bene i miei interessi di quando sono in viaggio.

«Beh, alcuni sì, ma...»

«Dicci, Bree, cosa convincerebbe i giovani di oggi a visitare il nostro cimitero? Servono più servizi? Dovremmo installare un bar? Un parcheggio più grande? È la mancanza di una sala da tè che ci penalizza?»

«No.» Scuoto la testa. «Non fate nulla di tutto ciò. Rovinereste la magia di questo posto. Le persone come me vogliono avere la sensazione di avere scoperto qualcosa di cui nessuno ha ancora sentito parlare. Alla gente piace visitare il cimitero: abbiamo sempre recensioni estremamente positive e molti dicono che è il momento clou della loro gita. Il problema è che non riusciamo ad arrivare ai viaggiatori. Il cimitero è il motivo principale per visitare Grimdale, eppure l'unica cosa che abbiamo per promuoverlo è un sito web mal fatto (scusami, Jules) e una locandina nel centro informazioni di Grimdale, che in realtà tutto è tranne che un centro informazioni. È un tavolo nell'angolo del pub. Nessuna di queste iniziative contribuisce a far conoscere Grimdale alle persone che stanno pianificando le loro vacanze. Noi vorremmo che pianificassero il loro itinerario a partire dal cimitero, non che lo aggiungessero dato che ormai sono qui in un giorno in cui non c'è niente di interessante alla televisione.»

«Allora, che facciamo?» Maggie si piega in avanti sulla sedia. Quattro paia di occhi mi osservano con grande aspettativa.

«Ci serve una storia, un motivo che spinga le persone a venire a questo particolare cimitero. Dobbiamo smettere di promuoverci come luogo di sepoltura e iniziare a pensare a Grimdale tipo a una biblioteca piena di storie. Le persone accorrono in massa da tutto il mondo al Père Lachaise di Parigi, per vedere la tomba di Jim Morrison, perché conoscono la sua *storia* e si vedono parte di essa. Dobbiamo raccontare le storie delle persone sepolte qui.»

«Qui non è sepolto nessuno di nome Jim Morrison» replica il signor Pitts. «C'è il vecchio Jim McNaughty sulla collina, ma alcuni ragazzi hanno scarabocchiato un disegno volgare sul suo epitaffio, quindi non credo...»

«Non intendevo *letteralmente* Jim» dico. «Abbiamo molte persone interessanti e famose, sepolte qui. Dobbiamo usare i social media e iniziare a mostrare ai turisti cosa vedranno una volta giuti a Grimdale. Abbiamo un sacco di storie incredibili su questo posto. È ora di condividerle con un pubblico più vasto. A cominciare dalle tombe del tour: quella del principe Edward, la famiglia Van Wimple, le catacombe...»

Carla si acciglia. «Ma se già raccontiamo gratis le nostre storie, perché poi qualcuno dovrebbe pagare per partecipare al tour?»

«Perché vogliono vedere dal vivo questi luoghi. Se si vuole che vengano a visitare il cimitero, dobbiamo prima far sì che si leghino emotivamente a qualcuno sepolto qui, e poi saranno disposti a pagare anche il doppio del prezzo del biglietto, solo per far parte di quella storia.»

«Bree potrebbe avere ragione» commenta Maggie.

«Dobbiamo andare su Bookface, Twatpad e Bibble-box e raccontare a tutti dei nostri defunti!»

«Abbiamo un sacco di ricerche storiche» interviene il signor Pitts agitando una mano verso le polverose scatole d'archivio accatastate in un angolo dell'ufficio, come pezzi di una gigantesca partita di Jenga. «Potremmo includere alcune delle storie che non sono mai state inserite nel tour principale.»

Maggie si sfrega le mani. «Sono sicura che al mio Albert piacerebbe che la sua storia venisse raccontata; dopotutto, è l'unica persona che è entrata a Grimdale e non ne è più uscita!»

«Eccellente!» Carla batte le mani. «Bree, organizzerai tutto tu, vero? Puoi metterci sul Twatpad e farci tu dei video?»

«Ehm... non lo so...» Penso all'omicidio di Vera e agli ospiti in arrivo a breve al B&B. E al centurione vivo, vegeto ed estremamente sexy e assetato di sangue che sta dormendo sul mio divano e pensa di essere il mio ragazzo. Non l'ho neanche mai avuto, un fidanzato. Solo la parola mi fa venire la nausea... «Al momento sono piuttosto occupata. Magari c'è qualcun altro...»

«No, devi farlo tu. Nessuno è appassionato di Grimdale quanto te, e tu sai come usare quegli smartphone infernali.» Maggie si dà uno schiaffo sulla gamba. «È deciso. Bree sarà la nostra *social media coordinator*.»

«Ma io non...»

«Urrà! Grazie, Bree.» Carla mi stringe una mano. «Siamo così felici che tu sia tornata a Grimdale. Tu salverai il cimitero.»

# 12

## BREE

Ambrose mi raggiunge ai cancelli dopo la fine del turno. «Com'è andata la giornata?»

«Bene, a parte il fatto che il cimitero è in difficoltà finanziarie, quindi gli Amici vogliono che apra un account sui social media.»

«In che modo questo salverà il cimitero?» Ambrose infila una mano sotto la mia, e ciò mi mette in moto le api nelle vene. Studio il suo viso, sentendomi un po' perversa perché posso ammirarlo così apertamente senza che lui mi veda. Però godo troppo della sua bellezza per smettere di farlo.

Se Ambrose fosse nato nel ventunesimo secolo invece che nel diciannovesimo, farebbe il modello di biancheria intima, o qualcosa del genere. Sono tutti e tre troppo belli per essere veri. Pax dovrebbe gestire una palestra, o insegnare corsi di autodifesa a donne che si sdilinquiscono, Edward potrebbe essere un poeta famoso su Instagram con una sua linea di profumi, e Ambrose sarebbe uno scrittore che gira il mondo e strappa mutande solo con quel suo sorriso così ammaliante...

*Fermati.*

*Smetti di immaginare un futuro con loro.*

Non è una cosa sana. Finirà con un cuore spezzato: il mio, visto che tecnicamente sono l'unica ad avere un cuore che può essere spezzato. Beh, anche Pax, forse. Ma non sappiamo ancora bene cosa sia, lui.

Dani ha ragione: non posso vivere in un sogno a occhi aperti in cui i miei tre fantasmi prendono vita nel mondo moderno, e tutto va bene. La realtà è che Pax accoltellerà qualcuno in una rissa da bar e verrà sbattuto in prigione, Ambrose verrebbe investito da uno scooter nel momento in cui diventasse un Vivente, e Edward... beh, immagino che forse Edward finirebbe davvero per diventare un poeta famoso su Instagram, ma diventerebbe così insopportabile che dovrei ucciderlo con le mie stesse mani.

Tolgo la mano da quella di Ambrose. Devo allontanarmi da lui. Ho bisogno di spazio per non sentire più gli effetti che il suo corpo provoca sul mio cuore, perché se continuo così, comincerò a sperare di poter trasformare anche lui in Vivente...

«Non so se questa idea dei social media funzionerà» dico in fretta, nel tentativo di concentrarmi sul cimitero e non sul modo in cui la mia pelle formicola al ricordo del suo tocco. «Ma potrebbe raggiungere più persone interessate. Ricordi quando io e te ci sedevamo ad ascoltare i turisti del B&B che raccontavano le loro avventure? Quelle storie ci inducevano ad aggiungere alla nostra lista di cose da vedere i luoghi che loro avevano visitato. Ecco, sarà così, solo che con i social media si possono raggiungere viaggiatori in tutto il mondo. Racconterò loro le storie delle persone che sono sepolte qui a Grimdale e farò dei bellissimi video panoramici sul cimitero. Forse invierò anche dei biglietti gratuiti a chi tiene dei blog di viaggio.»

«Sembra divertente.» Assume un'espressione allegra. «Posso aiutarti in questo compito? Mi piacerebbe molto saperne di più su questi social media. Quando ero vivo, mi sono fatto ritrarre da un fotografo. Mi piacerebbe vedere a che punto sono arrivati questi aggeggi.»

«Beh...» Non immaginavo che un fantasma cieco si rilevasse d'aiuto, ma Ambrose mi sorprende sempre. «Ma certo! Sarebbe divertente e potrei usare le tue abilità di ricerca per alcuni dettagli storici. Farò un po' di studi su alcune delle tombe più interessanti, e poi dovremo prevedere un po' di tempo per le riprese...»

«Sembra delizioso» dice Ambrose, ma noto che ha le spalle tese e un lieve tic alla bocca. Stringe con così tanta forza il bastone che le sue nocche sono più bianche del solito.

«Ambrose, c'è qualcosa che non va?»

«Non è niente, davvero. È...» si interrompe, con un'espressione di impotenza.

«È per Pax, vero?»

«Sì. No, lui sta benissimo. Solo che...» Ambrose cerca di mantenere il sorriso sulle labbra, ma lo vedo incerto.

*Deve esserci qualcosa.*

«Ambrose. Dimmi.»

«Beh, ha dormito quasi tutta la mattina. Ma poi si è svegliato rinvigorito o, come dice lui, "eccitato come Giove dopo aver visto un cigno particolarmente attraente", e ha deciso che aveva bisogno di fare un po' di esercizio.»

Gemo. «E?»

«E si è ricordato che non volevi che andasse in giro agitando la spada dove poteva essere visto, così ha deciso...» Ambrose fa una smorfia.

*Non vuole proprio dirmelo. Questo non va bene.*

«Sputa il rospo, Ambrose.»

Ambrose china il capo. «Ha deciso di farsi una nuotata.»

Strizzo gli occhi. «E dove è andato a nuotare?»

«Nel laghetto del villaggio.»

*Oh, no.*

«Mi dispiace. Ho cercato di fermarlo, ma Edward non c'era, e sai com'è Pax quando si mette in testa qualcosa.»

«Tranquillo. È tutto a posto. Solo che dobbiamo andare a salvarlo.» Ambrose mi prende di nuovo per mano e questa volta non mi sfilo. Percorriamo in tutta fretta il sentiero del bosco verso il villaggio. Per tutto il tragitto ho il cuore che batte forte, la mia immaginazione ormai scatenata sugli scenari peggiori.

Raggiungo il parco e con orrore scopro che la scena è ancora più catastrofica di quanto avessi immaginato. Ci sono volontari dappertutto: avrebbero dovuto essere qui per riporre il tendone e le decorazioni dopo il Bake Off. Invece, sono tutti radunati intorno al laghetto, a bocca aperta per l'orrore. Pax sta nuotando a dorso, tutto felice e molto, *molto* nudo.

«Pax?» Mi faccio strada tra la folla. Ho la pelle della nuca che pizzica per l'inquietudine. E se il mostro che ha ucciso Vera si nascondesse tra la folla? E se sa che Pax era un fantasma? Scruto i volti e mi precipito verso l'acqua, alla ricerca di qualcuno che sembri fuori posto, di qualcuno che voglia fare del male a me e ai miei amici, e vedo...

*No.*

*Ti prego, no.*

A qualche punto della mia vita devo aver fatto arrabbiare gli dèi: è questa l'unica spiegazione possibile per il fatto che Kelly Kingston, Leanne Povey e Alice Agincourt abbiano scelto proprio questo pomeriggio per fare un picnic con tanto di champagne nel parco, e ora sono lì, sul bordo del laghetto, a fissare Pax.

«È il tuo nuovo ragazzo, Cheddar?» chiede Kelly in tono strafottente. «È pazzo quanto te.»

«Anche se ha un culo piuttosto carino» commenta Leanne inclinando il capo di lato, mentre osserva Pax che fa una capriola e inizia a muoversi a rana per tornare verso di noi. «E quelle braccia...»

Non si sbaglia. Quando raggiungo il bordo del laghetto, vengo momentaneamente colta di sorpresa da tutto quel ben di Dio di pura gloria romana che si muovono verso di me. Pax mi vede e si ferma, spuntando dall'acqua. Delle gocce gli scendono dal ponte del naso, dalla linea squadrata del mento forte, e dalla... dalla... verpa, che è molto grande e molto eretta. All'improvviso, non so più dove guardare.

«Ciao, Pax.»

«Bree! Sono felice di vederti.»

«Lo vedo.»

«Sono stato molto bene. Ho dormito e fatto colazione. Mi sento rinvigorito. E non sto brandendo un'arma.»

«Su questo potremmo dissentire» non posso fare a meno di ribattere. «Sì, stai decisamente bene. Mi dispiace, è tutta colpa mia. Non ho pensato di dirti che non puoi stare nudo in pubblico.»

*Pensavo che l'avresti intuito da solo, dato che hai avuto oltre duemila anni per osservare le trasformazioni del mondo intorno a te.*

Ma forse sto dando troppo credito al potere di osservazione di Pax. A un soldato romano non viene insegnata l'arte del sotterfugio, la capacità di non dare nell'occhio.

«Non si può stare nudi in pubblico?» In preda alla confusione, Pax abbassa lo sguardo sul suo corpo. «Ma è ridicolo. Come si salutano gli amici se non con una gigantesca coccola a corpo nudo? Magari mi dici anche che non c'è nemmeno un bagno pubblico dove posso andare a discutere di politica e attualità mentre mi faccio una bella...»

«Neanche quello esiste più.» Rabbrividisco al ricordo di Pax che una volta mi spiegava che l'antica versione della carta igienica era una spugna all'estremità di un bastone che veniva immerso in un canale d'acqua che scorreva accanto ai piedi, mentre si stava seduti a conversare amabilmente accanto agli amici in una latrina pubblica. Sono grata per tutta la strada che la civiltà ha fatto da allora! «Vuoi uscire da lì, per favore?»

«Okay, arrivo.» Pax inizia a venire verso di me. Mentre emerge, l'acqua gli scorre sulle possenti cosce. «Sono molto felice di vederti.»

*Sì, si nota, l'ha già detto e l'ho già osservato.*

Dietro di me, sento la vecchia vedova Clarkson sussultare.

«Buono, cuoricino» sussurra Carla.

«No, fermo!» Non voglio avere altre morti geriatriche sulla coscienza. «Resta lì. Dove sono i tuoi vestiti?»

«Laggiù, accanto ad Ambrose.» Pax indica un mucchio di vestiti sull'altra sponda del lago, vicino a dove si libra Ambrose, e proprio davanti a dove si trovano Kelly, Leanne e Alice. Perché non poteva essere altrimenti, ovvio.

«Posso portarti io i suoi vestiti» dice Ambrose.

«No, lascia...» Ma si è già abbassato, con la redingote che gli si apre svolazzando mentre cerca tastoni le cose di Pax.

Nel frattempo, Alice fa un passo avanti e raccoglie il fagotto di vestiti. Fa una smorfia quando la sua mano attraversa Ambrose, che rabbrividisce e salta via. Kelly si china e le sussurra qualcosa.

«Ha suggerito ad Alice di spingerti dentro, cara» mi urla Agnes dall'altra parte del laghetto. Lottie e Mary aiutano Ambrose a rimettersi in piedi. «Vuole vendicarsi, per la fontana.»

Io serro i denti.

«Ah, sì?» borbotto sottovoce.

«Ho io i suoi vestiti, Bree. Tu stai con lui. Te li porto io.» Mentre Alice cammina verso di me, inclina leggermente il mucchio di vestiti e un lungo oggetto metallico scivola fuori e va a sbattere a terra.

«È un coltello!» grida qualcuno.

«Quello non è un coltello, è una spada» sussurra qualcun altro.

*Oh no.*

Pensavo che, con la spada di Pax nelle mani della polizia, non avrei dovuto preoccuparmi del suo arresto per almeno qualche giorno, ma mi ero completamente dimenticata della finta spada romana che mi ero fatta regalare dai miei genitori per il mio dodicesimo compleanno, dopo che ero diventata un po' ossessionata dalla cultura romana e Pax aveva cercato di coinvolgermi nelle sue esercitazioni. Pax deve averla trovata nella mia vecchia stanza e ora...

«Ma chi è che va in giro con una spada?»

«Ho sentito che la povera Vera è stata uccisa con una spada. Forse l'assassino è questo bizzarro uomo nudo.»

*O-oh, non sta andando per niente bene.*

Alice fa per prendere la spada. «È un... gladio?»

«Non sono affari tuoi» sibilo, e prima che possa toccarla, io allungo un piede e la faccio finire a testa in giù nel lago.

# 13

## BREE

Alice urla e vola in acqua con un enorme schizzo, che bagna le scarpe di tutti coloro che sono riuniti intorno al laghetto.

*Non riesco a credere di averlo fatto.*

Ma non posso permettere ad Alice di vedere da vicino i vestiti di Pax. Se riesce a capire così tanto della spada solo con un'occhiata, capirà subito che gli oggetti di Pax sono troppo autentici per essere delle copie, e allora io dove finirò?

Lo direbbe alle autorità. Porterebbero via Pax per studiarlo. Lo molesterebbero, lo tormenterebbero, lo aprirebbero e gli frugherebbero tra le viscere. Poi porterebbero via anche me, per analizzare la questione: la ragazza che ha resuscitato un centurione romano. Mi manderebbero in qualche struttura governativa top-secret e non ne uscirei mai più.

E se il mostro che ha ucciso Vera ci trovasse...

Ho fatto la cosa giusta. Alice è in acqua per il suo bene.

Anche se devo dire che vedere una delle bulle del liceo che si dimena nel laghetto delle anatre dà soddisfazione, soprattutto perché era proprio quello che aveva intenzione di fare con me. No?

Come quando Leanne e Kelly sono cadute nella fontana dopo aver rovinato il mosaico di papà.

*Dani mi ucciderà.*

«Ah, ah, ah. Ti sta bene!» Pax si porta le mani sui fianchi e si mette sulla riva accanto a me. «Stavi per spingere Brianna e invece lei ha spinto te.»

«E tu come fai a saperlo?» Kelly aggrotta le sopracciglia e guarda Leanne. «Come ha fatto a sentirci se stava dall'altra parte del laghetto?»

«Non avevo intenzione di spingerti dentro!» Alice mi guarda mentre si avvicina alla riva a nuoto. Si scosta i capelli bagnati dagli occhi. «Te lo giuro. Kelly mi ha suggerito di spingerti, ma io non l'avrei fatto. Volevo solo aiutarti.»

«Stavi per dire qualcosa sulle cose di Pax» affermo. «Sarò anche abituata a voi tre che vi comportate male con me, ma non sarete mai scortesi con il mio... ehm, amico.»

«Stavo *ammirando* la sua spada.» Alice si strizza il vestito. Prima che possa fermarla, raccoglie la spada dal mucchio di vestiti e se la rigira tra le mani. «È di ottima fattura, non come le solite che si vedono addosso ai rievocatori. Se non fosse così nuova, direi quasi che potrebbe essere un articolo di periodo romano.»

*Perché è stato copiato direttamente da un articolo originale di epoca romana, con le istruzioni precise di un autentico centurione che avrebbe pugnalato chiunque avesse sbagliato.*

Pax si avvicina e le strappa la spada dalle mani. «Non si tocca mai la spada di un uomo senza il suo permesso.»

«Non è quello che dicono gli uomini di solito.» Leanne si presenta davanti ad Alice e sbatte le palpebre. «Ciao, bellezza. Mi chiamo Leanne e ti accarezzerò la spada tutte le volte che vorrai.»

«Leanne, diamine!» Alice lancia un'occhiata all'amica. «È il ragazzo di Bree.»

«Non so se ragazzo è la parola giusta...» comincio a dire, ma Leanne si avvicina al petto nudo di Pax, e gli passa una mano tra i capelli umidi, mentre con l'altra gli accarezza le spalle muscolose. Nel petto mi si forma un nodo di rabbia.

*Non può toccarlo così! Lui è mio.*

«Per il bastone di carne ammuffita di Marte! Io appartengo a Bree. Togli le mani da me, donna, prima che sia costretto a togliertele io» ringhia Pax a bassa voce, e una parte oscura e contorta di me ama quel suono così minaccioso.

«Se fossi in te lo ascolterei» grida Ambrose allegro dall'altra parte del lago.

«Finalmente un po' di violenza.» Agnes si sfrega le mani. «Le cose si fanno eccitanti da queste parti.»

Non mi piacciono i ragazzi che vanno in giro a minacciare le donne. Ma Leanne è la bulla che se l'è sempre presa con me, e per tutto il liceo non c'è stata una sola persona che l'abbia affrontata per difendere me o Dani, come sta facendo Pax adesso.

Lo guardo che le stringe un polso, e non riesco a trattenere le lacrime che iniziano a scendermi. Non avrei mai pensato che qualcuno avrebbe preso le mie difese e tolto il peso che avevo sulle spalle. E invece eccolo qui, il mio Pax, a dimostrarmi che le parole che mi ha detto per tirarmi su di morale quando era un fantasma non erano solo frasi fatte.

«Perché dovresti voler uscire con la piccola e triste Camembert?» chiede Leanne con un sorrisetto falso, evidentemente non consapevole degli oltre cento chili di pura ferocia romana che le si stanno per abbattere addosso. «Al liceo era una sfigata totale, e guardala ora: è ancora tale e quale. Dovresti frequentare me e le mie amiche qualche volta. Ti faremmo vedere noi come ci si diverte davvero a Grimdale.»

«Io e Bree ci divertiamo già. Oggi si nuota» dichiara Pax

prendendola in braccio. Il gridolino di gioia di Leanne si trasforma in un urlo quando lui la scaraventa in acqua.

«Argh!» grida Leanne mentre schizza da tutte le parti. «Aiuto! È profondo, e il fondo è *molliccio!*»

«Qua!» Un'anatra infuriata esce dall'acqua e le fa una cacca in testa. Leanne urla mentre lo sterco le scende su una guancia.

«Goditi le benedizioni di Nettuno» esclama allegro Pax. «Questo è ciò che si ottiene se si tocca qualcuno che non ti appartiene.»

«Non posso crederci!» grida Leanne sputacchiando acqua, mentre torna a nuoto verso Kelly. «Il mio maglione è di *cashmere.*»

«Questa è un'aggressione» esclama Kelly, però noto che non si avvicina ad aiutare Leanne. «Io lo denuncio! Quel delinquente nudo finirà in un mare di guai, soprattutto quando la polizia troverà la sua spada...»

Ma Pax non ha più neanche un filo di pazienza con queste bulle. Mi cinge la vita con un braccio, e mi tira addosso al suo corpo muscoloso. «Ti hanno fatto male?» Mi accarezza in un modo che fa emettere gridolini di gelosia a diverse donne tra le presenti. «Se ti ha fatto del male, quella sciacquetta svergognata dovrà rispondere alla mia antica lama romana...»

«No, sto bene.» Gli prendo una guancia e gli sfioro le labbra. Forse non sono pronta a chiamarlo il mio *ragazzo*, però di sicuro sento il bisogno di fare in modo che tutti sappiano che è *mio*.

Dietro di me, un gruppo di donne del villaggio applaude. Anche Alice sorride.

«Disgustoso» sbuffa Agnes.

«Io lo trovo romantico» commenta Mary.

«Puah» sbotta Agnes. «Speravo di vedere più sangue.»

Leanne riesce a tirarsi fuori dall'acqua. Kelly fa un passo indietro e la sua amica crolla sull'erba, tutta inzaccherata. Kelly mi lancia un'occhiataccia nel tentativo di trovare la forza per mettere un braccio sulla spalla dell'amica, e poi si avvia con lei verso il parco. Solo io vedo il sorriso sfacciato di Ambrose che infila il bastone proprio davanti ai loro piedi. Gli altri, invece, scoppiano tutti a ridere nel momento in cui le due inciampano sul niente e crollano l'una sull'altra... proprio sopra un mucchio di cacca di anatra.

«Ops, mi dispiace davvero tanto» esclama Ambrose. «Sono così maldestro.»

«Così va meglio!» esclama Agnes applaudendo.

«Vorrei che questa mattinata non finisse mai» dichiaro mentre raccolgo il mucchio di vestiti di Pax con un sorriso. «Però Kelly farà un casino, e devi vestirti e venire con me, prima che la polizia ti arresti per atti osceni.»

«Non c'è nulla di indecente in quella maestosa forma maschile» esclama Mary, con uno schiocco di labbra.

«D'accordo, obbedisco ai tuoi ordini» brontola Pax. Comincia a infilarsi la tunica. Diverse donne mormorano contrariate, e iniziano ad allontanarsi.

I miei occhi incontrano per un istante quelli di Alice, mentre sfila i calzini pieni di melma dagli stivali fradici. Non vorrei parlarle, ma so che la cosa si ripercuoterebbe su Dani, quindi traggo un respiro profondo e mi avvicino.

*Forse potrebbe essere utile tenermela buona, nel caso dovesse scoprire il segreto di Pax.*

*Magari avrei dovuto pensarci, prima di spingerla dentro.*

«Mi dispiace di averti spinta nel laghetto» le dico. Metto le mani in tasca e mi costringo a incontrare il suo sguardo penetrante. «Sono un po' stressata e avevo pensato che tu...»

«Va tutto bene.» Alice si strizza i capelli. «Dopo tutte le stronzate che ti ho fatto in questi anni, capisco che ti senta un po' paranoica. Inoltre, ne è valsa la pena, per vedere la faccia di Leanne quando il tuo ragazzo l'ha buttata dentro. La cacca di anatra, poi, è stata la ciliegina sulla torta.»

«Non è il mio ragazzo.»

«Ma avevi detto che lo ero» sbotta Pax, che mi mette le braccia intorno alla vita e mi stringe forte. Mi posa il mento sulla spalla e, con il suo respiro che mi solletica l'orecchio, il corpo molto tonico così vicino, e la sua verpa ancora decisamente rigida che mi preme addosso, è difficile riuscire a concentrarmi su altro. «Nel negozio, mentre parlavi con la polizia, hai detto che ero il tuo ragazzo. Sono il migliore di tutti i tuoi ragazzi, molto meglio di Ambrose e Edward. Ho ucciso i tuoi nemici e ti ho custodito mentre dormivi, e ieri sera, quando ti ho fatto quella cosa con la lingua che ti ha spinta a imprecare contro tutti gli dèi mentre ti contorcevi nell'estasi...»

«Non *ora*, Pax.» Avvampo.

Alice arriccia le labbra. «Mi pare stia facendo un sacco di cose che farebbe un fidanzato, per uno che non è il tuo fidanzato. Comunque va bene, Bree: come vuoi tu. E grazie per la risata. Ci vediamo in giro con il tuo non-fidanzato. Ah, e visto che sembrate entrambi interessati alla storia dell'antica Roma, forse vi interesserà sapere che questa mattina gli archeologi hanno finito di riesumare lo scheletro. L'hanno spedito a un laboratorio di Oxford perché venga analizzato. Rimarranno ancora qualche giorno sul sito, per mappare il resto della tomba e poi spariranno.»

Non mi piace l'idea che i resti terreni di Pax vengano studiati e investigati in laboratorio. «Cosa succederà al soldato dopo che al laboratorio avranno finito?»

«Sarà esposto nel Museo Romano di Grimdale, con tutti i suoi corredi funerari, come parte di una nuova mostra permanente sui Romani e i Celti di questa zona.» Il volto di Alice si accende in un sorriso autentico e genuino. «Sarò io stessa ad allestire la mostra: voglio essere sicura che le persone imparino a conoscere la vita delle persone comuni nell'antica Roma, oltre a tutto ciò che di solito si sa sui loro imperatori e sugli dèi. È su questo che inizierò a lavorare oggi, anche se credo che prima dovrò passare da casa a cambiarmi. È meglio che vada, ma spero di rivedere presto te e il tuo non-fidanzato.»

Prima che io possa dire un'altra parola, Alice se ne va in direzione del suo appartamento, ridendosela sotto i baffi. La seguo, incerta su tutto ciò che ho sempre pensato su di lei. È una sensazione che non mi piace. Era una delle bulle della mia scuola. Non dovrebbe piacermi.

*Però a Dani piace, quindi dovrei darle una possibilità. E forse non stava cercando di spingermi in acqua.*

*Ma se c'è qualcuno che può scoprire chi è davvero Pax, quella persona è proprio Alice. E cosa succede se lo scopre davvero? Spediranno me e lui in un laboratorio segreto? Manderanno un sensitivo per scacciare Ambrose e Edward dalla casa?*

Sempre che il mostro non ci faccia a pezzi prima.

Mi volto verso Pax, che sta sistemando con grande cura la sua armatura di cuoio. Ambrose ha attraversato il lago (uno dei vantaggi di essere un fantasma è che si possono prendere scorciatoie senza bagnarsi) e sta cercando di spiegare a Pax perché la gente non si spoglia in pubblico.

«Quindi niente bagni nel laghetto?» chiede Pax imbronciato.

«Certo che puoi nuotare nel laghetto. Basta che indossi un costume da bagno» gli spiega Ambrose.

«*Niente bagno!*» li fisso entrambi con la mia faccia da *con Bree non si scherza*. «D'ora in poi dobbiamo stare più attenti. Non possiamo rischiare che l'assassino di Vera, o qualcuno come Alice, scopra chi è veramente Pax.»

Pax è confuso. «Ci sono molte cose che non mi è permesso fare. Puoi farmi un elenco?»

«Sì, ti preparerò un elenco. Ma non adesso. Siamo già in ritardo e dobbiamo andare dai nuovi ospiti.»

# 14

## BREE



Trascino Pax e Ambrose a casa e mi dirigo subito in camera mia, dove mi tolgo i leggings con i disegnini di teschi e la tunica nera che indossavo per la visita al cimitero. Entrambi sono umidi perché si sono schizzati con l'acqua del laghetto.

Faccio una doccia veloce (tutti i fantasmi sono stati banditi dal bagno) e indosso un paio di jeans con il risvolto. Poi cerco tra la mia collezione di magliette di gruppi musicali fino a trovarne una che non abbia il disegno di nessun demone ringhioso o di un crocifisso a testa in giù. Mi spazzolo i capelli e controllo che le stanze degli ospiti siano in perfetto ordine. Liscio l'avvallamento che il corpo di Pax ha lasciato sul divano.

*Din-don!*

«Ci siamo» mormoro. Non sono pronta, con tutto quello che sta succedendo, ma ho promesso ai miei genitori che li avrei aiutati a gestire il B&B, per far trascorrere loro la vacanza in tranquillità.

Non posso più tirarmi indietro.

Al suono del campanello, Moon si infila nel secchio del carbone. Entwhistle mi si attorciglia intorno alle gambe appena inizio a correre verso la porta, curiosa di conoscere i nuovi ospiti.

«Benvenuti a Grimwood Manor!» esclamo mentre apro.

In piedi sul portico, con tutti i loro bagagli, vedo due gemelle bionde, di circa diciannove anni, e un uomo sulla quarantina con i capelli sale e pepe. Nascondo la sorpresa. Non mi aspettavo che i tre ospiti arrivassero insieme.

«*Ciåo*, io sono Ida. Questa è mia sorella, Astrid» dice una delle ragazze con un forte accento svedese. «Abbiamo conosciuto padre Bryne. Abbiamo scoperto che abbiamo fatto il viaggio insieme, sullo stesso treno.»

«Sì, ci interessano soprattutto le storie di santi e di peccatori...» Le parole della gemella svaniscono mentre lei fissa qualcosa dietro di me. Si lecca le labbra, come avesse fame. «Chi è questo? È il proprietario del B&B?»

Un guizzo di possessività mi si accende nel petto, unito al fastidio che lei dia per scontato che il B&B sia di proprietà di un uomo. Poso un braccio sull'ampia schiena di Pax e le lancio un'occhiata. «Lui è Pax. È... un amico di famiglia.»

*Va bene voler marcare il territorio, ma non puoi presentarlo come il tuo ragazzo*, mi dice una vocina perfida nella testa.

«Non avrete nulla di cui preoccuparvi mentre riposerete sui nostri morbidi cuscini» pronuncia Pax battendosi un pugno sull'armatura di cuoio. «Ucciderò qualsiasi nemico osi mettere piede tra queste mura.»

«Ehm... bene, immagino.» Ida guarda perplessa la sorella,

ma Astrid è troppo impegnata a sbavare sulle braccia muscolose di Pax per rispondere.

*Stai indietro, Pippi Calzelunghe. Lui è mio. Tutto mio.*

Pax si carica sulle spalle le loro quattro valigie e si allontana a grandi passi in direzione delle loro stanze.

«Dovete portare pazienza con Pax» dico mentre apro del tutto la porta e li invito a entrare. «È italiano. Sapete anche voi che sono un po' eccentrici.»

«Ah, lo so bene» esclama padre Bryne con una bella cadenza irlandese. «L'ultima volta che sono stato in Italia ho conosciuto un cardinale che si credeva una farfalla.»

«Quindi sa esattamente con chi ho a che fare» esclamo con un sorriso, mentre il prete si toglie le scarpe. «Benvenuti a Grimwood Manor. Al posto di cardinali alati, noi abbiamo un italiano che brandisce una spada, e alcuni fantasmi. Fate come se foste a casa vostra.»

Gli ospiti si aggirano nell'ingresso, guardandosi intorno tra gridolini di ammirazione. Devo ammettere che anche io adoro questa stanza: c'è un enorme caminetto in pietra con un paio di poltrone accoglienti, un tavolo che contiene opuscoli sulle attrazioni turistiche della zona, e alle pareti una serie di ritratti e opere d'arte.

Padre Bryne è particolarmente colpito da una vecchia pistola di legno appesa alla parete di fronte al camino. «È un pezzo bellissimo. Non sono un amante delle armi, ma la fattura di questa pistola è superba. È di epoca vittoriana?»

«Quella apparteneva al mio caro amico Cuthbert Van Wimple» dice Ambrose dall'alto delle scale. «La portava con sé in tutti i suoi scavi archeologici, nel caso si fosse trovato nei guai. Una volta l'ha usata per sparare a un serpente!»

Ripeto queste informazioni al sacerdote, che annuisce con interesse.

«A quanto dicono i suoi amici, negli ultimi anni Cuthbert

aveva riposto la pistola in questa vetrina, ma ai suoi ospiti diceva che era sempre carica.» Ormai conosco bene questa storia, e la racconto insieme ad Ambrose, che si sporge dalla balaustra curioso. «Nel caso in cui qualcuno avesse sentito il bisogno di commettere un omicidio verso la fine di una cena.»

«Era una battuta sul principio della pistola di Cechov?» chiede padre Bryne con una risata. «Se nel primo atto uno scrittore dice che c'è una pistola appesa al muro, nel terzo atto deve assolutamente sparare.»

«Ah, conosce anche lui la storiella!» Ambrose salta su e giù tutto eccitato. «Oh, andremo d'accordo io e lui.»

«Esatto» confermo. «Anche se ormai la pistola è stata dismessa. I miei genitori avrebbero avuto problemi con il Comune se avessero tenuto una pistola carica nell'atrio, e nessuno vuole un omicidio dopo cena. Si sporca troppo in giro. Venite, vi accompagno alle vostre stanze.»

Mostro alle gemelle la stanza che hanno prenotato: è sul retro della casa, con finestre panoramiche che offrono una vista sulla foresta e sul retro del cimitero. Hanno una porta laterale che si apre su un piccolo balcone. «È un bel posto per bere il tè al mattino» dico.

Una volta sistemate le ragazze, mostro la suite padronale a padre Bryne. Mi guardo intorno nervosa, nel timore di vedere Edward che salta fuori dalle pareti e ammonisce il prete per aver toccato le sue cose. Invece Edward non si vede, da nessuna parte.

Il che è positivo, ma anche sconcertante. Edward di solito non perde l'occasione di imporre la sua autorità sui nostri ospiti. *Cosa gli starà succedendo?*

Padre Bryne cammina per la stanza, una mano stretta alla piccola croce che porta al collo. Mi aspetto che tiri fuori l'acqua santa, invece dichiara che la stanza è *incantevole*.

Ora arriva la parte più strana della giornata. Gli ospiti sono arrivati e possono fare quello che vogliono. Se rimangono in casa, mia madre preferisce che ci sia sempre qualcuno in giro, nel caso in cui vogliano altri asciugamani o diano accidentalmente fuoco a qualcosa. Dato che sono qui da sola (a parte Pax e i fantasmi, che non contano), questa sera resto in casa. Spero di trovare un modo discreto per chiedere a padre Bryne di Lazzaro.

Mi preparo un gin and tonic, me lo porto nel salottino e rimango a disposizione dei nostri ospiti, se per caso hanno voglia di socializzare. Ambrose mi segue e si siede sotto la finestra, le mani raccolte in grembo. Pax decide di tagliare un po' di legna da ardere, se gli ospiti vogliono accendere il caminetto. Siamo in piena estate, ma a volte fa parecchio freddo in casa. E poi, se Pax taglia la legna, so che non sta accoltellando nessuno. Così lo mando nella legnaia.

Mi sono appena sistemata con il mio libro quando sento un fruscio alle mie spalle. Padre Bryne entra nella stanza. *Finalmente qualcosa va nel verso giusto.*

«Oh, mi dispiace di averti disturbata.» Fa per andarsene.

«No, nessun disturbo. Prego.» Faccio un cenno al divano. «Questo è il salotto degli ospiti. È uno spazio a vostra disposizione. È anche uno dei miei posti preferiti per bere qualcosa mentre ammiro il tramonto. Guardi.»

Indico la finestra. Il cielo è percorso da striature di colore viola, e punteggiato dalle guglie e dalle croci dei monumenti più alti.

«La creazione del Signore è certamente bella stasera. Capisco perché ti piace questa stanza. Mi siedo volentieri qui con te.» Si siede e dispiega un libro sulle ginocchia.

«Vuole bere qualcosa? Io sto bevendo un G&T.»

«Sarebbe meraviglioso, grazie.»

Gli porgo un bicchiere, e noto la copertina del suo libro: è il tipico thriller che si compera in aeroporto, su un monaco che aiuta l'FBI a risolvere gli indizi per catturare un serial killer ossessionato dalle predizioni dell'Apocalisse. Padre Bryne si accorge che guardo, e ride.

«Lo so, non è il tipo di intrattenimento che ci si aspetterebbe che un prete apprezzi. Ma io li adoro. C'è qualcosa che mi attrae negli enigmi intricati.»

«E magari anche nel fatto che il protagonista sia un uomo di Dio?» chiedo curiosa.

Sorride. «Ammetto che è bello, per una volta, leggere di un prete che combatte dalla parte dei buoni. Troppo spesso siamo quelli dalla parte del diavolo, anche se i preti malvagi hanno le scelte migliori, in fatto di guardaroba.»

Sorrido al suo abbigliamento semplice: camicia nera e pantaloni neri. «Quindi, cosa la porta a Grimwood? Di solito i preti non hanno una casetta riservata?»

«Sì, in effetti la mia congregazione ha un bel cottage» risponde. «Tuttavia, sono qui per un summit dei giovani, organizzato ad Argleton da padre O'Sullivan. Ci saranno persone di diverse religioni: leader islamici, insegnanti indù, cristiani di varie confessioni, persino sacerdotesse wicca. Lo scopo è quello di creare programmi che incoraggino i nostri giovani a praticare l'amore, la carità e l'accettazione di sé.»

Sembra proprio il tipo di persona adatta a questo scopo. «Interessante. Mi piace l'idea che tutte queste religioni diverse mettano da parte le loro differenze per lavorare insieme.»

«Sì, è piuttosto intrigante. Spero che riusciremo a proporre qualche buona iniziativa che faccia davvero la differenza, invece di passare l'intero fine settimana a discutere sulle interpretazioni delle Scritture. È tutto da vedere. Non mi sbilancio, ma sono fiducioso.»

«Questo è un bene.» Poso il mio drink. «Padre, mi chiedevo se posso chiederle una cosa. Si tratta di un santo.»

«Qualche santo in particolare? La chiesa cattolica è pessima con i santi.» Chiude il libro e mi guarda con occhi gentili. «È una questione di fede o di erudizione?»

«Un po' di entrambi, credo.»

Fuori, sento Pax che sbuffa mentre risale il sentiero, con una montagna di legna in mano. Ambrose attraversa la stanza per sedersi all'estremità del divano ed Entwhistle salta sullo schienale per farsi accarezzare dal prete. Lui lo accontenta con una grattatina dietro le orecchie, e lui si stende sulla schiena, agitando le zampe in aria, in estasi.

Ho il petto stretto per l'ansia. Infilo una mano in tasca a cercare il santino. Ho bisogno di risposte per tenere al sicuro me, i miei amici e la mia famiglia, ma ogni cosa che scopro mi porta sempre più vicina a una verità che non voglio affrontare.

«Mi chiedevo se potesse parlarmi di San Lazzaro» dico di getto.

«Cosa vuoi sapere?»

«Tutto. Di lui. Della sua vita. Perché era importante?»

«Apprezzo che tu assecondi un sacerdote sul suo argomento preferito» commenta padre Bryne con quel suo sorriso gentile. «Nel suo Vangelo, Giovanni racconta la storia di Lazzaro di Betania, seguace di Cristo, nonché fratello prediletto di Maria e Marta.»

«Questa è una Maria diversa dalla madre di Gesù? È Maria Maddalena?»

«È una Maria diversa. Nella Bibbia ci sono molte donne che si chiamano Maria, e la cosa può confondere. Comunque, le sorelle dicono a Gesù che il loro fratello è gravemente malato e gli chiedono di andare a casa loro a Betania per visitarlo. Gesù dice ai suoi seguaci che la malattia di Lazzaro non finirà con la morte, ma "è per la gloria di Dio, affinché il Figlio di Dio sia glorificato attraverso di essa". Gesù aspetta due giorni prima di recarsi a Betania da Lazzaro. Quando arriva con i discepoli, scopre che Lazzaro è morto.»

«Forse Gesù ha perso il treno» commenta Ambrose, comprensivo. «A me è successo a Barcellona, quando sono stato ostacolato da...»

«Shhh» sussurro.

«Prego?» Padre Bryne aggrotta le sopracciglia.

«Sciogliamo le tensioni della giornata e ci facciamo un altro bicchiere mentre lei continua la storia?» Afferro le bottiglie di gin e di acqua tonica dal tavolo, per distogliere l'attenzione dal fatto che sto bisbigliando tra me e me. Padre Bryne mi allunga il suo bicchiere, con gratitudine. Ambrose fa un segno di bocca sigillata.

«Grazie, è eccellente.» Il sacerdote beve un sorso e poi continua. «Gesù incontra Maria e Marta alla tomba di Lazzaro, che è una grotta il cui ingresso è bloccato da una pietra che è stata fatta rotolare fin lì. Il sepolcro è circondato da ebrei in lutto per la scomparsa di Lazzaro. Marta riprende Gesù. "Se tu fossi stato qui" rimprovera il figlio di Dio, "mio fratello non sarebbe morto". Gesù risponde con una delle sue dichiarazioni più note. La conosci?»

«Sono un po' arrugginita sulle citazioni di Gesù» ammetto.

«Gesù dice: "Io sono la risurrezione e la vita; chi crede in me, anche se morto, vivrà. E chi crede in me non morirà mai".»

Un brivido mi percorre dalla base del collo fino alle dita dei piedi.

Gli occhi di padre Bryne si accendono, pieni di fervore. Si porta una mano alla croce di metallo che indossa al collo. Noto che è un oggetto piuttosto elaborato, con spine e borchie intorno alla parte centrale. Non ho mai visto una croce del genere prima d'ora, però devo riconoscere che non seguo molto la moda clericale.

«Gesù chiede che la pietra che blocca l'ingresso del sepolcro venga fatta rotolare via.» La voce del sacerdote è diventata più profonda, più roca, quasi uscisse da qualche crepa sotterranea.

«Le persone in lutto spostano la pietra e Gesù recita una preghiera. Poi ordina a Lazzaro di uscire, e Lazzaro esce dalla tomba, vivo e ancora avvolto nel suo bianco sudario. Questo miracolo trasforma molti dei presenti in seguaci di Cristo. Ed è la scena che viene normalmente raffigurata nelle opere d'arte. Vedi?»

Apre il telefono e mi mostra la schermata iniziale. È una foto scattata dall'ultima fila di banchi in una cappella decorata, all'interno di un'imponente cattedrale gotica. Padre Bryne mi indica la vetrata sulla sinistra dell'altare. Riconosco la storia: Gesù che prega con Maria e Marta e tutti i presenti, mentre Lazzaro vestito di bianco esce dalla tomba.

Deglutisco. La scena è quasi identica al santino insanguinato che ho in tasca.

Padre Bryne mette via il telefono. «Perché questo interesse per Lazzaro?»

«Oh, è per...» Cerco disperatamente un motivo. Proprio in quel momento, Edward entra nella stanza, canticchiando tra sé e sé e si dirige verso l'armadietto dei liquori per immergervi la testa. «...Per un progetto artistico. Sto seguendo un corso di storia dell'arte e nella maggior parte dei dipinti compare l'iconografia religiosa, ma non conosco bene le storie come gli altri studenti.»

«Sono sempre felice di aiutare. Hai altre domande?»

Deglutisco. «Solo una. Che cosa è successo a Lazzaro dopo la sua resurrezione? Cioè, che cosa ha fatto?»

«Ah.» Padre Bryne congiunge le mani in grembo. «Questa è una domanda interessante. A pochissime persone interessa la sorte di Lazzaro dopo l'episodio del miracolo di Gesù. La Bibbia non lo cita più. Tuttavia, alcuni studiosi hanno cercato di ripercorrere la sua vita. Gli studiosi ortodossi ritengono che Lazzaro sia andato a Cipro, dove divenne vescovo e morì, una seconda volta, trent'anni dopo. Invece, noi cattolici crediamo che sia andato a Marsiglia, sia diventato vescovo e abbia convertito molti al cristianesimo prima di essere imprigionato e decapitato durante la persecuzione di Domiziano. Secondo la leggenda, nella sua seconda vita Lazzaro non sorrise mai nemmeno una volta, poiché era perseguitato dalla vista degli spiriti non redenti che aveva incontrato durante i quattro giorni nei quali era stato morto.»

*Forse era solo di cattivo umore. Pax è più felice che mai, ora che è tornato dalla morte.*

*Forse anche troppo felice,* penso mentre lo guardo allontanarsi di nuovo lungo il sentiero a passo baldanzoso, per andare a fare altra legna. Gli scappa via uno dei sandali in cuoio e lui gli corre dietro, ridendo con quella sua profonda risata roboante. Edward lo guarda dalla finestra, poi spinge di nuovo la testa nell'armadietto dei liquori.

«Naturalmente, ci sono altre storie.»

Mi giro di nuovo verso padre Bryne. «Davvero?»

«Numerose persone nel corso dei secoli hanno raccontato di aver incontrato Lazzaro, una figura misteriosa vestita di bianco che non invecchia mai e che può riportare in vita i morti. Alcuni dicono che Lazzaro in realtà sia una donna. Altri dicono che sia un bambino. È apparso a funerali, su campi di battaglia e tra la folla di un concerto rock. L'ultima volta è stato visto nel 2006 alla prima del film di Dan Brown *Il Codice Da Vinci*. È ovvio che siano tutte sciocchezze.» Mi sorride. «Tutto questo dimostra la potenza del miracolo di Gesù, ma anche la sua pericolosità. Desiderare di vivere per sempre fa parte della condizione umana, ma la nostra vita sulla Terra è così preziosa proprio perché è limitata. La nostra unica vera strada verso l'immortalità è accogliere il Signore.»

La conversazione ha preso una deriva dottrinale. Per fortuna, Pax irrompe nella stanza con le braccia cariche di legna, seguito da Astrid, che parla a mille al minuto con quel suo denso accento svedese, e si scosta dalle spalle i capelli dorati mentre cerca disperatamente di attirare la sua attenzione.

«Grazie, Padre.» Mi alzo in piedi. «È stato illuminante.»

«Piacere mio, Bree.» Solleva il bicchiere. «Se hai bisogno di aiuto per qualcosa che riguarda la tua anima immortale, sai dove trovarmi.»

*Considerata la velocità con cui la mia anima immortale viene corrotta dal sesso con i fantasmi e da misteriosi poteri magici, forse è una proposta che dovrò accettare.*

# 15

## BREE

«Allora?» chiede Mina infilandosi sulla panca di fronte a me per poi sistemare il suo cane guida, Oscar, ai suoi piedi. «È qui?»

«Se intendi Pax, il mio migliore amico, nonché amante, nonché centurione romano appena resuscitato, è al bancone che ci prende da bere.»

Mina si scompiglia i capelli ondulati, castano-rossicci. «Sono troppo emozionata all'idea di conoscerlo. Un centurione ex-fantasma, in carne e ossa. Porta la spada?»

«La sventolava in giro per il negozio dopo che abbiamo trovato il corpo di Vera, così la polizia gliel'ha sequestrata.» Abbasso la voce mentre noto che Pax, al bar, dà una pacca affettuosa sulla schiena a qualcuno, ma gliela dà così forte da farlo cadere dallo sgabello. «Poi ha trovato una copia che avevo fatto fare qualche anno fa, però gli ho sequestrato anche quella perché la brandiva in giro per il villaggio. L'ho nascosta nella stanza segreta di Ambrose: le spalle gigantesche di Pax non passano da quella porta. Quindi eviterei di parlare di spade. È un argomento un po' delicato. Tu hai portato i vestiti?»

«Certo che sì.» Mina mi porge una borsa piena, con

131

l'insegna di un negozio per uomini che si direbbe piuttosto costoso. «Io e Morrie siamo andati a Londra, dal suo sarto preferito di Savile Row, e li abbiamo fatti fare. Delle misure che mi hai dato tu. Se posso permettermi, ho un gusto eccellente. Credimi, invece di spaccare ossa sul campo di battaglia, Pax spaccherà cuori, con questi pantaloni.»

«Ti credo.» Sfioro il tessuto, morbido come burro. «Quanto ti devo?»

«Oh, non preoccuparti. Consideralo un pagherò, da parte di una sorella incline alla magia, a una sua simile.» Mina si china sul tavolo e mi sussurra: «Allora, com'è averlo vivo?»

«È...» *Selvaggio. Terrificante. Meglio di quanto avrei mai potuto immaginare.* «È tanta roba.»

«Bree, ho preso questi strani drink stranieri.» Pax sbatte due G&T sul tavolo e fa per infilarsi sulla panca di fianco a me, ma poi scorge Oscar sul pavimento. «Oh, ciao, bel cagnolino!»

«Pax, non puoi accarezzarlo. È in servizio.»

«Tranquilli.» Mina si china e slaccia la pettorina di Oscar. «Perché non lo porti fuori e gli lanci un bastone? Adora giocare.»

«Posso?» Pax e Oscar mi fissano con enormi occhi da cucciolo, uno di un marrone intenso, l'altro di un blu oceano freddo ed espressivo, molto più vivaci ora che non sono più trasparenti.

«Certo. Ricorda solo...»

«...di non accoltellare nessuno e non spingere gente in acqua.» Pax se ne va con il guinzaglio di Oscar stretto in una delle sue enormi mani.

«Grazie, che ti fidi a lasciarglielo.» Guardo fuori dalla finestra e vedo Pax che tira un enorme bastone a Oscar. Le tre streghe danzano intorno al golden retriever, lanciando grida di gioia. L'unico che appare poco felice è Walpurgis, nascosto tra i capelli di Agnes, che scruta guardingo il cane.

«Pax può fare un po' paura, a vederlo, ma è una persona stupenda. Per certi versi, mi ricorda il mio Heathcliff.» Mina prende una patatina dal cestino sul tavolo. «Dani ci raggiunge?»

«Presumo di sì.» Do un'occhiata al telefono, ma non c'è nessun messaggio. «Non dice mai di no a un drink. Però non ha ancora risposto al messaggio che le ho mandato.»

Ho lo stomaco sottosopra per la tensione. Dani non ha risposto a nessuno dei miei messaggi. Potrebbe essere che non mi vuole parlare, dopo che ieri ho gettato la sua ragazza nel laghetto. Alice mi sembrava tranquilla quando se n'è andata, ma magari stava fingendo? Scrivo un altro rapido messaggio a Dani, poi metto giù il telefono.

*Immagino che non verrà.*

Mina si schiarisce la voce. «Preferisci aspettarla, o vuoi dirmi cosa hai scoperto sulla morte di Vera e sul tuo strano nuovo potere?»

«Non credo che verrà.» Appoggio il santino e il cristallo di moldavite sul tavolo davanti a me. Fisso i due oggetti, quasi potessi in qualche modo divinare la verità dalla loro forma.

«Non è che abbia scoperto tanto. Sono stata troppo impegnata a ripescare Pax dal laghetto, a farmi assumere come volontaria per gestire i social media del cimitero di Grimdale e a lisciare le piume arruffate di nobili libertini...»

«E a fare sesso con i fantasmi» mi ricorda Mina con un luccichio negli occhi.

«E a fare sesso con i fantasmi» confermo, le guance in fiamme. «Però ho parlato con padre Bryne. È un sacerdote che starà da noi per le prossime due settimane. È qui per un grande incontro tra diversi leader religiosi allo scopo di trovare un metodo comune di lavoro su un programma per giovani. Si tiene nella chiesa cattolica di Argleton.»

«Conosco bene quella chiesa. Una volta io e Quoth l'abbiamo svaligiata.»

«Hai svaligiato una chiesa?»

«Oh sì. Ci servivano dell'acqua santa e delle ostie da comunione, per sconfiggere Dracula. Io ho distratto Padre O'Sullivan e Quoth mi ha infilato la roba nella borsa.» Accarezza la sua borsetta a forma di pipistrello. «Ci sono ancora delle briciole di ostie sul fondo.»

Non mi sono ancora abituata del tutto a discutere con così tanta disinvoltura sul soprannaturale con i miei amici. Mina dice "sconfiggere Dracula" nello stesso modo in cui potrebbe dire "questo fine settimana sono andata al cinema".

*Anche se meno si parla della mia ultima disastrosa uscita al cinema, meglio è.*

Mentre racconto a Mina quello che ho imparato su Lazzaro, penso a quanto sia bello essere seduta qui, al pub di Grimdale con una nuova amica, a bere un bicchiere e a ridere come due normalissime ventenni. Ho girato il mondo e incontrato persone di ogni tipo, ma avverto una fitta al petto appena mi rendo conto che era proprio ciò che stavo cercando.

Sono così impegnata a godermi il momento che ho quasi dimenticato di possedere in qualche modo la magia della resurrezione di Lazzaro. Mina ha una teoria stravagante: forse casa nostra nasconde una delle reliquie del santo, e quando mi ci avvicino mi trasmette il suo potere di resurrezione. Le faccio notare tutte le ragioni per cui questo è impossibile e lei si lancia in un'interpretazione ad alta voce di una canzone di Nick Cave intitolata *Dig Lazarus Dig*: bizzarro, ma decisamente pertinente. Finiamo i nostri bicchieri e stiamo discutendo se prenderne un altro quando sentiamo un colpetto alla finestra. Guardo fuori e vedo Quoth, nella sua forma di corvo, appollaiato sul davanzale, che picchietta sul vetro con il becco.

*Mina, è meglio che tu vada a casa,* dice, parlando a entrambe nella testa. *Heathcliff ha appena avuto un diverbio con il fiorista del matrimonio e ora il negozio è pieno di peonie...*

«È meglio che vada.» Mina afferra la borsa. «Avevo chiesto a Heathcliff di pensare lui al matrimonio, perché io voglio concentrarmi sull'editing del mio libro, ma finora non ha fatto altro che creare problemi. Continua a licenziare tutti i fornitori, ad aggiungere persone alla lista degli invitati e a insistere che la torta sia al whisky. Chi avrebbe mai pensato che il mio burbero e cupo malvagio si sarebbe trasformato in un groomzilla scatenato? Mi accompagni fuori?»

Mina mi infila una mano nell'incavo del braccio, come fa di solito Ambrose, e io la conduco fuori, dove Pax, Oscar e le streghe stanno ancora giocando. Quoth vola giù e le si posa sulla spalla.

*So che hai paura del mostro che ha ucciso Vera,* mi dice nella testa. *Ma non sei sola, Bree. Sei circondata da un'intera orda di Viventi e di fantasmi che faranno di tutto per tenerti al sicuro. Ne verremo a capo insieme.*

«Lo apprezzo molto, uccellino» dico. Il mio sguardo va al Basic Witch, dall'altra parte della strada. Le finestre sono buie e sulla porta c'è il nastro della polizia. Non sono ancora riuscita a capire chi, o cosa, abbia ucciso Vera, né perché lei stringesse in mano quel santino. Per fortuna Mina andrà dalla sua amica Jo, per provare a scoprire qualcosa.

*Vorrei che fosse venuta anche Dani stasera. Mi servirebbe proprio il suo umorismo macabro e il suo atteggiamento sereno nei confronti dei fantasmi. Ho davvero incasinato le cose, non è vero? Vorrei...*

La voce di Quoth scaccia gli altri miei pensieri. *Ah, senti Bree...*

Lo guardo sollevando un sopracciglio.

*Ascolta il parere di qualcuno che sa. Il tuo tempo su questa Terra è un tempo finito. Non sprecarlo facendoti prendere dalla paura di ciò che provi davvero...*

«È stato un piacere rivederti!» Do una piccola pacca sulla spalla a Mina. «Grazie per i vestiti. Non vorrai perdere l'autobus.»

*Bene, bene, scappa pure dai tuoi sentimenti. Vediamo se mi interessa,* gracchia Quoth, mentre lui, Mina e Oscar corrono verso la fermata dell'autobus.

Pax saluta le tre streghe e ci incamminiamo verso casa. Mi posa una mano enorme sulla schiena, e le dita che mi sfiorano la pelle bruciano. Il mio cuore batte forte mentre mi accorgo dei suoi occhi che si muovono nell'ombra e dell'altra mano che si posa sul coltello da cucina che ha nascosto nella tunica.

«Puoi rilassarti. Nessun mostro ti attaccherà con me al tuo fianco» dichiara mentre svoltiamo in direzione dell'angolo dove bazzica il Muratore Schiacciato.

«Lo so. Tu ti prendi sempre cura di me.»

«Vero.» Pax corruga la fronte. «Allora perché non mi chiami il tuo *ragazzo?*»

*Oh, cazzo.*

«Eh?» Faccio la finta tonta. Il cuore mi martella nel petto. *Perché me lo chiede? Come fa a sapere cos'è un* ragazzo?

«Non permetti a nessuno di chiamarmi "il tuo ragazzo" e non pronunci mai quella parola.» Pax aggrotta le sopracciglia. «Non sono così ingenuo come pensa Edward. So cos'è un ragazzo. Ho ascoltato te e Dani che ne parlavate quando eravate adolescenti. Volevate che quello zotico di Trevor, quello che aveva osato toccarvi, diventasse il vostro ragazzo. Allora perché lui sì e io no?»

«Trevor non è mai stato il mio ragazzo, Pax.» *Tu, Edward e Ambrose avete fatto di tutto per impedirlo.*

«Cosa devo fare per essere degno di te? Devo superare una

sfida? Devo combattere il tuo ultimo fidanzato fino alla morte? Perché sono pronto...»

Mi accoccolo alla sua spalla. «Pax, non ho mai avuto nessuno. E se chiamo te "il mio ragazzo", come pensi che la prenderanno Ambrose e Edward? Edward è già arrabbiato.»

«Possono essere anche loro i tuoi ragazzi.»

Lo dice quasi fosse tutto così semplice.

«Ma non posso averne tre.»

«Perché no? Mina ce li ha.»

«Sì, ma Mina è... è diversa.» Svoltiamo su Grimwood Crescent. «E poi, non posso avere due fidanzati che sono dei fantasmi. E sì, so che non sei un fantasma, ma a parte la questione di voi tre, e questa cosa che esiste tra di noi, non sono comunque pronta ad avere un ragazzo. È un passo importante, un impegno. Non so ancora cosa succederà quando i miei genitori torneranno dal loro viaggio, o quanto ancora resterò a Grimdale, quindi non posso...»

«Ma io ti amo.»

Le sue parole mi lasciano senza fiato.

Mi blocco. I miei arti non rispondono più.

*Non riesco a respirare.*

*Perché non riesco a respirare?*

Anche Pax si blocca. Si gira verso di me, inclina la testa di lato e vede che ansimo.

«Sei spaventata» afferma.

«No» riesco a dire, in qualche modo.

La sua voce si inasprisce, ferita. «Tu hai paura di me.»

«Non di te. Mai, di te. Mi spaventano queste parole.»

«Quali parole?» L'espressione di Pax si fa incerta. «Ti amo?»

«Non continuare a ripeterle.»

«Ma sono vere. Io ti amo, Bree. Ho vissuto da fantasma per mille vite e non mi sono mai sentito così sicuro di qualcosa. Io ti amo. Ti amo come un soldato romano ama le sue canzoni di guerra e la sua coppa di vino. Ti amo come un pesce ama l'oceano, o un ananas ama la pizza, o un concorrente di *Bake Off* ama un mixer KitchenAid. Sei la ragione per cui ogni mattina mi alzo per affrontare un nuovo giorno. Sei il motivo per cui indosserò dei pantaloni.» Fa una smorfia. «Perché è sbagliato amarti?»

Sento le lacrime che mi pizzicano gli occhi. «Perché… perché non so cosa ti succederà. Pax, tu non dovresti essere qui. E se… se diventassi di nuovo un fantasma? O anche peggio?»

Pax fa un passo avanti, avvicinandosi a me, il petto premuto contro il mio. Non riesco ad andare da nessuna parte, ostacolata in ogni direzione dai robusti muscoli del suo corpo. I suoi tranquilli occhi blu mi fissano, tanto belli quanto letali. Il vento gli passa dita invisibili tra i capelli, e io mi trovo di nuovo senza fiato e con una morsa allo stomaco. È del tutto ingiusto che lui possa stare qui, incredibilmente perfetto, e disarmarmi in questo modo, quando tutto ciò che vorrei fare è fuggire via.

Mi fissa negli occhi, e il mio battito accelera. «Quindi tu non provi proprio nulla per me?»

La sua voce è un mormorio basso e pericoloso.

«Pax, sai che non è così. Quello che provo per tutti e tre… voi siete i miei migliori amici. Ma sai cosa significa passare la maggior parte della vita essendo consapevole di ciò che succede alle persone dopo la morte? Sapere che non c'è nessun lieto fine, nessun amore eterno. Solo secoli di solitudine, mentre il mondo intorno a te va avanti. Diavolo, come non bastasse ho anche visto Albert e Maggie che si dicevano addio. Tutti gli amori finiscono con un dolore straziante. Ho vissuto centinaia di volte quel dolore, un dolore che non avrei mai dovuto sopportare. Non posso… non posso passare tutto questo con voi tre. Se mi permetto di innamorarmi di voi e poi questo mostro vi porta via da me…»

«Non succederà» esclama. Una mano mi cinge la vita e mi

tira addosso a lui. Mi posa le dita sulla schiena e la sensazione è così *possessiva* che dovrei correre a prendere i miei libri di Clementine Ford. Invece rimango qui, con una scossa in tutto il corpo, fino alle dita dei piedi, e un oscuro e voglioso dolore nel ventre. «Il mostro deve prima passare su di me.»

Non posso guardare Pax negli occhi, non sopporto di vedere la tristezza che prova quando capisce che non gli risponderò ripetendo quelle due parole. Invece, guardo, al di là delle sue enormi spalle, verso Grimwood Manor che emerge dall'oscurità in cima alla collina, verso i contorni delle tombe e dei monumenti disegnati dalla luce della luna. Nell'ala degli ospiti le luci sono accese: le gemelle devono essere tornate dalla loro escursione.

«Non puoi proteggermi ogni momento di ogni giorno, soprattutto ora che sei umano. Guarda che occhiaie che hai. Hai bisogno di dormire, Pax. Non sei umano da molto, ma *ora* lo sei. Sei fragile. Anche questo... ciò che abbiamo... è fragile. Ambrose o Edward potrebbero passare oltre in qualsiasi momento. Tu potresti tornare a essere un fantasma o... o anche peggio. E se il mostro venisse a prenderti? E se magari commetti un errore e le autorità capissero che non dovresti essere qui? Ti arresterebbero. O magari potresti beccarti qualche malattia moderna che il tuo sistema immunitario da antico romano non è in grado di gestire e *moriresti*. Io voglio bene a mio padre e sapere cosa gli sta facendo la malattia mi distrugge. Con te... sarebbe mille volte peggio. Non capisci, tutte queste ragioni sono il motivo per cui non posso...»

L'intero volto di Pax si illumina con uno dei suoi meravigliosi sorrisi. Sono sorpresa dall'improvviso cambiamento e smetto di oppormi.

«Bree, non siamo in guerra per conquistare il tuo cuore. Non devi difenderti da me» dice. «Aspetterò.»

«Cosa?»

«Aspetterò» ripete, il suo sorriso sempre più acceso, fino a quando io mi lascio andare tra le sue braccia. «Ti aspetterò finché gli dèi non mangeranno la terra. Quando gli oceani bolliranno e il cielo si trasformerà in cenere, quando i poeti finiranno le parole, e non ci saranno più nuove stagioni di *Bake Off*, io sarò ancora qui, ad amarti. Ti amerò finché l'ultima stella non si spegnerà e tutto rimarrà al buio. Tu sarai la mia luce.»

«Pax, io...»

«Anche se sei il mio comandante, non puoi ordinare al mio cuore di non battere per te.»

Pax si posa una mano all'altezza del cuore per un attimo, poi la preme sul mio petto. I battiti rieccheggiano sotto il suo tocco. Abbassa la testa. Quelle pozze blu pallido non fanno più male ora, ma sono enormi, spalancate e incredibilmente profonde. Il suo sguardo si posa sulle mie labbra e i suoi occhi si scaldano fino a diventare fiammelle blu.

I centimetri che ci separano sono una brace incandescente, pronta a prendere fuoco.

Mi prudono i piedi per la voglia di correre, di voltarmi e scappare via, fino in India, prima di innamorarmi di quest'uomo bellissimo e impossibile.

«Sono tuo» sussurra. «Ti ho aspettato per tutta la mia vita ultraterrena. Aspetterò tutto il tempo che serve.»

Poi mi prende la nuca, mi fa sollevare il capo e posa le labbra sulle mie.

Le mie labbra si aprono impazienti, accogliendolo, per quanto il mio cervello mi urli che è una pessima idea. Che mi sto affezionando. Per quanto cerchi di raccontarmi che posso divertirmi con tutti e tre senza che ci siano legami, sto facendo esattamente ciò che non avrei mai voluto fare, e sto permettendo che il mio cuore venga coinvolto.

Ma è quasi impossibile prestare ascolto al mio cervello quando la lingua di Pax accarezza la mia con un desiderio scatenato, che mi porta a stringergli la tunica, a prendere un pugno della stoffa per avvicinarlo a me, quasi potessi in qualche modo entrare in lui come è successo con Ambrose l'altra sera. Sono intrappolata dalla pressione del corpo di Pax, bloccata dalle sue labbra e dalle sue forti braccia che mi circondano. Lui mi passa le dita tra i capelli, e continua a stringermi la nuca mentre mi bacia più a fondo. Sa di uva dolce e del vino che ha bevuto prima della sua ultima battaglia, di terra, di sangue e guerra. Ha il sapore del pericolo, della mia meravigliosa rovina. E io non ne ho mai abbastanza...

Un urlo penetrante squarcia il buio.

# 16

## BREE

«**È** una delle gemelle!» Mi stacco da Pax. I suoi occhi incontrano i miei e so che entrambi abbiamo avuto lo stesso identico pensiero.

*Il mostro che ha ucciso Vera è venuto a cercarmi. Ora è casa e... Ambrose e Edward sono lì dentro!*

Non so se questo mostro possa fare del male ai fantasmi, ma non voglio scoprirlo. Mi passo una mano sulla bocca e mi affretto a risalire il sentiero e ad afferrare la chiave da sotto lo scoiattolo. Sento ancora il sapore dell'uva, del sangue e del pericolo. Pax estrae il coltello.

Apro la porta con un calcio e Pax mi precede nell'atrio. Si guarda intorno, cercando la fonte dell'urlo. Io indico la direzione del salotto degli ospiti. «Credo che provenga da...»

Non finisco, perché un altro grido orribile riecheggia nella casa e mi trafigge il cuore. Pax parte di corsa, i sandali che sbatacchiano sul pavimento di legno. Gli sto alle calcagna.

Spalanca la porta del salottino. «Mettila giù, mostro, o assaggerai la punta del mio acciaio romano...»

«E questo che è?» Le gemelle si allontanano, con un'aria

colpevole e molto *poco* dilaniata da un mostro assetato di sangue. «Perché stai brandendo un coltello?»

Mi accorgo che nella stanza c'è un'unica fonte luminosa, che proviene da un cerchio di candele tremolanti sul tavolo da gioco. Al centro si trova la mia vecchia tavola spiritica, con la *planchette* ferma sulla lettera D.

Dietro il tabellone, Edward e Ambrose ridacchiano.

La paura mi scorre subito nelle vene quando capisco cosa sta succedendo. Dovrei essere arrabbiata con loro per aver terrorizzato i nostri ospiti, invece mi tornano in mente i ricordi di quando avevo otto anni, e preparavo la tavola spiritica per i turisti, i quali commentavano pieni di stupore mentre gli spiriti di Grimwood muovevano a scatti la planchette per comporre messaggi volgari e freddure. Era uno dei nostri giochi preferiti. A volte, quando Ambrose batteva troppo forte sulla planchette con la punta del suo bastone, la tavola volava in giro per la stanza. Un giorno, Pax la tagliò in due con la sua spada.

Ora, grazie ai miei strani poteri, riescono a controllarsi di più. E io voglio vedere cosa succede: non posso farne a meno. Inoltre, è una distrazione da ciò che Pax e io abbiamo fatto per strada... e da ciò che mi ha detto...

«Muovila di nuovo!» ordina Edward ad Ambrose. Ero abbastanza vicina perché riuscisse a interagire lui con la lavagna, ma gli piace dare ordini.

«Ma c'è Pax!» esclama Ambrose. «Ho sentito la sua voce. Ora lo dirà a Bree e lei si arrabbierà con noi perché abbiamo preso in giro gli ospiti.»

Edward mi strizza l'occhio. «Non è arrabbiata. La sto guardando proprio in questo momento e lei sta cercando di nascondere il suo magnifico sorriso.»

Ambrose gira la testa verso di noi e la radiosità sul suo volto mi fa sentire le ginocchia di gomma. Faccio un cenno a Edward.

Lui dà un colpetto ad Ambrose, che si china e spinge la planchette. Questa scivola con facilità sulla lavagna sbiadita.

«Argh!» grida Astrid. «Si muove di nuovo.»

«Si muove senza che la tocchiamo!» Ida fissa la sorella. «Te l'avevo detto, che non ero io a muoverla.»

«Beh, io ho chiesto se poteva vederci, e mi ha risposto: "Il tuo posteriore è così perfetto e tondo che cattura i cuori, senza suoni dal profondo". Astrid agita un blocco dove aveva scritto il messaggio comunicato dalla tavola spiritica. «Che razza di fantasma scriverebbe una cosa del genere?»

«Un fantasma arrapato?» commenta Ida torcendosi le mani.

«L'hai scritto tu, per prendermi in giro. Perché sai quanta paura ho di ingrassare, dopo tutta la pasta che abbiamo mangiato in Italia.»

«Giuro che non sono stata io!»

Alzo un sopracciglio verso Edward, ma lui finge di essere profondamente rapito da un suo ritratto sulla parete.

Quindi è passato dalle freddure alle poesie sconce. Tipico di lui, direi.

«*Edward*» ringhio.

«Il mio nome si pronuncia *Astrid*» dice lei infastidita. «E non serve essere così seccata. Ci stiamo divertendo.»

«E io sto studiando le tue scelte in fatto di arredamento.» Edward ritrae il labbro in un sorrisetto mentre indica il ritratto a olio di se stesso che scruta in lontananza, con aria tetra. Indossa un farsetto foderato d'oro, con un volant piuttosto grande al collo. «Vorrei che lo togliessi. Non mi farei vedere in giro nemmeno morto, vestito così. Quel volant *fa tanto* 1663.»

«Volevo raccontare loro la storia di Grimwood Manor» commenta Ambrose. «Ma al lancio della monetina ha vinto Edward.»

Guardo a terra e sul tappeto noto una moneta da una sterlina. Le cose si sono fatte piuttosto pericolose da queste parti da quando sono in grado di interagire con il mondo dei Viventi.

*Se non riesci a impedire ai tuoi fantasmi di spaventare i tuoi ospiti con una tavola spiritica, unisciti a loro.*

Prendo una sedia dal tavolo da gioco e mi siedo. «In questa casa ci sono molti fantasmi» dico alle gemelle, stringendo il tavolo con le mani. «Vediamo cos'altro hanno da dire.»

«Quindi non c'è nessun mostro?» Pax usa il suo coltello per scostare la tenda, mentre controlla dietro di essa. «Nessun assassino che agita un'arma letale?»

«L'unica arma letale in questa stanza sono i tuoi bicipiti» dice Astrid, leccandosi le labbra. «Perché non ti siedi con noi e ci aiuti a canalizzare gli spiriti dei morti? Hai un'energia così potente che scommetto che sono attratti da te.»

«No, grazie» replica Pax con un'occhiata a Edward. «I morti sono noiosi. Vado a guardare la scatola delle immagini in movimento.»

«Forza, vai.» Edward dà una gomitata ad Ambrose, mentre Pax lascia la stanza e le gemelle si sistemano meglio sulla sedia, di fronte a me. «Vi aiuto io a scrivere la seconda strofa. "Come due pesche grassocce, mature e belle, ti muovi con eleganza, senza pari tra le stelle..."»

«Ho i crampi alla mano» protesta Ambrose, togliendo le dita dalla planchette e flettendole. «Adesso che c'è qui Bree, puoi muoverla tu la planchette. E così non ti arrabbierai quando farò degli errori di ortografia perché non riesco a vedere quello che scrivo...»

«Molto bene. Togliti di mezzo.» Edward fa il giro, in modo da afferrare meglio lo strumento. Nel farlo, si siede sulla mia sedia e mi attraversa, mandando i miei fianchi addosso al bordo del tavolo e bloccandomi. Il suo uccello fantasma, già duro come la pietra, sfrega contro il mio sedere da sopra i jeans.

Arrossisco. Sono già in stato confusionale dopo il bacio di

Pax e mi sento girare in testa tutte le cose che mi ha detto. Stringo le cosce, ma non posso fare nulla per fermare il calore bruciante che il suo tocco mi accende dentro.

È una follia. Edward non è nemmeno corporeo. Dovrei essere in grado di resistergli.

*A quanto pare no. A quanto pare, sono una zoccola affamata di fantasmi. E mi piace.*

«Ti adoro così, piccola Brianna.» Le labbra di Edward mi sfiorano il lobo dell'orecchio, trasmettendomi un formicolio spettrale in tutto il corpo, mentre lui fa scorrere la planchette sulla tavola. «Tu sei mia. Anche se sappiamo che quasi ogni giorno tu pensi a scappare via.»

Mi manca il fiato. Come fa a saperlo?

«E sì, la rima è voluta. Un vero poeta compone sempre. Ma dammi retta» continua Edward, mentre mi accarezza la curva del seno. «È molto meglio cedere alla tentazione. Pensa solo a quello che potrei farti qui, adesso, e tu non potresti protestare.»

«Bree, tutto bene?» Ida mi agita una mano davanti al viso. «Hai fatto uno strano rumore.»

«Io... sì, tutto bene» riesco a dire con una voce strozzata. Allungo una mano e metto un dito sulla planchette. «Vogliamo... ehm... canalizzare qualche spirito?»

«Tranquilla, non vedono.» Le labbra di Edward mi lasciano delle tracce infuocate sul collo. Poi mi trova un punto sensibile sulla spalla e ci lavora, finché non sono tutta eccitata. «Non possono vedere tutte le cose oscene che ti farò. Potrei farti venire proprio adesso, mentre le gemelle litigano su chi di loro ha mosso la planchette.»

«Ti prego...» sussurro. Dovrei dire: «Ti prego, non farlo» ma non arrivo alla seconda parola.

«Ah, se insisti» mi risponde Astrid, dando ovviamente per scontato che io stia parlando con lei. Getta un'ultima occhiata dietro di sé, dove prima c'era Pax, poi appoggia il dito sulla planchette.

«Come desidera la mia signora.» Edward si tuffa sotto il tavolo.

«Bree, cosa ti sta facendo?» chiede Ambrose, balbettando per l'eccitazione.

Io apro la bocca, ma non riesco a rispondergli senza rischiare di dire cose decisamente inappropriate, davanti alle gemelle.

«Oooh, l'hai sentito anche tu?» chiede Ida. «Ho sentito qualcosa di caldo che mi ha sfiorato le gambe. Un gatto?»

«Non vedo niente» commenta Astrid sollevando la tovaglia per scrutare sotto. «I gatti sono acciambellati sul divano.»

«Miao!» miagola Edward mentre mi infila le mani sotto la gonna, per poi fare danzare le dita sul mio interno coscia. Io mi mordo il labbro per trattenere i gemiti.

Ambrose sarà anche cieco, ma non è stupido. Ha capito esattamente cosa sta succedendo. Si china e spegne un paio di candele, facendo piombare la stanza in un'oscurità ancora più profonda. Le gemelle sussultano.

Sono investita da un calore inebriante mentre Edward mi spalanca le gambe. Vorrei implorarlo, ma cerco di trattenermi. Dentro di me pulsa un dolore sordo, di puro desiderio.

Non capisco cosa stia succedendo nella testa di quel fantasma. Da quando Pax è tornato in vita Edward si comporta in modo davvero strano. Non lo si vede quasi più, tranne quando prepara la colazione, mette i fiori sul tavolo, o fa cose insolitamente carine.

Ma questo, in questo momento, è Edward allo stato puro. Non c'è niente di carino nel modo in cui mi afferra il bordo delle mutande, le tira da parte e affonda la lingua dentro di me.

«Hai un sapore fantastico» mormora tra le mie gambe.

«Ho sentito qualcosa» ansima Astrid. «Credo che uno dei fantasmi abbia fame.»

«Stavo morendo di fame, ma ora non più.» Ogni centimetro della mia pelle è in fiamme mentre Edward mi passa la lingua addosso, in un assalto ai miei sensi. Poi sostituisce la lingua con le dita, e le infila dentro di me, mentre sposta la bocca sul mio clitoride.

Le muove in un ritmo incessante, la lingua che danza su di me fino a divorarmi ed esplorarmi completamente. È una follia totale, assoluta, ma non voglio che si fermi...

«Ahia» esclama Astrid accigliata, dando un calcio alla tovaglia. «Credo sia stato un gatto. È come se qualcuno mi avesse dato un calcio.»

Ambrose inizia a muovere la planchette di qua e di là sulla tavola per distrarre le gemelle. Una calda spirale di piacere si dipana dentro di me mentre la lingua nobile e spericolata di Edward fa quello che sa fare meglio.

E poi, proprio mentre affonda dentro di me con un terzo dito e io provo un piacere che mi fonde il cervello e mi fa liquefare il corpo, la moldavite mi cade dalla tasca e rotola sul tappeto. E le mani di Edward si infilano dentro di me. Cioè, proprio *dentro* la mia pelle. E all'improvviso io non sono più nel mio corpo.

Sono dentro di *lui*. Ma non sono sotto il tavolo. Sono in piedi, nell'angolo della stanza, che guardo me stessa, Bree, all'età di circa quattordici anni, e Dani. Siamo sedute a questo stesso tavolo da gioco, coperto da un panno viola, con le candele che tremolano e la tavola spiritica aperta tra noi.

*«Quindi posso chiedere loro qualsiasi cosa?» La voce di Dani trema mentre lei spruzza acqua e sale sul tavolo per "purificare l'aria". Come Edward, anche io ritengo che sia una stupidaggine, ma non mi oppongo certo a un po' di messinscena. Dani si guarda intorno, anche se non vede quello che vede Bree: noi tre fantasmi che*

*aleggiamo accanto al tavolo. Pax fa scorrere le dita tra le fiamme delle candele, e le fa tremolare e danzare. Ambrose si scrocchia le nocche spettrali, preparandosi al suo compito. E io faccio del mio meglio per apparire annoiato e insensibile, mentre nel mio ventre si annida la malizia.*

*Bree vuole che parliamo con Dani. Potrebbe essere una serata emozionante.*

*«Puoi chiedere qualsiasi cosa» dice Bree a Dani. «Cercheranno di rispondere, ma a volte Ambrose ci mette un po' a spostare il puntatore.»*

*«Si chiama planchette» la corregge Dani. «E come fa Ambrose a muoverla per fare gli incantesimi, se non la vede?»*

*«Edward tiene la mano sopra quella di Ambrose. Lo aiuta a guidarla. E si arrabbia quando Ambrose sbaglia a scrivere. Edward è un pignolo della grammatica. Dovresti sentire come si arrabbia per il fatto che sulla tavola spiritica non ci sia la punteggiatura.»*

*«Il mio regno per un trattino» esclamo io (Edward).*

*Bree ride e il mio cuore si stringe. Adoro quando riesco a farla ridere così. Dani fa una smorfia con la bocca. «Sarebbe bello poter finalmente parlare con loro» dice, leggendo alcune istruzioni dal suo rettangolo magico. «Bene. Allora: mettiamo le dita sulla planchette per incanalare la nostra volontà e raggiungere gli spiriti.»*

*«Non serve. Sono già qui.»*

*«Vorrei seguire le istruzioni, grazie mille.» Dani posa l'indice e il medio sul bordo della planchette, come indicato dalle istruzioni. Ambrose fa una smorfia di fastidio quando il dito di Dani gli attraversa il palmo della mano. Dalla faccia di Bree capisco che si sente un po' sciocca, ma posa le dita sul bordo opposto della planchette.*

*«Ora incanaliamo la nostra energia. Raggiungiamo lo spazio tra i mondi e...» Dani si schiarisce la voce mentre consulta le istruzioni. «Chiediamo a tutti gli spiriti gentili e di buon cuore*

presenti in questa stanza di farsi sentire. C'è uno spirito buono qui con noi?»

Mi chino in avanti e sussurro la mia risposta all'orecchio di Ambrose. Lui scuote la testa, ma dimentica che sono io a dirigere la festa. Gli sposto la mano. La planchette scatta da sotto le dita di Bree e Dani e scivola sulla lavagna.

Si ferma sulla parola «NO.»

«Oh, porca puttana» dice Dani. «Sta succedendo davvero.»

«È stato Edward.» Gli occhi di Bree incontrano i miei con un calore che mi fa formicolare il corpo spettrale. «Lo so, perché lui è quello che fa il furbo.»

«Ciao, Edward» esclama Dani emozionata. «È bello poterti finalmente parlare. C'è qualcosa che vorresti dirmi?»

Aggrotto la fronte mentre penso a cosa dire. Mi viene un'idea che mi fa tendere un angolo della bocca in un sorriso. Sposto la mano di Ambrose che tiene la planchette. Dani allontana la mano, e osserva stupita il puntatore che si muove senza che nessuna delle due lo tocchi.

Scrive BOO.

«Edward!» esclama lamentosa Bree.

Accanto a me, Pax muore dal ridere. Non posso fare a meno di sorridere. Sono davvero esilarante. Sono sempre l'anima di ogni festa.

O meglio, l'aldilà di ogni festa.

«Che succede?» grida Ambrose. «Che cosa hai fatto? Edward, sarà meglio che tu non mi faccia scrivere niente di sconcio.»

La voce di Dani si fa incerta. «Bree, i tuoi fantasmi stanno... ci stanno prendendo per il culo?»

«Te l'avevo detto» esclama Bree incredula. «Sono un po' sciocchini.»

«Posso farcela.» Dani si sporge in avanti, impaziente. «Okay, Edward, dai tuoi secoli trascorsi da fantasma, puoi darci qualche pillola di saggezza da seguire?»

*«Certo che posso.» Afferro il polso di Ambrose.*

*«Edward, ti prego...»*

*«S.E.I.N.F.E.S...» Dani legge le lettere mentre vengono scritte. «Se infesta è una festa. Oh, Edward.»*

*«Oh, Edward.» Bree mi fa uno dei suoi meravigliosi sorrisi e una sensazione di calore e felicità mi si diffonde dal cuore a tutto il petto.*

Sbatto le palpebre e torno nel presente, nel mio corpo arrossato per i postumi dell'orgasmo. Edward è volato via da sotto il tavolo. Mi passa un pollice su una guancia, con gli occhi di ossidiana socchiusi per la preoccupazione.

«Torna da noi, Brianna» dice con quel suo tono altezzoso. «È il tuo principe che te lo ordina.»

Lo scruto e i suoi occhi si addolciscono. «Eccoti» sussurra. «Per un momento sei stata in un posto dove non sono riuscito a seguirti.»

«È stato... strano» sussurro. Non ho solo visto il suo ricordo. L'ho vissuto come se fossi stata lui. Ho provato quello che lui ha provato quando mi ha guardato, e...

...è *travolgente*. Le sue emozioni mi assalgono e sono così intense che mi vengono le lacrime agli occhi. *È così che ci si sente, a essere Edward?*

Non c'è da stupirsi che abbia assunto così tanto oppio.

«Dico anche io che è stato strano» dice Astrid rabbrividendo. «Ho sentito una voce spettrale. Diceva tante oscenità. E la planchette è impazzita. Scriveva un sacco di cose senza senso. Poi tu hai emesso un gemito enorme e ti sei accasciata, come se fossi stata vittima di un incantesimo, e ho pensato che fossi stata presa dal diavolo in persona...»

«Va tutto bene?»

Mi giro di scatto. Padre Bryne è sulla porta, con indosso un orrendo pigiama di flanella. Soffoca uno sbadiglio con la mano. «Ho sentito un urlo.»

«È tutto a posto. Può tornare a letto, padre» dico, cercando di ricondurre alla normalità il mio battito cardiaco. «Ida e Astrid si stavano solo divertendo un sacco con una tavola spiritica.»

Padre Bryne abbassa lo sguardo sul tavolo proprio mentre Edward spinge la planchette verso la lettera C. «Quelle tavole sono pericolose. Non si sa mai chi potrebbe esserci in ascolto, dall'altra parte.»

«Tu no di certo.» Edward spinge la piastrina finché non scrive *cacca*, poi inizia a ridacchiare mentre il prete si gira e si allontana.

# 17

## EDWARD

opo la seduta spiritica, Brianna mi prega di andare a letto con lei. Non ho mai avuto l'autocontrollo di rifiutare una donna che mi guarda con occhi pieni di libidine e la voce roca di desiderio...

...come Brianna ora. Ha le guance arrossate e la voce roca per quello che le ho fatto. Non desidero altro che baciare ogni centimetro della sua pelle morbida e sentirla godere sotto le mie dita. E poi ancora, e ancora...

Ci vuole tutto l'autocontrollo che non ho mai posseduto da vivo per allontanarmi da lei. Passo e ripasso attraverso il divano, finché il dolore non tempra il mio scettro che si sta ergendo. Solo quando il mio corpo spettrale è agonizzante posso dirle che la lascerò nelle mani esperte di Pax e Ambrose, perché questa sera io ho delle cose da fare.

Cose importanti. Ho quasi perfezionato la mia ultima opera poetica. Ho cercato di scrivere una poesia per Brianna ed è stato piuttosto difficile. Di solito non ho problemi a descrivere la bellezza di una donna, o le sensazioni selvagge e vogliose che consumano il mio corpo quando sono innamorato. Ma quando cerco di scrivere di Brianna e di come mi fa sentire, le parole non mi arrivano.

Anche se ha Ambrose e Pax che soddisfano tutti i suoi bisogni terreni, io sono determinato a darle almeno questa poesia. Quando Ambrose tornerà a essere un Vivente e potrà soddisfare la sua mente e la sua anima in tutti i modi che a me sono negati, lei mi dimenticherà. Ma almeno le mie parole la tormenteranno a lungo dopo che avrà lasciato questa casa infernale.

Ecco perché questa poesia deve essere *perfetta*.

Non posso lavorare nel mio boudoir, perché è occupato da quel prete impiccione. Un prete irlandese, per giunta. Non capirò mai come abbia fatto a sopravvivere così a lungo senza che la sua testa venisse infilzata su una picca. La monarchia è piuttosto lassista in questi giorni. Sono troppo presi dall'apertura di nuovi centri commerciali per occuparsi di questioni di Stato. Dovrò far disinfettare tutte le mie cose dopo che il prete se ne sarà andato.

A causa della presenza clericale, mi sono trasferito nella vecchia camera di Brianna. Mi aggiro tra le sue vecchie case delle bambole e i crop top che portava quando era una ragazzina e che ora ha scartato. Annuso il profumo rilassante di pera e mandorla che si sprigiona dai suoi oggetti che un tempo adorava, e spero di trovare l'ispirazione giusta.

Invece, mi sdraio sul suo letto, sommerso da una montagna di peluche, e fisso le parole che ha inciso nell'intonaco, finché gli occhi non mi si velano.

*B + P + E + A = 4EVA.*

Una promessa ingenua, fatta da una bambina. *Forever*, per sempre, è un tempo terribilmente lungo, in sua assenza. Ma avrà Pax e Ambrose che si prenderanno cura di lei. Almeno sarà amata come merita.

IL MATTINO dopo mi alzo presto per preparare la colazione. La stanza di Brianna e la pietra di moldavite sono abbastanza vicine alla cucina da permettermi di toccare la maggior parte degli oggetti senza fare una fatica eccessiva, anche se ancora non riesco a fare piccole manovre di fino, come togliere i pezzetti di guscio d'uovo dall'impasto.

Non avrei mai creduto di saper usare le mie abilità manuali, ma mi piace molto preparare la colazione per Brianna. Così troverà qualcosa di pronto, prima di dover iniziare a preparare la colazione per gli ospiti.

Ora che so lavorare con l'acqua e con le uova, sto diventando abbastanza bravo. Prendo il grembiule di Mike: ha il disegno di un drago e un anello d'oro, e la scritta Lord of the Grill. Approvo. Posso essere io il Signore del Grill. Devo fare tre tentativi, prima di riuscire a legarmelo in vita, e non sta bene sopra la mia brachetta, però ogni volta che Brianna mi vede vestito così sorride. Quindi lo indosserò sempre per lei.

Brianna, Pax e Ambrose entrano in cucina proprio mentre sto recuperando dalla padella il bacon troppo abbrustolito. Le sue labbra sono scorticate per essere state baciate con troppa foga da un rozzo antico romano. La gelosia che mi ribolle dentro mi lascia senza fiato per un attimo. Anche se in realtà io, a differenza di Pax, non ho nessun fiato da rubare.

«Oh, Edward, ma sono...» Incerta, Bree assaggia un boccone di uova strapazzate. «Beh, sono molto buone.»

«Lo so, sono piuttosto bravo» ammetto.

Brianna le finisce, anche se non tocca il bacon. Poi mi aiuta a sparecchiare e a tirare fuori le scatole di cereali, lo yogurt e la frutta tagliata per gli ospiti, mentre Pax infila nel piatto la sua grossa e stupida testa. «Grazie per la colazione» mi dice Brianna strofinando il viso su una mia spalla. «Lo apprezzo molto. E credo che a te piaccia fare qualcosa di bello per gli altri.»

«Non particolarmente» dico, fingendomi annoiato. Non vorrei pensasse che sto diventando come Ambrose. Anche un principe fantasma ha una reputazione da mantenere. «Ho semplicemente scoperto un'altra delle mie straordinarie doti, e sarebbe un peccato privare il mondo delle strapazzeggianti delizie culinarie di Edward. Anzi, sarebbe un reato.»

Brianna mi sfiora il petto con una mano. «Sai, quando sei gentile, il tuo filo d'argento diventa un po' più sbrilluccicoso.»

Ah, sì, il filo d'argento che vede.

«Parlami di questo filo.»

Lei si mordicchia il labbro inferiore. Non le piace parlarne, perché è una delle cose che non capisce di questa magia. «Tu ne hai uno, e anche Ambrose, e anche tutti i fantasmi che vedo ora, nonostante i vostri due siano i più robusti. Vi escono dal petto, proprio dove c'è il cuore, e vi avvolgono. È come se vi seguissero ovunque... immagina Entwhistle che srotola un gomitolo per tutta la casa. Poi mi entrano nel petto. Io non sembro avere un filo mio. A volte mi strattonano il cuore, e in qualche occasione riesco anche a toccarli. È così che ho riportato indietro Pax, credo. Ho tirato il suo filo e questo ci ha avvolti, sempre più stretti fino a quando... fino a quando ha portato la vita da me a lui. Credo che sia successo così.»

Si mette una mano in tasca e fa una smorfia mentre tira fuori quel maledetto santino.

So che ha paura, ma sento nascermi dentro una speranza,

calda e ostinata, e devo insistere. «Quindi, se tu tiri il filo, poi io potrei diventare vivo?»

Brianna scuote la testa, triste. «Se si spezza, il gioco è finito. Al fantasma di Lady Macbeth si è spezzato il filo, e anche ad Albert. E se ne sono andati. Non abbiamo una seconda possibilità di provare. Non voglio rischiare, per nessuno di voi. So solo che Pax aveva una questione in sospeso, e credo che anche questo abbia a che fare con tutto ciò. Quindi non possiamo fare tentativi, a meno che non si tratti di aiutarvi con le vostre questioni in sospeso, e ti prometto che lo farò. Però prima io...»

«...dovrai riacquistare il controllo dei tuoi poteri, sì, sì.» Sento di nuovo quella fastidiosa e flebile speranza. «Ma tu sai qual è la nostra questione in sospeso? Nel caso di Pax, sapevi che aveva bisogno di sapere se i suoi uomini gli avevano dato una sepoltura romana.»

«Era solo un'ipotesi. Un'ipotesi fondata, basata su quanto bene lo conosco, ma pur sempre un'ipotesi. Per quanto riguarda voi due, non ho ancora parlato con Ambrose, ma sono quasi sicura che la sua questione in sospeso riguardi il manoscritto perduto. Peccato che saperlo non mi aiuterà, se non ho modo di recuperarlo» dice. «Ma per quanto riguarda te, Edward, tu sei un vero mistero. Ti viene in mente qualcosa che hai lasciato in sospeso?»

Un ricordo del mio funerale mi balena davanti agli occhi, ma lo rimuovo, *non lo voglio vedere*. «Niente di niente. Ogni contessa della corte di mio padre testimonierebbe che le ho lasciate tutte sazie...»

«Edward» mi ammonisce Brianna con quel suo sorriso brillante. «Non ti preoccupare. Lo scopriremo. Scommetto che la risposta è in uno dei sette milioni di libri di storia scritti su di te.» Brianna si avvicina e mi sfiora una guancia con le labbra, e la mia determinazione quasi si sgretola. «Ci vediamo stasera. Sii un buon principe oggi, okay?»

«Non faccio promesse del genere.»

Dalla finestra del salottino, ho una vista nitida della recinzione del cimitero. Brianna conduce la sua visita guidata e poi si siede su una panchina vicino alla mia tomba, con una pila di libri di storia per iniziare a lavorare ai suoi video. Ambrose si aggira nelle vicinanze. È l'unico di noi che riesce a stare nel cimitero, e ama la storia, la ricerca e tutte quelle cose così noiose.

Tutto questo parlare di fantasmi...

Il manoscritto di Ambrose mi brucia nella mente.

Dovrei dirlo a Brianna. Dovrei dirlo ad Ambrose. Dovrei dirgli che la sua libertà è a portata di mano.

Ma ogni volta, penso a quanto ci rimarranno male per il fatto che finora io non ho rivelato nulla.

Ambrose mi guarderà, senza vedermi, con quei suoi occhi azzurri.

Brianna non mi parlerà mai più.

E poi Ambrose diventerà un Vivente.

Io diverrò un'ombra, un ricordo, un fantasma senza una storia.

Si dimenticheranno tutti di me.

È quello che mi merito.

Lo farò. Lo giuro sul mio amore per Brianna. Le darò il diario.

Ma non oggi.

Non prima di aver terminato questa poesia.

Non prima di scoprire il modo in cui dirle addio.

# 18

## BREE

«Buongiorno, padre. Ha dormito bene? Non c'erano spiriti maligni, o fantasmi di nobili libertini del diciassettesimo secolo a infestare la sua stanza?»

«Eh?» Padre Bryne chiude il suo libro (l'ennesimo cruento thriller a sfondo religioso, direi) e mi scruta confuso dalla sua poltrona nel salottino.

«Non importa» gli dico con un sorriso. «Ancora tè?»

«Sì, grazie.» Mi porge la tazza vuota.

È passata una settimana dalla notte della seduta spiritica. Sono stata così occupata con il lavoro, con la ricerca di storie per i video per il Cimitero di Grimdale e con la casa da tenere in ordine per gli ospiti, che non ho fatto nessun progresso nella risoluzione del caso di Vera. E non ho nemmeno capito il funzionamento della mia magia. Le gemelle svedesi se ne sono andate, e nella loro stanza ora alloggia una coppia di tedeschi. Padre Bryne è ancora qui: a quanto pare, il summit dei giovani è andato così bene che resterà nei dintorni per il resto del mese per aiutare padre O'Sullivan ad avviare uno dei loro progetti: un centro di accoglienza per giovani LGBTQA+, che, devo ammettere, è molto progressista per dei preti cattolici.

Per due volte ho preso il telefono per chiamare Dani e parlargliene, ma poi mi sono ricordata che non ha risposto a nessuno dei miei messaggi. Il pensiero che la mia migliore amica sia arrabbiata con me mi fa serrare lo stomaco e devo tornare di corsa in cucina a fingere di essere occupata, per non far notare il mio disagio a padre Bryne.

«Cosa fai oggi?» mi chiede lui mentre sorseggia il suo tè. Io infilo i piatti degli ospiti nella lavastoviglie. «Un altro gruppo al cimitero?»

«Oggi ho un giorno libero dalle visite, però vado lo stesso al cimitero. Devo fare delle riprese.» Ho raccontato al sacerdote tutto dei miei video. Mi ha persino aiutato regalandomi un libro sull'architettura funeraria vittoriana.

«È un'ottima idea. Sembra una giornata ideale.» Fa una pausa. «Bree, ultimamente ho pregato per te.»

«Ah, sì?»

«Non devi avere paura. So che non sei una credente, e non voglio importi nulla. Sto piuttosto cercando di darti un ulteriore strato di protezione spirituale.»

«Pensa che io abbia bisogno di una protezione spirituale?»

«Il fatto che ti occupi così tanto dei morti mi preoccupa per la tua anima immortale. Per te è normale canalizzare i fantasmi attraverso una tavola spiritica, e non vorrei che involontariamente richiamassi uno spirito maligno...»

*CRASH.*

Guardo le stoviglie rotte ai miei piedi, il cuore che mi batte forte.

*E se avesse ragione? E se quando ho riportato indietro Pax, avessi anche riportato indietro il mostro che ha ucciso Vera? E se fossi* io *la* causa *di quell'orrore? In fondo, i due fenomeni sono accaduti nello stesso lasso di tempo e...*

«Oh, no. Tutto bene?» Padre Bryne si precipita al mio

fianco, distogliendomi dai miei pensieri inquietanti, e afferra una scopa da un angolo.

«Certo. Sono solo maldestra.» Mi inginocchio per raccogliere i cocci più grandi, contenta che padre Bryne non veda l'orrore che mi si deve essere disegnato in faccia. «E non si preoccupi per me, padre. La mia anima immortale è al sicuro. La tavola spiritica era solo un divertimento innocuo e, per quanto riguarda il mio progetto, credo che i morti abbiano le loro storie, che dovrebbero essere condivise con il mondo. Non potrò dare loro il tipo di immortalità di cui ha goduto Lazzaro, ma questa cosa è comunque un buon ripiego.»

Risistemiamo tutto, senza parlare. Getto via i cocci, prendo il telefono e la luce ad anello e scappo via, lontana dalla casa e da quel prete così premuroso. Non sono dell'umore adatto per stare qui a discutere della mia anima immortale, che a questo punto sono abbastanza sicura sia ormai corrotta in modo irreparabile.

«Bree, aspettami!»

Mi giro di scatto. Ambrose levita sui gradini, con la redingote che gli sventola intorno alle gambe. Anche nello strano stato d'animo in cui mi trovo, la sua bellezza mi lascia senza fiato. Quegli zigomi alti e nobili, quella mascella forte. Il taglio sartoriale della redingote evidenzia perfettamente la sua figura snella, le spalle muscolose e la vita sottile. Un ricciolo di capelli gli è sceso sulla fronte. I suoi occhi azzurri brillano di gioia, come ogni volta che mi sta vicino.

È doloroso sentire quanto mi piaccia. Nel suo entusiasmo c'è qualcosa che crea dipendenza: il modo in cui tutto il suo viso si illumina quasi fossi il primo raggio di sole dopo una tempesta terrificante, oppure una dose di senape extra piccante su un hot dog, o il timbro del visto di un nuovo Paese sul passaporto.

«Posso aiutarti a fare i video?» mi chiede Ambrose con un sussurro affannoso.

Non so se ho voglia di compagnia dopo ciò che mi ha rivelato padre Bryne, ma dire di no ad Ambrose è come prendere a calci un cucciolo. «Certo.»

Ho le mani piene di tutta la mia attrezzatura, così Ambrose mi segue. Percorriamo insieme il sentiero segreto e attraversiamo la recinzione rotta. Lui non la smette di parlare dei Van Wimple, che erano suoi amici intimi e i primi della mia lista per il video di oggi. La sfera metallica all'estremità del suo bastone batte a terra e sono felice che non ci sia nessuno nei paraggi, così nessuno può sentire lo strano suono che mi segue.

Per fortuna il cimitero è vuoto. Non facciamo visite guidate di lunedì, quindi le uniche persone che vedo sono il signor Pitts, che sta pulendo l'insegna della biglietteria, e una coppia di anziani che depone fiori su una nuova tomba. Faccio in modo di non passare loro vicino, mentre raggiungo il mausoleo dei Van Wimple.

Posiziono la luce per le riprese sul treppiede e mi assicuro di avere in tasca la pietra di moldavite. Prendo la mano di Ambrose e vi premo il telecomando, meravigliandomi che non gli cada tra le dita.

«Pensi di avere abbastanza forza per premere questo pulsante, quando te lo dico io?» gli chiedo.

Lui annuisce entusiasta.

«Okay, allora sarà il tuo compito. E con l'altra mano puoi tenere questo davanti a te.» Gli passo il taccuino dove ho annotato gli appunti per la sceneggiatura del video. «Ti dico io quando voltare pagina.»

«Certo» dice con un sorriso. «Sono felice di essere d'aiuto.»

So che sto correndo un rischio. Se arriva qualcuno, vedrà un telecomando e un taccuino che fluttuano a mezz'aria davanti a me. Ma se Ambrose non può essere vivo come Pax, il minimo che posso fare per aiutarlo è dargli un lavoro adeguato. Il mausoleo dei Van Wimple si trova dietro una curva del sentiero ed è leggermente sopraelevato, quindi sono sicura che se arrivasse qualcuno, me ne accorgerei prima di essere vista. Ambrose è felice di aiutare, e in due è molto più facile...

*Questo è proprio il tipo di progetto che Dani adorerebbe.*

Scaccio quel pensiero, *con forza.*

«Pronta?» Ambrose mi fa cenno con il telecomando.

Mi liscio i capelli e mi sistemo il vestito nero con le maniche a campana e la collana con i pipistrelli che avevo scelto per dare l'idea adeguata di ragazza-che-opera-in-vecchio-cimitero. «Pronta.»

«*Azione.*» Ambrose fa clic sul pulsante.

«Salve, sono Bree e sono una delle guide turistiche del cimitero storico del bellissimo villaggio di Grimdale. Oggi visiteremo uno dei monumenti più elaborati del cimitero: il mausoleo della famiglia Van Wimple. I Van Wimple sono stati i proprietari di Grimwood Manor dalla metà del diciottesimo secolo fino a quando la mia bisnonna non lo vinse a carte, o almeno così si racconta...»

Sono sul punto di lanciarmi nel racconto del modo in cui i Van Wimple si sono arricchiti con il commercio marittimo, quando Ambrose spegne la telecamera. «Tecnicamente, si trattava di una partita di backgammon» mi spiega.

«Mia madre mi ha sempre parlato di una partita a carte.»

«Ero lì, Bree, seduto nell'angolo. Ed era *di certo* backgammon.»

«Non importa.» Agito la mano.

«Se dici backgammon, sei più precisa.»

«Bene. Premi di nuovo il tasto di registrazione.»

Ambrose lo fa e io ripeto la mia introduzione, questa volta facendo riferimento al backgammon. Ambrose annuisce felice e io continuo con la mia storia. «I Van Wimple si fecero una fortuna con le spedizioni, iniziando con una rotta commerciale verso le Americhe e poi diventando in fretta una delle principali compagnie di navigazione britanniche. Possedevano diverse proprietà in tutta l'Inghilterra, ma Grimwood Manor era la loro preferita: la famiglia si fermava qui per la stagione della caccia, e apriva la casa a ogni tipo di ospite. In tali occasioni venivano organizzate feste tra le più imponenti ed elaborate dell'epoca.

«Il membro più famoso della famiglia Van Wimple fu Cuthbert Van Wimple, il terzo figlio che ereditò la compagnia. Fin da giovane Cuthbert si interessò al fiorente settore dell'archeologia egizia e, quando non lavorava nell'ufficio di Londra, attraversava i mari per recarsi in Egitto e partecipare agli scavi nella Valle dei Re. Gli interessi di Cuthbert si riflettono nelle colonne a forma di obelisco e nelle dee alate sopra la porta di questa tomba. Fu in Egitto che conobbe la sua futura moglie, Penelope... Ambrose, che c'è?»

«Scusami.» Ambrose fa una smorfia e spegne di nuovo la telecamera. «È che hai fatto solo un breve cenno al lavoro archeologico di Cuthbert. In realtà lui è stato fondamentale per la scoperta della tomba di Imhotep, lo scriba reale. Successe che Cuthbert inciampò nel suo sandalo, e infilò un piede proprio dentro il tetto della tomba!» Gli occhi gli si illuminano mentre racconta la storia. «È stato divertente: c'era il suo piede che penzolava dentro un buco, in mezzo al deserto, e gli operai dovettero lavorare tutto intorno a lui, e mentre scavavano per trovare l'ingresso della tomba gli gettavano tutta la sabbia in faccia.»

Faccio un sospiro. «Ambrose, so che hai vissuto tutto questo in prima persona, e che conosci queste persone, ma se faccio un video che dura due ore, non lo guarderà nessuno.»

«Io sì.» Gli tremolano le labbra, come se fosse sull'orlo del pianto. «Io starei ad ascoltarti due ore, che parli di storia. Mi piacerebbe ascoltarti che parli di cose sozze, per ore.»

«Sì, beh...» Mi sento arrossire. «Non tutti la pensano allo stesso modo. Dobbiamo essere brevi e rapidi, per mantenere l'attenzione degli utenti di Internet. E questo significa sorvolare su alcuni dettagli. Okay?» Mi sistemo i capelli e faccio un passo indietro. «Dall'inizio. Cuthbert è invitato a una crociera sul Nilo dall'importante famiglia Wilmont. Sta sfoggiando una collana di lapislazzuli che ha trovato nella tomba, quando entra una bellezza che...»

«Mi dispiace interromperti di nuovo, ma in realtà quando Cuthbert ha tirato fuori la collana Penelope era sul ponte superiore...»

«Ambrose!»

«Scusa, scusa» alza le mani. «È solo che non è andata esattamente come la racconti tu.»

«Se mi interrompi *un'altra volta*, non voglio più che mi aiuti.»

Con un'espressione scontenta, Ambrose mima il gesto di sigillarsi le labbra.

Riesco a girare tre video sul mausoleo di Van Wimple senza che mi interrompa, anche se continua a fare delle smorfie di sofferenza e ad agitare un dito in aria, quasi morisse dalla voglia di aggiungere qualcosa.

Penso a quanto più bravo di me sarebbe, a svolgere questo lavoro. Ambrose è un narratore nato. Mi incanta sempre con i racconti delle sue avventure, e quando ero piccola adorava aiutarmi a fare i compiti. Con il suo entusiasmo riusciva a rendere vive materie come la storia e la biologia. Darei qualsiasi cosa per leggere il suo manoscritto...

*Il suo manoscritto...*

Un'altra cosa a cui non ho ancora avuto modo di pensare: la questione in sospeso di Ambrose. Il suo entusiasmo per il mio progetto di storia cimiteriale mi rende più che mai certa che la sua questione sia il libro che lo avrebbe reso immortale come uno dei più grandi avventurieri e scrittori di viaggi della sua epoca. Ma non sono ancora riuscita a capire se può essere riportato in vita dalla mia magia, né dove posso trovare una copia del suo libro.

Non gli ho nemmeno detto i miei sospetti. Non me la sento: è già abbastanza eccitato per il ritorno in vita di Pax. Non posso dirgli che credo di sapere quale sia la sua questione in sospeso finché non sarò certa di poterlo aiutare. Non voglio caricarlo di aspettative e poi distruggerlo.

Come prendere a calci un cucciolo, si diceva.

Il mio stomaco brontola. È l'ora di pranzo, ma non ho voglia di tornare a casa e scoprire quale disastro combinerà Edward con la scusa di aiutarmi. Uno stormo di passeri scende dalla quercia secolare che cresce dietro la biglietteria, e mormora qualcosa quando passa sulle tombe di guerra.

Qui c'è pace.

So che l'assassino di Vera è in giro (ecco perché Pax è stato tutta la mattina a cercare di nascondersi nei cespugli dietro la recinzione per sorvegliarci, come se nessuno potesse vedere le sue enormi spalle che spuntano... i Romani non erano esattamente noti per la loro furtività). E so anche che non ho ancora capito nulla di cosa significhi il santino di Lazzaro per me e per il mio potere, ma qui, dietro l'alta recinzione di ferro di Grimdale, circondata dai morti addormentati e con la scorta del mio personale gentiluomo vittoriano, mi sento al sicuro.

Nella biglietteria il signor Pitts ha una quantità di snack per lo staff e i volontari. Prendo un pacchetto di patatine e una barretta di cioccolata e mi siedo a mangiare sui gradini che portano al mausoleo di Edward. Ambrose siede accanto a me, leggermente sopraelevato rispetto al gradino, con il suo bastone decorato appoggiato alla coscia.

Il suo ginocchio preme contro il mio, provocandomi un'ondata di calore sulla pelle. Ho il cuore che batte forte e abbasso lo sguardo per vedere il filo d'argento che si dipana tra noi. Altri due fili, uno per Edward e uno che pulsa di luce blu per

Pax, volteggiano nell'aria e poi si dirigono verso i cespugli, oltre le mura del cimitero.

Mi concentro su Ambrose, che ha una mano dietro la testa ed è appoggiato all'indietro, con il volto sereno, mentre respira la dolce fragranza dei giacinti e della lavanda nel giardino vicino al mausoleo.

*Dio, è bellissimo.*

*Se solo fosse reale, come Pax. Se potessi toccarlo, toccarlo* davvero. *E abbracciarlo. E baciarlo. Se potessimo vivere avventure insieme o fare a letto tutte le cose che ha imparato da Pax e Edward...»*

Ma poi immagino anche che potrei sbagliare la magia della resurrezione, perché non so cosa sto combinando. Sento una orribile sensazione del filo che si spezza e vedo la luce negli occhi azzurri di Ambrose che si spegne mentre lui passa oltre, verso la luce.

Immagino di non rivederlo mai più.

Mi si stringe la gola.

Mi metto in bocca qualche patatina e tendo il sacchetto ad Ambrose, per farglielo annusare. Lui si china e inspira. «Oh, quanto mi è mancato il sapore del sale. Uno dei miei primi ricordi è quello di mia madre che mi portava a mangiare fish and chips a Blackpool, e l'odore di quel cibo caldo, salato e che sapeva di aceto, insieme all'aria frizzante dell'oceano, era qualcosa di veramente spettacolare.» Si volta verso di me e la sua bocca si incurva in un sorriso di speranza. «Forse un giorno, presto, potrò assaggiare davvero queste delizie.»

*Maledizione.* Speravo che mi desse più tempo, prima di voler sapere. «Mi dispiace, Ambrose. So che non vedi l'ora di scoprire se posso resuscitarti come ho riportato in vita Pax, ma sono stata così impegnata con tutto quello che sta succedendo che non ho avuto modo di capire il funzionamento della mia magia.»

Lui inclina la testa di lato e quei suoi occhi azzurri sembrano guardarmi dentro. «Sei stata troppo occupata, o stai rimandando la ricerca perché non vuoi accettare il fatto di avere questo potere in te?»

Distolgo lo sguardo. Non posso sopportare di guardare in quei bellissimi occhi blu e mentire.

«So che sei spaventata.» Ambrose mi posa una mano sul ginocchio. Una scarica elettrica mi percorre l'arto. Mi si blocca il respiro. «Avrei paura anche io.»

«No, tu non avresti paura.» Rido, mio malgrado. «A te piacerebbe possedere quella magia. Passeresti tutto il tempo a cercare di riportare in vita avventurieri famosi e tutti i tuoi amici, per poter dare una grande festa. E magari risolveresti anche il problema della pace nel mondo.»

«Sì, forse è vero.» Le dita di Ambrose mi stringono la coscia e mi accorgo di essere in carenza di ossigeno. «Ma non sono io che ce l'ho, sei tu. C'è una ragione per cui tu possiedi questo dono, Bree. Sei speciale.»

«È solo un modo carino per dire che sono un fenomeno da baraccone. Un mostro ancora più grande di quanto si pensasse.»

«Io non ho mai pensato che tu fossi un mostro. E nemmeno Pax o Edward. Per noi, tu sei una meraviglia. Credo che tu stia cercando di ignorare quello che è successo con Pax e i fili d'argento che vedi, perché hai paura. Ma non sarebbe meglio affrontare la realtà, in modo da capire questi poteri? In modo da poter imparare a gestirli? Guarda la tua amica Mina. Ha la magia nelle vene e sta, per usare uno dei miei modi di dire preferiti del ventunesimo secolo, *vivendo alla grande*. Potresti farlo anche tu.»

«Sì, oppure potrei essere rinchiusa in un manicomio o portata in una struttura segreta per essere fatta a pezzi e studiata...»

«Sii sincera: è questo che ti spaventa, oppure hai paura di scoprire che sei davvero speciale e diversa?»

*Uff.*

Ambrose ha sempre avuto questa straordinaria capacità di arrivare ai miei sentimenti più profondi e segreti.

«Hai ragione.» Strizzo nel pugno il pacchetto di patatine. «Odio ammetterlo, ma ho paura. Me ne sono andata da Grimdale perché l'unica cosa che volevo era avere una vita normale. E poi mio padre si è ammalato, e volevo stare con lui. E però adesso è in Europa e io... sento che la mia vita è appesa a un filo. Da un momento all'altro potrebbe andare tutto a rotoli. La gente scoprirà quello che so fare e mi eviterà, e sarà di nuovo come a scuola. Non avrò nessuno...»

«Tu hai me» mi dice con dolcezza. «Mi avrai sempre.»

Mi sta spaccando in due. Non ho difese contro le sue parole, né contro questa nuda e ossessionante adorazione che gli vedo negli occhi.

«Sì, ma dov'è l'utilità se le uniche persone della tua vita sono fantasmi? Mi dispiace, Ambrose, non so cosa sto dicendo. Ho paura e vorrei che mio padre fosse qui e...»

Le mie parole vengono interrotte dalle sue labbra che si posano sulle mie.

Dapprima il suo bacio è morbido, e sento subito il sapore della sua dolce agonia. Mi infila le dita nei capelli. A volte trapassano le ciocche, ma a volte le afferrano, e lui mi tira più vicino a sé, inclinandomi la testa mentre mi fa una carezza dopo l'altra.

Nel giro di poco il bacio diventa qualcosa di più. Qualcosa di profondo. Qualunque ritegno da gentiluomo che Ambrose avesse si sgretola, e le sue labbra sulle mie sono forti, sicure e piene di desiderio. Una calda brama mi riempie. Provo una sensazione che non riesco a definire e che mi fa girare la testa. *Lui* mi fa girare la testa.

*Questo è...*

Un ramoscello si spezza.

Apro di scatto gli occhi. Attraverso la nuca di Ambrose vedo la coppia che prima stava visitando la tomba. Sono dall'altra parte del sentiero, vicino al Monumento alle Streghe, e mi fissano quasi fossi una pazza, che bacia l'aria con la bocca aperta e il viso arrossato.

Perché è esattamente quello che sto facendo.

Mi stacco da Ambrose e chiudo la mascella di scatto.

«Scusa. Scusami» mormoro, con la pelle ora in fiamme per un motivo completamente diverso. La coppia si allontana, bisbigliando.

Ambrose fa per prendermi, ma io mi sottraggo.

«E se provassi a non chiedere scusa?» dice lui, gli occhi oceanici increspati dalla luce del sole. «E se decidessi di non preoccuparti di ciò che gli altri pensano di te? E se tu fossi Bree Mortimer, che vive alla grande con un centurione risorto e due fantasmi che la amano?»

*Amare.* Ecco di nuovo quella parola.

Il petto mi si stringe. Annaspo.

Ambrose si avvicina tremante, con un braccio spettrale teso. «So che non sei pronta a dire quella parola, e non te la imporrò.» Le sue labbra piene si tendono in un sorriso triste. «Ma voglio che tu sappia che, anche se non puoi riportarmi in vita, io sono felice di restare qui con te. Sono più felice di quanto tu possa immaginare, perché sei tornata a Grimdale.»

Mi guardo alle spalle. La coppia si è allontanata in fretta. Non c'è nessun altro in giro. Afferro la mano tesa di Ambrose con dita tremanti. Lui posa la testa sulla mia spalla.

Restiamo così a lungo, in compagnia dei morti che riposano. Osservo i passeri affaccendati. Ascoltiamo il vento che sussurra tra gli alberi.

Rimaniamo abbastanza da illudermi che sia questo ciò che voglio.

Maledizione, Ambrose ha ragione.

Forse sono io la causa di tutto. Ma se è così, devo assumermene la responsabilità. Non posso scappare dalla magia che è in me.

Se voglio tenere tutti al sicuro dal mostro che può essere in giro, la mia magia potrebbe essere la nostra migliore possibilità.

Il che significa che è arrivato il momento di diventare una strega.

# 19

## BREE

Un paio di sere dopo, mentre sono in attesa di una montagna di libri sulla magia dal negozio di Mina, io Pax e Ambrose andiamo al pub per un'altra importante lezione su "differenze tra un normale ragazzo del ventunesimo secolo e un soldato romano assetato di sangue". Padre Bryne è uscito prima di me per una serata con i membri della sua delegazione giovanile, e l'altra stanza degli ospiti è vuota per una notte, prima che domani arrivino due turisti neozelandesi.

È la serata quiz e speravo di convincere Dani a far parte della nostra squadra. È sempre una fonte di conoscenze su fatti strani e bizzarri, ed è follemente competitiva. A prescindere da cosa stia succedendo nella sua vita, per lei è impossibile rifiutare una serata quiz, soprattutto se sa che ho Ambrose che mi sussurra all'orecchio le risposte a tutte le domande di storia.

Ma quando le mando un messaggio, ricevo solo una breve risposta:

> Non posso. Ho da fare. Mi dispiace. Un'altra volta.

*Un'altra volta, quando?* Vorrei urlare nel telefono. Non riesco a ignorare la sensazione che mi stia ghostando.

Capito? Mi sta ghostando. Uff. Sono ridicola.

Forse Dani ha paura di Pax? Quando ha scoperto che era reale mi è parsa piuttosto spaventata. Oppure c'entra Alice? Ha detto di aver capito perché l'ho gettata in acqua e quando abbiamo deciso di metterci una pietra sopra mi era sembrata serena, ma magari a Dani ha raccontato una storia diversa.

Deve essere così. Perché Dani era spaventata a morte per l'omicidio di Vera. Non mi eviterebbe, se non fosse davvero ferita.

*Le sto chiedendo troppo?*

«Sono stata una cattiva amica?»

Mi rendo conto di averlo detto ad alta voce solo quando sento Ambrose che mi stringe la mano. «Per me sei sempre stata un'amica meravigliosa.»

Pax si irrigidisce e prende il coltello che tiene nascosto nei pantaloni. «Qualcuno ha detto che sei un'amica cattiva? Gli taglierò le dita e le servirò come spaghetti...»

«Ecco la prossima lezione sul modo in cui comportarsi da uomo normale: non uscire dai gangheri ogni volta che pensi che io sia stata offesa. Se per caso mi vedi sul punto di cadere da un precipizio, allora corri a fermarmi. Però non serve che accoltelli chiunque mi faccia del male: da fantasma sei adorabile nei panni di un eroe possessivo e di dubbia morale, ma nella vita reale ti sbatteranno in prigione.»

«Ma...» Pax assume un'espressione confusa. «È mio dovere proteggerti.»

«Tu mi stai proteggendo! Sei al mio fianco ventiquattro ore al giorno, così nessun mostro può prendermi.» Appoggio la testa sulla sua spalla. «E in questo momento puoi proteggermi dalla disidratazione andando a prendermi da bere.»

Pax si dirige deciso verso il bancone, strizzando in mano le banconote fresche di bancomat che gli ho preso prima. Non sono ancora pronta a insegnare a un antico romano come funziona la carta di credito: accumulerebbe debiti su debiti acquistando online busti di Caligola e amuleti druidici.

Pax ci porta da bere, e intanto io cerco un posto dove sedermi. Padre Bryne è al bar con un gruppo di ragazzi che hanno la schietta arroganza e lo stesso monotono gusto nel vestire che hanno i leader religiosi. Mi fa cenno di avvicinarmi con uno dei suoi sorrisi gentili. Ricambio il saluto da lontano con un cordiale cenno della mano, ma decido che, vista la convinzione di Pax che i cristiani siano cibo per leoni, la squadra di quiz del buon padre sarà la mia ultima spiaggia.

Maggie è in un tavolo nell'angolo con un gruppo di amici. Potrei unirmi a loro, ma sono tutti troppo seri sul gioco a squadre, e il loro tavolo è piuttosto affollato, il che potrebbe essere imbarazzante per Ambrose. Mi guardo in giro, alla ricerca di qualcuno che possa essere più vicino alla mia età e che abbia spazio per altri due giocatori (e un fantasma con una discreta cultura generale) quando scorgo qualcuno seduto da solo, al mio tavolo preferito.

Traggo un respiro profondo, producendo un fischio tra i denti e mi avvicino a passo spedito.

«Dani! Ciao!»

«Oh, Bree.» Lei alza la testa di scatto, ma ha un sorriso poco convinto. «Non pensavo che saresti venuta stasera.»

«Io non pensavo che saresti venuta *tu*.» *Visto che è quello che mi hai detto nel messaggio.* «Ma sono felicissima di vederti. Io, Pax e Ambrose stiamo cercando di metterci con una squadra e non vogliamo essere di impiccio a Maggie, quindi possiamo giocare con te?»

«Oh, beh, io...»

Prima che possa protestare, prendo una sedia e mi siedo di fronte a lei. *Se dobbiamo litigare, tanto vale farlo subito.*

Ambrose levita alle mie spalle, vicino alla finestra aperta. Fuori, le tre streghe si spintonano per vedere meglio. Walpurgis cammina sul tavolo e va ad annusare la pinta di sidro di Dani.

Dani non mi guarda negli occhi. Lo stomaco mi si rivolta per l'angoscia. Non voglio litigare con la mia migliore amica. Non so nemmeno se *dobbiamo* litigare. E neanche perché.

«Dani, tutto bene?» sussurro. «Ti ho mandato almeno una dozzina di messaggi e non mi rispondi. Non ti vedo e non ti sento da secoli.»

«Lo so. Mi dispiace.» Non sembra affatto dispiaciuta. «Avevo intenzione di richiamarti, ma sono stata molto occupata al lavoro. Sembra che ultimamente ci sia una corsa alla morte.»

Dani pronuncia la parola *morte* in tono brusco, e ho la sensazione che si riferisca a Vera.

«Non dirlo a me!» Abbasso la voce. «Vera è uno dei tuoi... ehm...?»

«Uno dei miei clienti?» Nessuna ironia. «Sì. La polizia ha preso tempo con l'autopsia, quindi è stata più lenta del solito. Il funerale è fissato per mercoledì.»

Non riesco a trattenermi. Non dovrei farle pressione, ma le parole di Ambrose al cimitero mi risuonano ancora in testa. Devo proteggere tutti, compresa Dani. Ho bisogno di avere delle risposte. «Hai notato qualcosa di insolito sul suo corpo? Qualcosa che potrei usare per scovare l'assassino?»

Un cupo bagliore le illumina di nuovo gli occhi, e io indietreggio quasi fossi stata schiaffeggiata.

«Non lo so...» Dani alza le spalle. «Non riesco a capire bene: qualcosa nelle sue ferite mi è familiare, solo che non riesco a capire cosa.»

«È quello che ho detto io!» Ambrose saltella su e giù per l'eccitazione.

«Ambrose dice di aver pensato anche lui la stessa cosa, ma questo non è che ci aiuti. C'è altro?»

Gli occhi di Dani si fanno seri. «Niente di soprannaturale, ma le ferite erano davvero brutali. Chi l'ha uccisa è uno psicopatico. Nessun umano normale farebbe una cosa del genere. Bree, credo proprio che dovresti lasciar fare alla polizia.»

«Ma sai anche tu che non cercheranno nel posto giusto.» Tiro fuori dalla tasca il santino e glielo mostro. «Quando ho trovato Vera, teneva questo in mano. È Lazzaro. È stato resuscitato da Gesù e, secondo questo prete pazzoide che sta a Grimwood, alcuni credono che vaghi ancora sulla Terra con il potere di riportare in vita le persone. Non può essere una coincidenza.»

Dani spalanca la bocca, inorridita. «L'hai preso dalla scena del crimine? Ma cos'hai che non va? Potrebbe essere un indizio fondamentale sull'assassino.»

«È proprio quello che sto cercando di dirti.»

«Bree, non puoi indagare su questo caso.»

«Perché no?» Non riesco a mascherare il tono tagliente nella mia voce. «Potrei essere stata io ad aver creato questo mostro. Vera è stata uccisa nei giorni in cui richiamavo in vita Pax. E se...»

«Un motivo in più per stare alla larga.» A Dani tremano le

labbra. «Non voglio trovarmi con la mia migliore amica sul tavolo da imbalsamazione, tagliata a fettine con l'intestino arrotolato intorno alle orecchie.»

«Non succederà mai. Sai che non voglio essere imbalsamata. Io voglio avere un funerale vichingo. Bruciatemi con tutti i miei averi dentro una barca nel laghetto giù al parco.» Così non potrò mai diventare un fantasma.

«Bree, sono seria. Chiunque sia questo assassino, è pericoloso. E squilibrato. Ha ucciso Vera in pieno giorno, davanti a tutti, e sembra che non gli importi nulla di essere preso.»

«Ho Pax che mi protegge.» Indico il bancone, dove Pax è tutto preso da una seria conversazione con padre Bryne e i suoi amici. Gesticolano molto, ma i toni sembrano cordiali. Nessuno è finito accoltellato o crocifisso. Non ancora.

«Ma chi sa quanto tempo resterà in giro?» commenta Dani.

«In che senso?»

«Non sappiamo cosa succederà a Pax.» Dani prende il suo telefono e clicca su un'immagine. Lo fa scorrere sul tavolo per passarmelo.

Rimango a bocca aperta di fronte alla xilografia di un demone. Ha occhi ardenti e malvagi, muscoli rigonfi e orribili corna ricurve. Sta danzando in cima a una piramide di teschi. Sembra il tipo di immagine che io e Dani scarabocchiavamo sui nostri quaderni al liceo.

«Oh, tienilo sollevato, cara.» Mary si sporge attraverso la finestra. «Vogliamo vedere anche noi.»

«Cosa stiamo guardando?» chiede Ambrose.

«La foto di un tipo decisamente in calore!» Lottie scruta da vicino.

«Oh, quindi un ritratto di Edward» dice Ambrose con un sorriso.

Fisso Dani con interesse. «Perché sto guardando il disegno di un demone?»

«Per quanto ne sappiamo, Pax potrebbe diventare così. Oppure potrebbe diventare questo.» Dani scrolla le foto e mi mostra un'orribile creatura simile a uno sciacallo con file di denti seghettati. «O questo.» Passa a un'immagine di un essere simile a uno zombie, con il corpo in putrefazione. «L'unico modo per uccidere uno di questi è togliergli il cuore.»

«Ma l'hai visto, Pax?» Faccio un gesto verso il bancone, dove Pax sta offrendo un giro a padre Bryne e ai suoi amici. «Potrà anche spendere tutti i miei soldi, ma non è un mostro. È solo... Pax.»

«Per ora. Ho fatto delle ricerche sui *revenant*, i morti riportati in vita. In tutte le tradizioni, l'apparizione di un revenant finisce sempre male. Pax può sembrare normale ora, ma non lo è, giusto? Non dovrebbe essere qui e, a un certo punto, dovrà fare i conti con questa cosa.» Dani tocca con il dito l'immagine della creatura sciacallo. «Forse l'altro mostro è proprio questo: un revenant che Vera ha riportato in vita e che le si è rivoltato contro.»

«Guarda che artigli» gracchia Lottie e si addossa a Mary. «Scommetto che lui non ha problemi a grattarsi la schiena. Avete idea di quanto sia fastidioso morire con un prurito? Io ho un punto tra le scapole che mi prude dal 1701.»

Dani fa scorrere il dito sullo schermo e mi mostra un'altra immagine terrificante: un vampiro che morde il collo di una donna ammantata di bianco, le zanne che affondano in profondità nella sua carne vergine.

«Queste creature si presentano in forme diverse in tutte le mitologie. Revenant. Edimmu. Upyr. Dybbuk. Gjenganger. Nachzehrer. A volte fanno parte di miti vampirici. Sono quasi sempre malevoli e assassini. Non si torna dalla morte immutati, Bree. È un trauma che ti distrugge l'anima.»

Scuoto con foga la testa. «Non è il caso di Pax.»

«Ne sei sicura? Ho saputo da Jo che la sergente Wilson è convinta che Pax sia l'assassino di Vera, e che tu lo stia coprendo. Stanno facendo in fretta le analisi del sangue sulla sua spada. Sperano di chiudere la faccenda al più presto.»

«Pax non farebbe mai una cosa del genere. Non troverete il sangue di Vera sulla sua spada.»

*Anche se non so di chi sia il sangue che troverete.*

«Non puoi sapere nulla di Pax, perché riportare in vita i morti non è un'area che rientra nella ricerca accademica. Quindi io mi rimetto agli esperti di demonologia.» Dani picchietta sul telefono con le unghie. «Non so cosa sia Pax, o cosa possa fare, quindi non voglio...»

«Bree, occhio!» grida Mary. «Sta arrivando quella ragazza che hai gettato nel laghetto.»

«Forse intende finirti» Lottie si copre gli occhi con le mani, anche se sbircia attraverso le dita. «Non posso guardare.»

«Avresti dovuto tenerle la testa sott'acqua quando ne hai avuto la possibilità» borbotta Agnes. «I giovani d'oggi non sanno impegnarsi *fino in fondo.*»

«Eccoti qui.» Alice si siede accanto a Dani e le dà un bacio sulla guancia. Dani arrossisce per la gioia. Alice le ruba il sidro e ne beve un sorso. «Ciao, Bree.»

«Alice.» La saluto con un cenno del capo, già a disagio.

«Non sapevo che saresti venuta anche tu.» Alice lancia un'occhiata a Dani. «Devo correre a casa a mettermi il costume da bagno? Oppure in quella tua splendida borsetta nascondi una bella torta per me?»

«Sei al sicuro.» Stringo la borsa a forma di pipistrello che ho preso dopo aver visto quella di Mina. Arrossisco. Dani ha un'aria vendicativa. *Quindi è arrabbiata con me per quello che è successo al laghetto.* «Mi dispiace tanto per...»

«Te l'ho detto, nessun problema.» Alice ride, e potrei essere sulla strada sbagliata, ma sembra davvero sincera. «L'altro giorno ho raccontato a Dani del nostro piccolo malinteso. Anche lei l'ha trovato divertente. Una vendetta perfetta per quella volta che ti ho rubato i vestiti quando eravamo in terza superiore, no?»

«Certo» borbotta Dani. Non sembra trovarlo divertente. Per niente.

«Ricordo quel giorno» commenta Ambrose, tutto accigliato. «Sei uscita dalla doccia e hai scoperto che le tue cose erano sparite. Ti sei fatta un bikini con la carta igienica e sei corsa fuori in cerca di un insegnante. Tutti i vostri compagni ti hanno chiamato *la mummia* per un mese. Hai pianto sulla mia spalla per un bel po' di sere.»

All'improvviso, ricordo: la pelle bruciava per l'umiliazione mentre correvo dalla palestra e mi trascinavo dietro pezzi di carta igienica. Guardo verso il bar, dove Pax sta prendendo i nostri drink. Sono contenta che non senta, altrimenti Alice si ritroverebbe inchiodata al bersaglio delle freccette...

Prima che possa fermarlo, Ambrose allunga una mano e dà uno schiaffo al bicchiere che Alice tiene in mano. Lei grida, e il sidro le finisce addosso.

Dani mi guarda accigliata e prende i tovaglioli dal dispenser per pulire il disastro. Io fulmino Ambrose con un'occhiata, ma lui torna al suo posto, come niente fosse. Le streghe si sbellicano dalle risate.

«Le sta bene!» grida Agnes.

«Miaooo!» conferma Walpurgis e schiaffeggia una patatina con una zampa.

«Non capisco cosa sia successo.» Alice si tampona il colletto. «Sono proprio un'imbranata.»

«Magari è stato il fantasma del pub» dice Dani e mi scaglia un'occhiata che vale mille parole.

«Davvero, non volevo spingerti dentro» ribatto, nel disperato tentativo di salvare la situazione. «È solo che...»

«Non c'è problema. Ti capisco. Autoconservazione. Al tuo posto, avrei fatto la stessa cosa anche io.» Alice mi avvicina il cestino delle patatine. «Sei sicura che tu e quel tuo bel ragazzo volete stare con noi? Vi aspetta una serata piuttosto noiosa. Io e Dani non avevamo intenzione di giocare al quiz. Siamo impegnate a organizzare la mia festa di compleanno.»

«Bree non può stare con noi. Stava per unirsi alla squadra di Maggie» interviene Dani.

«Oh, il tuo compleanno si avvicina?» chiedo, nel tentativo di apparire disinvolta.

Dentro di me sono distrutta.

Uno dei motivi per cui Alice era così popolare a scuola era che organizzava delle feste epiche. Alle medie, tutti i bambini desideravano essere invitati ai suoi pigiama party. Alice e i suoi genitori addobbavano la loro enorme sala giochi a tema: ogni volta un tema diverso. In un'occasione costruirono un'intera grotta fatata dentro casa, con enormi funghi velenosi e magiche bevande piene di fumo per tutti. Un altro anno, suo padre si travestì da drago e guidò gli ospiti in una caccia alle uova di drago, in giro per tutto il villaggio. Ricordo che un altro anno ingaggiarono un famoso artista della televisione e organizzarono un buffet di caramelle.

Poi, al liceo, le sue feste diventarono sempre più folli. Sua madre affittava un locale a Londra per tutta la serata, e faceva da tassista per i ragazzini, per un'avventura edonistica e folle. Poi c'è stato l'anno in cui hanno affittato la Lachlan Hall di Argleton per un banchetto medievale, e tutti gli invitati erano vestiti in abiti medievali. Ci fu un torneo di giostra e un bardo che fece serenate ad Alice per tutta la notte.

Le feste di Alice erano davvero epiche.

Non che io lo sappia per esperienza diretta. Io e Dani non siamo mai andate a una delle sue feste.

Non siamo mai state invitate.

E ora lei e Dani ne stanno progettando una *insieme*.

«Sì, tra qualche settimana» commenta Alice con un sorriso. «Organizzerò un toga party. Il mio capo mi ha permesso di affittare il Museo Romano per la serata, con la promessa di non distruggere nulla. Ho una band pazzesca che arriva da Londra: si chiamano I Furfanti di Caligola, si vestono da soldati romani e fanno canzoni punk che parlano di costruire un impero e di uccidere Galli. Ci sarà cibo antico e il mio cocktail d'autore. Come si chiama, Dani?»

«Il Giulio Cesare alla menta» replica lei senza guardarmi.

«Ecco, sì.»

«Sembra divertente» riesco a dire.

«Sarà epico. *Devi assolutamente* venire!» esclama Alice.

«Credo che Bree abbia qualcos'altro da fare quella sera» interviene pronta Dani.

«Oh, che peccato.» Alice asciuga le ultime gocce di sidro dal tavolo. «Ehi, vedo che il tuo amico è stato coinvolto in una gara di braccio di ferro con il pastore Tim. Vuoi che vada a salvarlo? Il pastore è un noto imbroglione.»

«Se non ti dispiace.» In realtà sono più preoccupata che il pastore Tim venga scaraventato contro la finestra dalla forza degli avambracci di Pax.

«Me ne occupo io. Già che ci sono porto giù i vostri bicchieri.»

Alice fa un segno in direzione del bar e io mi chino sul tavolo e batto con un dito sul mignolo di Dani.

«Che succede?» chiedo. «Perché non vuoi che venga alla festa di Alice?»

«Perché?» Proprio per questo.» Dani fa un vago gesto della mano in direzione di Pax. «So che tu sei molto felice che sia qui,

Bree. Ma questo non è il posto di Pax. E, anche se non lo sta facendo di proposito, ti sta trascinando nel suo mondo.»

«Non è vero...»

«Hai gettato la mia ragazza nel laghetto!»

«E mi sono scusata!»

Dani si copre il viso. «Sapevo che non avresti capito. Pax rovinerà la festa di Alice. Non sei l'unica che sta cercando di comprendere quale sia il suo posto in questo villaggio. Io ho un lavoro che amo, la ragazza dei miei sogni, e finalmente mi sento al mio posto. Se un centurione romano si presenta a quella festa e inizia a infilzare persone a destra e a manca, tutto questo va a rotoli.»

Ho una fitta al petto. «Stai dicendo che vorresti che non fossi mai tornata? Che la tua vecchia amica Bree ti rovina sempre tutto?»

«Non è affatto quello che sto dicendo. È solo che...»

Dani allunga una mano, ma io afferro la mia borsa e, insieme, il braccio di Ambrose.

«Ahi, Bree!» grida Ambrose. «Perché mi stai trascinando via? Tu e Dani stavate finalmente parlando...»

«Pax?» lo chiamo. «Metti giù quel rabbino. Ce ne andiamo.»

# 20

## BREE

«Ora, Pax, brutto sacco di patate sovradimensionato, cos'è questo?» Edward indica il bicchiere di cristallo d'acqua sistemato sul tavolo accanto a una serie di coltelli e forchette di diverse dimensioni.

Pax si illumina. «È un'arma segreta. Si prende un vetro delicato, lo si rompe e poi con i frammenti si pugnala il nemico...»

«Sbagliato!» Edward piazza un ceffone sull'orecchio di Pax. «Riprova, e questa volta cerca di non essere così maledettamente *romano*.»

Sono passati un paio di giorni da quando ho litigato con Dani e sto guardando Edward che insegna a Pax le buone maniere a tavola. Edward ha passato la maggior parte della mattinata a sistemare nei minimi dettagli la sala da pranzo. Ha preparato un tavolo degno di un principe, e ora sta spiegando di nuovo a Pax l'utilizzo di ogni singola forchetta.

«Non è educato grattarsi lo scroto a tavola» gli dice, con un altro scapaccione sulle orecchie. In verità, sono sicura che ha accettato di insegnare a Pax solo perché questo gli avrebbe dato l'opportunità di prenderlo a schiaffi. «E non è appropriato immergere la propria gigantesca canappia romana nel sugo...»

«Ma lo facciamo sempre!» si lamenta Pax. «Guarda, lo sta facendo anche Ambrose.»

«Ehm...» Ambrose si raddrizza ed estrae la testa dal piatto del sugo. Ha un'aria colpevole. «Noi fantasmi dobbiamo prenderci i nostri semplici piaceri dove possiamo...»

«Shhh» sussurro quando sento la porta di padre Bryne che si apre con un cigolio. «Sta scendendo.»

Esco di corsa dalla sala da pranzo. Mi chiudo la porta alle spalle, in modo che padre Bryne non si accorga della tavola apparecchiata o delle forchette che si muovono da sole in aria. Mi precipito in cucina e tiro fuori dallo scaldavivande i *french toast* che ho preparato prima.

«Buongiorno padre. Ha dormito bene?» Appoggio la sua colazione sul tavolo, insieme a una ciotola di mirtilli, che lui distribuisce con generosità sul french toast.

«Sì, grazie. I letti qui sono davvero comodi. In questa casa ci sono ottime vibrazioni: si sente il peso della storia.» Si guarda intorno con un sorriso, mentre i fantasmi trapassano il muro alle sue spalle. *Se solo potesse vedere il nobile libertino con quella ridicola brachetta e il frammento di vetro nel sedere, o il gentiluomo vittoriano con la testa infilata nella ciotola della panna.* Padre Bryne prende un boccone della sua colazione. «Deliziosa, come sempre. Ti sei alzata presto stamattina, Bree. Hai qualcosa di interessante da fare oggi? Altre riprese nel cimitero, per i social media?»

«Vado a un funerale.» Indico l'abito nero che indosso e i miei bei stivali New Rock. «Una vecchia signora, Vera, è stata uccisa in paese un paio di giorni prima del vostro arrivo. Ho trovato io il suo corpo.»

«Oh, è orribile. Ti accompagno. Una ragazza così bella non dovrebbe andare a un funerale da sola.»

«Non sarò sola» dico pronta. «Mi accompagna Pax.»

Purtroppo

«Un motivo in più per venire con te.» Padre Bryne si pulisce la bocca sul tovagliolo. «Il tuo amico possiede molte grandi qualità, ma la *gravitas* non è una di esse. Inoltre, è sacro dovere di un sacerdote accompagnare l'ultimo viaggio di uno spirito per tornare alla casa del Padre. Questa Vera non è una mia parrocchiana, ma sono sicuro che apprezzerà il mio...»

«Vera era la proprietaria del negozio di stregoneria del villaggio, quindi immagino che non sarebbe...»

«Sciocchezze. La Chiesa ha modificato parecchio le proprie opinioni sulla stregoneria» commenta padre Bryne con una risatina. «Non sarò certo io che brucerò qualcuno perché si diverte a ballare nei boschi in mutande.»

«Non credergli» borbotta Agnes dalla finestra. «Ha tutta l'aria di un cacciatore di streghe.»

«Beh, okay, se ci tiene...» Do un'occhiata al mio telefono. «Parto tra quindici minuti. Può bastare, per fare colazione e cambiarsi?»

Padre Bryne butta giù il toast e si ritira lesto nella sua stanza. Io vado a controllare la lezione di etichetta di Pax per informarlo che se vuole venire al funerale con me, deve mettersi i pantaloni. Lo trovo che sta lanciando forchette contro il ritratto di Edward. Una si conficca proprio al centro della fronte di Edward. Lui se ne accorge e diventa ancora più pallido.

«Vedo che hai il tuo bel da fare» commento con sorriso a Edward.

«Con le forchette non si taglia» dichiara Pax soddisfatto e lancia un altro utensile. «Con le forchette si *infilza*. Sto andando alla grande, vero Edward?»

«Oh, sì» replica lui tetro. «In men che non si dica ti insegneremo anche come fare l'inchino al Re.»

Li lascio fare. Ambrose, naturalmente, si offre di

accompagnarmi al funerale. Padre Bryne esce dalla sua stanza e mi (ci) raggiunge nel corridoio. Indossa una camicia nera con il collarino bianco in vista, e dei pantaloni ben stirati. «Fai pure strada» mi dice.

Usciamo. Padre Bryne passa un braccio dentro Ambrose e si offre di accompagnarmi. «Perché non mi mostri il passaggio segreto per entrare nel cimitero? Non ho avuto modo di partecipare a una delle tue visite guidate, quindi mi piacerebbe fare un piccolo giro dietro le quinte, prima dell'inizio del funerale.»

Conduco padre Bryne lungo il sentiero segreto, e mi preoccupo per lui appena vedo che gli si impigliano i pantaloni nei rovi. Anche se se ne accorge, non gli importa. Ambrose ci segue, con il suo *tap tap tap*.

«Cos'è questo rumore?» chiede padre Bryne.

«Oh, è un lugubrello.» Invento sul momento. «Un uccello tipico di questa zona. Fa un rumore strano, vero?»

Aiuto il sacerdote a chinarsi per passare attraverso il buco nella recinzione. Ambrose passa dopo di noi, con un piccolo brivido. È l'unico dei fantasmi disposto a mettere piede nel cimitero, ma nemmeno a lui piace stare vicino a tanta morte.

Anche se siamo un po' in anticipo, in strada ci sono già alcune auto parcheggiate. Delle persone vestite a lutto si aggirano intorno alla tomba. Ci incamminiamo lungo il Viale degli Artisti, verso il mausoleo di Edward. Racconto a padre Bryne alcune storie su alcune delle tombe più affascinanti e lui annuisce con interesse.

Il posto della tomba di Vera è un angolo tranquillo del cimitero, proprio vicino al monumento alle streghe. Decisamente appropriato. Si è già radunata una piccola folla. Noto Dani, che farà da celebrante, vestita in un impeccabile abito grigio scuro sartoriale, la testa inclinata verso uno dei presenti. Si volta nella mia direzione e io le faccio un timido cenno di saluto. Lei, però, distoglie subito lo sguardo.

Mi si forma un grosso groppo in gola.

Maggie mi vede e corre ad abbracciarmi. «Vera sarebbe così felice di saperti qui, cara.»

«Oh Maggie, cara! Non dovresti mentire in un cimitero. I fantasmi ti sentiranno. Di certo Vera non la vorrebbe, questa signorina» la ammonisce una donna anziana. E nel farlo, sbatacchia in giro una borsa di tessuto ricamato che potrebbe essere considerata un'arma impropria. «Vera li odiava, i giovani di oggi, che vanno sempre al suo negozio a toccare tutto e a farle domande...»

«Verrebbe da chiedersi perché Vera abbia scelto di continuare a lavorare nel settore delle vendite al dettaglio» osserva un'altra donna anziana. «Lo odiava così tanto.»

«Ma la nostra cara Vera odiava tutto» dice la signora della borsa di tessuto. «Avreste dovuto sentirla quando se la prendeva con i vecchietti che bloccavano la fila alla cassa del supermercato, oppure con le mele che non sanno di niente e con le bottiglie di salsa HP, che è impossibile spremere fino all'ultima goccia...»

«Bree!» chiama una voce familiare. «Sei tu?»

«Mina?» Mi giro e vedo la mia nuova amica, che indossa un maxi abito nero con dettagli drappeggiati, assai trendy. Oscar ha una bandana nera abbinata. Annidato tra i rami dell'albero dietro di lei, vedo Quoth.

«Cra» mi saluta, con un cenno del capo.

*Ciao, Bree.*

«Hai ricevuto i libri di magia che ti ho mandato?»

«Sì, grazie. Ho iniziato a leggere quello sulla magia pratica per streghe moderne. Non mi sono ancora trasformata in rospo, quindi è un inizio promettente.» La abbraccio di fretta. «Non hai mai detto di conoscere Vera.»

«Oh no.» Mina maschera il disagio con un sorrisetto. Poi mi indica la donna con la borsa. «Sono qui con la signora Ellis. Questa Vera mi sembrava una donna dal cuore molto simile a quello del mio Heathcliff.»

«La tua amica sembra popolare.» La signora Ellis si dirige verso padre Bryne. Gli afferra il braccio e inizia a parlargli a raffica, facendo svolazzare le ciglia in un modo a dir poco intraprendente. Lui mi lancia un'espressione di sofferenza, ma io faccio spallucce. *Ha voluto lei venire al funerale, padre.*

«La signora Ellis era la mia insegnante di inglese al liceo» dice Mina. «È una combinaguai. Stai alla larga da lei, a meno che tu non ci tenga a sapere tutto sulle posizioni ambiziose che lei e suo marito stavano tentando quando lui ha avuto l'infarto.»

Faccio una smorfia. «Preso nota.»

Io e Mina ci mettiamo sul fondo e Dani celebra la breve cerimonia. La bara di Vera è chiusa, il che mi sembra una scelta ragionevole. La signora Ellis, l'amica di Mina, fa un breve elogio di Vera e della sua vita. Non riesco a guardare Dani senza che mi vengano le lacrime agli occhi, ma almeno ci sono parecchie scatole di fazzolettini di carta in giro.

Dopo la funzione, sono lì che mi guardo intorno a disagio, nel tentativo di trovare il coraggio di parlare con Dani, quando mi appare davanti una donna in un elegante abito nero.

«Bree Mortimer?»

«È quello che ci sarà scritto sulla mia lapide» dico, poi mi copro la bocca. «Mi dispiace, non volevo...»

«Mi chiamo Caitlin.» Mi porge un biglietto da visita. *Okay, immagino che Caitlin non abbia tempo per il mio terribile umorismo macabro.* «Sono l'avvocato di Vera. Sto cercando di rintracciarti da un paio di giorni. Ho dato un biglietto da visita al tuo ragazzo, ma se l'è mangiato.»

«Se l'è *mangiato?*»

«Teneva il mignolo così.» Caitlin mi fa vedere. «L'ha definito delizioso.»

*Ah, Pax.*

*Almeno Edward sarà orgoglioso del fatto che le sue lezioni di galateo sono state assimilate.*

«Perché voleva parlarmi?» Ho lo stomaco sottosopra per la tensione. Dani ha detto che la sergente Wilson crede che Pax sia l'assassino e che io lo stia coprendo. La polizia ha raccontato qualcosa a Caitlin? Mi sta offrendo i suoi servizi perché stanno per arrestare me e Pax?

Ma quello che Caitlin dice dopo è ancora più scioccante. «Potresti venire nel mio ufficio domani alle dieci? Nel suo testamento Vera ha lasciato qualcosa per te.»

# 2I

## BREE

Alle 10:03 di mattina del giorno seguente, con Pax, Edward e Ambrose al seguito, busso alla porta dello studio legale di Caitlin, un'adorabile casetta rustica con i muri a calce, appena fuori High Street. Mi apre un uomo dall'aria trafelata. «Sei in ritardo» sbotta, poi si gira e si precipita dentro.

«In che senso sono in ritardo...» Mi interrompo perché mi rendo conto che non mi sta più ascoltando e che, di fatto, è scomparso.

Mi metto di sbieco per varcare la stretta porta d'ingresso. Pax deve indietreggiare e riprovarci tre volte, considerata la sua stazza.

«Almeno lui le ha, le spalle...» mormora Edward, ed entra fluttuando. Ambrose lo segue, sempre usando il suo bastone.

Ci dirigiamo verso un piccolo studio sul retro del cottage. Caitlin è seduta alla scrivania e intorno a lei ci sono parecchie persone. Entriamo e ci fissano tutti.

«Salve» saluto con un cenno della mano. «Sono Bree e questo è il mio amico Pax. Mi dispiace, pensavo di dover arrivare alle dieci...»

«Accomodati, Bree. Dominic, potresti portare del tè a Bree?» Caitlin è molto professionale. Sposta qualche foglio sulla scrivania. Presenta gli altri beneficiari presenti nella stanza: la figlia di Vera, che ha una trentina d'anni e sembra pronta a sfoderare gli artigli. Vera ha trasmesso la sua cordiale bontà d'animo alla prole. C'è un fratello di nome Paul, una nipote più o meno della mia età, uno zio di nome Rupert e un paio di altre persone, tutte con lo sguardo fisso su me e Pax. Sono l'unica estranea che riceverà qualcosa da Vera.

«C'è molta tensione in questa stanza» mi sussurra Pax mentre prendo posto. «Potrei tagliarla con la mia spada, se solo mi permettessi di portarla.»

«Shhh» rispondo. «Niente spade per te. Ora fai il bravo centurione che incombe minaccioso su di me, in modo che i parenti di Vera non si facciano venire strane idee. E smettila di tirarti i pantaloni. Sei un figo AF.»

«Cosa significa figo AF? Significa figo Avanti Flavio? Perché ti assicuro che quella capra non merita... ahia!» Si gira a guardare Edward, una mano sulla nuca. «Mi hai fatto male.»

«Ma che dici?» Le labbra di Edward si tendono di nuovo nel suo caratteristico ghigno. «Sono un essere non corporeo, che si fa gli affaracci suoi. Deve essere stato il tuo stesso ego che ti ha colpito.»

«Ora che siamo tutti qui» esordisce Caitlin con un'occhiata nella mia direzione. «Finalmente possiamo cominciare.»

Io raddrizzo la schiena e intreccio le mani sulle ginocchia. *Questa donna fa paura.*

La figlia di Vera ridacchia. Pax stringe lo schienale della mia sedia e la fissa finché lei non distoglie lo sguardo.

*Rilassati, forse temono che la vecchia signora li abbia esclusi dal testamento e abbia lasciato l'intero patrimonio a me, con un colpo di scena degno di un romanzo alla Agatha Christie.*

A dire il vero, la cosa preoccupa un po' anche me. Ho già abbastanza da fare senza diventare all'improvviso la proprietaria di un cottage infestato da gatti ai margini del villaggio e di un negozio pieno di oggetti magici probabilmente pericolosi.

Caitlin spiega la procedura legale relativa al testamento e agli oggetti del patrimonio di Vera. Poi inizia a leggere il testamento ad alta voce. L'intera scena si svolge proprio come in un giallo dei più classici, in cui ogni membro della famiglia riceve in eredità qualcosa.

Tiro un sospiro di sollievo perché la casa e il negozio passano alla figlia, una piccola somma di denaro in un conto pensionistico va invece al fratello di Vera. Una selezione di macchine da cucire antiche è stata lasciata alla nipote, che sorride radiosa. Sembra che Vera abbia reso felice almeno qualcuno.

«Infine, a Bree Mortimer, Vera lascia questo.» Caitlin prende una scatola accanto alla scrivania e la spinge verso di me.

«Che cos'è? Vi prego, non ditemi che è il teschio del suo primo marito.»

Nessuno ride. Io prendo la scatola, a disagio. Tutti gli occhi sono puntati su di me. Uno strano solletico alla nuca mi suggerisce di non aprire la scatola in questa sede.

«Perché ha voluto che avessi questo?» chiedo.

Caitlin si stringe nelle spalle. «Non chiederlo a me. Se è nel testamento, e non è illegale, io eseguo.»

Ooookay, allora. Torno a sedermi, la scatola che mi brucia tra le mani, e aspetto che la procedura legale giunga al termine. *Cosa mai ci sarà dentro, per l'amor del cielo?*

A CASA, attendo che padre Bryne sia uscito per i suoi impegni della giornata. I fantasmi si accalcano intorno a me e io rovescio il contenuto della scatola sul tavolo della sala da pranzo.

«Ah.»

«Cosa?» Ambrose si sporge in avanti, tremante per l'eccitazione. «Cosa c'è?»

«Un mucchio di sciocchezze» dice Edward con un ghigno.

Non ha torto. All'interno della scatola c'è uno strano assortimento di, beh, *cianfrusaglie*.

Ci sono alcune pagine che sembrano essere state strappate da un libro mastro di qualche tipo. A giudicare dalla scrittura poco chiara nella colonna degli *articoli* che elenca calderoni, coltelli rituali e candele votive, sospetto che si tratti di una sorta di inventario del negozio. Ci sono alcuni disegni che sembrano simboli magici, e dei demoni inquietanti seduti sul petto di alcune persone, come quelli dei siti web che Dani mi ha mostrato al pub. Poi trovo un sacchetto di velluto con dentro erbe essiccate, una delle candele di Maggie (al cardamomo, "rilassante") e un piccolo, raccapricciante libretto intitolato *I più letali assassini della storia: 20 dei peggiori serial killer e monarchi sanguinari della storia.*

«Perché ha voluto che ce l'avessi io?» chiedo.

«Forse non le piacevi molto» commenta Edward.

«Ah, ah, molto spiritoso» replico poco divertita.

*Vera mi ha dato queste cose per un motivo, e così anche la pietra di moldavite. E il santino.*

Non so spiegare perché lo so, ma lo sento nelle ossa. È un messaggio per me, ma non lo capisco.

Prendo in mano una delle immagini dei demoni. Come li ha chiamati Dani? Revenant, vampiri e qualcosa che mi ricordava un formaggio. Ancora prima che me ne renda conto, ho il telefono in mano e sto cercando il nome di Dani.

Non posso chiamarla.

È arrabbiata con me.

Non mi vuole alla festa di Alice.

Mi accascio sulla sedia.

«Bree, andrà tutto bene.» Ambrose si siede accanto a me, e con la mano mi disegna cerchi caldi e formicolanti sulla schiena.

«Questo non possiamo saperlo.» Mi prendo la testa tra le mani. «Quella... bestia, o mostro, o qualsiasi altra cosa sia, è là in giro, e noi non ne sappiamo nulla. E i nostri unici indizi sono la mia strana magia e questa scatola di cianfrusaglie. La mia migliore amica mi odia e io non so cosa fare...»

«Potresti provare a infilare la testa nell'armadietto dei liquori» suggerisce Edward. «Con me funziona sempre.»

«Ricordi quando Dani ci ha fatto fare quegli esperimenti con la moldavite?» chiede Ambrose. «Grazie a quegli esperimenti, abbiamo appreso che la pietra potenzia un potere che già possiedi. Credo che ci serva un altro esperimento. Dobbiamo scoprire di più sul tuo potere. E io mi offro da cavia.»

Il panico mi attanaglia il petto. Ambrose mi stringe una coscia. Nei suoi occhi c'è fermezza, la completa e totale fiducia in me, nel fatto che non gli farò del male. Vorrei averla io, questa fiducia in me stessa, ma continuo a ricordare la sensazione orribile che ho provato quando nel negozio di Mina si è spezzata la corda di quella donna.

«Non so usare i miei poteri. E se ti facessi del male o ti facessi passare oltre...»

«Io invece credo che tu sappia usarli» mormora Ambrose.

«Hai letto quei libri sulla stregoneria. Penso che tu abbia qualche idea, però hai paura di provarci.»

*Che tu sia maledetto, Ambrose.*

«Non permetterò che ti accada nulla di male» ringhia Pax. «Se mi concedi la mia spada...»

«*No*» diciamo insieme io e Edward.

«Credo proprio che dovresti provarci» mi incita Ambrose. «Forse più ti eserciti, meno ti farà paura. Devi essere positiva.»

«Okay.» Mi alzo, malferma sulle gambe. «Lo farò.»

«Certo.» Edward si piazza davanti ad Ambrose. «Però lo farai su di me.»

«Edward, no» dice Ambrose. «Sono io che...»

«Sono *io* il principe reale, e questa casa mi appartiene di diritto.» Edward solleva in aria il suo nobile naso. «Se Brianna riporterà indietro qualcuno, sarò io.»

Edward ha un'espressione altezzosa. Sembra lo stesso di sempre, più che convinto della propria superiorità. Eppure... c'è qualcos'altro nei suoi occhi, qualcosa che raramente gli ho visto prima, mentre sposta lo sguardo da Ambrose a me: una cupa determinazione che maschera un impercettibile accenno di paura.

Edward si sta davvero offrendo... come vittima sacrificale?

Sta cercando di proteggere Ambrose?

No, non può essere.

*È possibile?*

Ambrose si incupisce per un istante, ma poi si illumina. È difficile sconfiggere a lungo il buonumore di Ambrose. «Sì, certo. Edward è il più anziano dopo Pax. È logico che sia lui il prossimo.»

«Esatto. Per prima cosa, scriverò le mie ultime volontà e il mio testamento, nel malaugurato caso in cui non dovesse funzionare.»

«No. Aspetta un attimo» protesto, ma Edward prende un foglio di carta e una penna. Ci mette un po' ad afferrare la penna, e la sua scrittura è tremolante. Mentre scrive, i capelli scuri gli ricadono sugli occhi, e tiene la mano a coppa intorno al foglio per impedirci di vedere cosa sta scrivendo. Quando ha finito, piega il foglio e lo mette a faccia in giù sul tavolo.

Edward si stende sul divano di fronte, a gambe divaricate, le braccia appoggiate allo schienale del divano, e con il suo solito e principesco sorriso di superiorità. Dai suoi occhi color antracite è scomparsa ogni traccia di paura. «Ora puoi fare del tuo peggio, Brianna.»

*Cosa c'è scritto, in quella nota?*

I bordi della camicia di seta di Edward si aprono sul suo petto. Io dimentico il biglietto, e i miei occhi sono attratti da quel triangolo di carne che scende dal suo collo regale fino alla brachetta e...

Deglutisco e levo gli occhi al cielo. Errore madornale. Edward si accorge che lo sto guardando. I suoi devastanti occhi scuri mi assorbono con una fame peccaminosa. Le sue labbra perfide e imbronciate si tendono in un sorriso che mi costringe a strizzare le gambe.

*Perché riesce a ridurmi così con un semplice sguardo?*

Come sarebbe se Edward fosse un Vivente? Quali cose, oscure e depravate, farebbe al mio corpo?

Forse la domanda più importante è: cosa gli *lascerei* fare?

Faccio un respiro profondo. Desidero con tutta me stessa che il mio corpo traditore si comporti bene. Devo concentrarmi su questo. Le mani mi tremano in grembo. «Okay, sono pronta se lo sei anche tu.»

«Io sono pronto dalla notte in cui mi hanno infilato un frammento di vetro nel sedere» dichiara Edward con un sorriso e le braccia spalancate. «Puoi cominciare.»

«Non so come.»

«Vedi i fili d'argento?» chiede Ambrose. «Credo che dovresti provare a toccarli. Riesci a prenderli?»

I tre fili si dipanano dal mio petto e si intrecciano in serpentine per tutta la stanza prima di affondare nel petto dei miei tre uomini. Quello di Pax è velato da una fredda luce blu. Suppongo che ciò abbia a che fare con il fatto che è risorto, ed è per questo che vedo il suo filo, ma non quelli degli altri Viventi.

Il filo di Ambrose si infila sotto la sua elegante redingote. Quello di Edward si estende sul tavolino tra di noi e poi si tuffa sotto la sua camicia di seta aperta. I suoi occhi seguono il mio sguardo, e mi assorbono, sfidandomi a fare la mia mossa.

La mia pelle vibra per il calore nel suo sguardo. Stiamo facendo una magia o ci stiamo solo scopando con gli occhi? Credo che lo scoprirò.

«Non succede nulla.»

Allungo una mano, tremante. Con un dito sfioro il filo di Edward. All'inizio non sento nulla, ma man mano che ne percorro la lunghezza, una leggerissima sensazione si insinua nel mio petto. Alzo lo sguardo verso Edward. I suoi occhi mi fissano, e lui incurva un angolo della bocca.

«Senti qualcosa?» gli chiedo.

«Un leggero bruciore nel petto. Ma non so se è per il filo, o per il mio crescente desiderio di stenderti sulla panca del pianoforte, allargarti quelle splendide gambe e leccarti finché non ti sciogli sulla mia faccia» dice con quel suo tono all'apparenza distaccato.

Io strizzo le cosce, ma non posso fare nulla per domare il doloroso bisogno di lui che mi sento dentro.

«Ehi, sembra divertente» aggiunge Pax. «Facciamo così, allora.»

«Tu restane fuori, soldato!» sbotta Edward. «Riprovaci, Brianna. Devi concentrarti di più.»

«Okay, ci provo.» Non riesco a trattenere il tremore alle mani mentre afferro il filo. La luce mi cade tra le dita, ma *in qualche modo* riesco ad afferrarla. Il filo è reale. Ha sostanza, anche se al contempo non c'è.

Ricordo qualcosa da uno dei libri di stregoneria di Mina. C'era un'intera sezione su come una strega può attingere ai suoi poteri. L'incantesimo diceva di immaginarsi in un luogo in cui ci si sente a proprio agio e felici. Diceva di visualizzarsi con i piedi a terra, le dita nude che affondano in questo luogo felice, e di immaginare una luce bianca che sale dalla terra e ti circonda per intero. Il libro diceva che si avvertirà l'energia fluire nel grembo.

Chiudo gli occhi. Immagino nel cimitero di Grimdale, all'inizio del Sentiero dei Poeti, di fronte alla tomba di Edward. Muovo le dita dei piedi negli stivali alla sensazione di affondare nella terra morbida, tra le foglie cadute.

Traggo un respiro.

*Sento* che sto estraendo la magia dalla terra, la sento avvolgere il mio corpo, saltarmi nel grembo per poi salire verso il mio petto. Mentre sale, la magia cerca di sollevarmi da terra, così affondo ancora di più le dita dei piedi.

Apro gli occhi e guardo il filo di Edward, che sembra vibrare mentre è avvolto in una luce argentata. Do un piccolo strattone al cordone.

Il volto di Edward si contorce.

«Ancora» implora lui con voce roca.

Qualcosa nel suo tono fa sì che una parte oscura e contorta di me desideri obbedirgli.

Mi guardo di nuovo le mani, muovo le dita dei piedi e mi immagino saldamente ancorata nel terreno del cimitero. Per la prima volta, sento qualcosa *sotto la* pelle. Ho dell'energia che mi striscia nelle vene, e non sono gli sciami di api che Edward, Ambrose e Pax mi accendono. Questa energia è un vortice, qualcosa che si avvolge, che viene arrotolato stretto. Ed è tutta *mia*.

Tiro il filo.

Edward vola via dal divano, e il suo corpo si accartoccia mentre atterra per metà sopra e per metà *dentro il* tavolino. Il contenuto della scatola di Vera cade sul tappeto. Lui emette un suono orribile che non ho mai sentito prima, né da umani, né da fantasmi.

«Senti qualcosa?» chiede Ambrose.

«Sì» ansima Edward. Si stringe il petto e rotola sul pavimento. «Mi sento in agonia.»

Ambrose si sporge in avanti impaziente. «È la squisita agonia dell'amore non corrisposto che descrivi nelle tue poesie?»

«Ahimè, no» dice Edward a denti stretti. «È un'agonia noiosa e ordinaria.»

Io lascio cadere il filo.

«Tranquilla, è tutto a posto.» Edward si rialza. Si stringe il petto, e i riccioli gli scendono sugli occhi, che in questa luce sono chiazzati d'oro e pieni di dolore. «Riprova.»

«No.» Torno a sprofondare nel divano. Mi copro gli occhi con le mani. Non posso sopportare di guardare il dolore sul volto di Edward, sapendo che l'ho provocato io.

«Bree, ti prego...» mi implora Ambrose.

«Sì, Brianna» conferma Edward, determinato. «Una volta sono stato defenestrato dalla casa di mio padre e sono finito sopra un mucchio di rovi, e il mio domestico ha passato una settimana intera a togliermi le spine dalle natiche e a massaggiarmi la pelle con oli essenziali. Mi ha fatto di sicuro più male di così. Devi riprovarci.»

Pesanti lacrime di disperazione mi scendono sulle guance. «Ti ho fatto *male*. Quando Pax è tornato, non ha fatto male, vero?» Lancio un'occhiata all'antico romano, che scuote la testa. Mi guarda preoccupato. «Credo che, con le vostre questioni ancora in sospeso, non dovrei toccare i fili. Immagino sia... sbagliato.»

Le labbra di Ambrose tremolano. «Ma io non so quale sia la mia questione in sospeso.»

«Troveremo una soluzione» dice Edward con sorprendente tenerezza. «Ti riporteremo in vita, ma Brianna deve dominare il suo potere...»

«Ehi, Bree? Ci sei?»

Con il cuore in gola, rimetto tutto nella scatola. Faccio per prendere le *ultime volontà* di Edward, ma lui le afferra prima di me dal tavolo e le getta nel fuoco.

*Almeno, se padre Bryne è in casa, i fantasmi non possono chiedermi di fare altri esperimenti.* «Sì. Sono qui, padre. La prego, venga a raccontarci la sua giornata...»

Entra nella stanza proprio mentre io butto con un calcio la scatola sotto il tavolo. Lui posa un contenitore bianco sul tavolo di fronte a me. «Io e Padre O'Sullivan abbiamo avuto un proficuo incontro con i leader della comunità indù locale per un evento comune, e vi ho portato delle ciambelle dalla panetteria di Grimdale. È il mio modo per ringraziarvi per aver sopportato un prete... Bree, tutto bene?» Mi scruta preoccupato. «Sei rossa in viso.»

«Io...» Guardo Edward che salta su dal divano appena in tempo per evitare che padre Bryne gli si sieda sopra. Qualcosa nella voce gentile del prete mi fa desiderare di aprirmi con lui. Non posso parlargli del mostro o dei miei poteri, ma... «Sto litigando con un'amica.»

Pax mi guarda sorpreso e sceglie una ciambella dalla scatola. Padre Bryne incrocia le mani sulle ginocchia, la grande croce che porta al collo che pende sopra di esse. Mi studia con uno sguardo intenso, quasi gli interessasse davvero quello che sto per dire. «Puoi parlare con me. Ti farà bene toglierti questo peso dal petto.»

«Io e questa amica... da piccole eravamo inseparabili» gli spiego. «Abbiamo frequentato il liceo insieme e non sarà una sorpresa per lei sapere che non eravamo esattamente popolari.»

«Invece sono sorpreso» dice lui, gli occhi che brillano. «Una ragazza gentile e divertente come te, con ottimi gusti in fatto di gin, dovrebbe essere stata la più popolare della scuola. Ma da tutti i ragazzi con cui ho parlato in questi anni ho capito che gli adolescenti sanno essere davvero crudeli con le loro coetanee.»

Mi spuntano le lacrime, ma le ricaccio giù. «Ha capito bene. Eravamo le emarginate, i fenomeni, ma finché potevamo contare l'una sull'altra, non ci dava fastidio non piacere a nessun altro nella nostra scuola. Eravamo sempre presenti l'una per l'altra, indipendentemente da ciò che stavamo passando. Quando le superiori sono finite, io sono partita per un lungo viaggio e lei è andata all'università. Non ci siamo viste molto, però siamo rimaste in contatto. Ora siamo tornate entrambe a Grimdale e io ero davvero felice di vederla e credo... beh, mi aspettavo che tutto fosse come prima. Solo che ora ha una nuova amica e credo che voglia fare colpo su di lei. Peccato che, a quanto pare, abbia paura che con le mie stramberie io le rovini la vita e la relazione.»

«E tu davvero provi rabbia nei suoi confronti perché ti ha rifiutata?»

«No, io...» Mi fermo. «Sì. Sono arrabbiata perché questa sua ragazza è una di quelle persone che erano sempre perfide con noi, e penso che, nonostante continuassimo a dire che non ci importava di ciò che la gente pensava di noi, entrambe sognavamo di essere accettate e inserite. Ora Dani sembra avere trovato il suo posto, e quindi ciò significa che sono io, quella fuori posto. Ho paura di perdere la mia amica, ma non so cosa farci. Non posso smettere di essere quello che sono, o di amare ciò che amo.»

«No, certo che no.» Padre Bryne lancia un'occhiata a Pax, che si sta ficcando in bocca una seconda ciambella, intera, ma con il mignolo sollevato con eleganza. Dietro la sua testa, Edward fa un cenno di approvazione per i suoi progressi in fatto di buone maniere a tavola. «Tu sai cosa sto per dire, vero?»

«Che dovrei perdonarla» replico con una risatina. «Non credo che funzionerà, visto che è stata lei a respingermi.»

«Il perdono può confondere.» Padre Bryne si tocca la croce con un dito. «È difficile far sì che i nostri sentimenti riflettano la nostra scelta di perdonare. Possiamo *voler* perdonare un amico, anche se ci sentiamo ancora arrabbiati, o feriti, o messi da parte. Decidere di non rinfacciare a una persona le sue mancanze è una scelta forte, perché, nel nostro cuore, tutti siamo peccatori.»

Passo un dito lungo il bordo del tavolo. «Non saprei nemmeno da dove cominciare.»

«Invece di soffermarti sul dolore che questa amica ti ha causato, pensa a ciò che la rende così preziosa. Le persone che amiamo hanno il potere di ferirci di più, ma a meno di allontanare chiunque e rimanere soli per tutta la vita, dobbiamo aprirci alla possibilità di essere feriti, in modo da godere dei doni del loro amore.»

Lancio un'occhiata ai tre fantasmi: Edward con il suo fiero naso sollevato in aria, Pax con la crema della pasta appiccicata al mento e Ambrose con il suo bel sorriso pieno di entusiasmo che si china in avanti ad annusare. Sono avvolti nei loro fili d'argento, che ci legano insieme in questo enorme pasticcio.

Mi metto una mano sul cuore, e i fili mi pulsano tra le dita. Intanto ripenso all'orribile agonia sul volto di Edward e al terribile *schiocco* del filo del fantasma del teatro che si spezza mentre la luce la porta via. E al dolore nella voce di Pax quando non potevo ricambiare il suo amore, o alla certezza nella voce di Ambrose che tutto sarebbe andato bene.

Le parole di padre Bryne mi risuonano nella testa.

*Coloro che amiamo hanno il potere di ferirci maggiormente.*

L'unico modo per essere al sicuro è non innamorarsi mai e poi mai.

# 22

## BREE

Passano i giorni. Non chiamo Dani. Fisso ancora un po' le immagini nella scatola di Vera. Per altre due volte, da sola, provo l'incantesimo del radicamento, immaginando le dita dei miei piedi che affondano nella terra del cimitero mentre richiamo a me il potere. Ogni volta, la magia fluisce con più facilità dentro di me, e mi sento carica di energia. Che però non ha un posto dove andare. Non so cosa farne.

Sono infastidita e ansiosa per non essermi avvicinata alla soluzione dell'omicidio di Vera. Dani non vuole che indaghi. Ma io e Dani non ci parliamo, e so chi è che può aiutarmi a risolvere la questione.

«Benvenuti alla libreria Nevermore» risponde Mina dopo il secondo squillo del telefono. «Dove tutti i vostri amori dei libri prendono vita.»

«Sono io» dico. «Ho degli sviluppi nella faccenda dell'omicidio di Vera. Mi chiedevo se potessimo incontrarci per cena stasera.»

«Certo. Al Cackling Goat alle sette?»

«In realtà...» Penso a Dani che potrebbe arrivare mentre io e

Mina discutiamo del caso. «Che ne dici se vengo io da te? Il mercoledì il Rose and Wimple fa l'arrosto a metà prezzo.»

«È vero. E Robert mi dà sempre delle patate in più. Ci vediamo lì, io te e Pax. E pure i fantasmi, anche se io non vedrò nessuno.» Ride.

Le battute che i ciechi fanno sui ciechi sono troppo forti.

«Fantastico. Ah, e magari potresti chiedere alla tua amica Jo se ha finito con la spada di Pax? Si sente nudo senza.»

«Posso farlo. Ci vediamo, allora.»

Riattacco e raccolgo le cose di Vera. Se c'è qualcuno che può dare un senso alle cianfrusaglie dell'anziana signora, è proprio Mina Wilde, la detective dilettante che uccide i vampiri.

# 23

## BREE

Quando Pax scende dall'autobus prima di me ad Argleton, una donna stringe al proprio petto una borsa ricamata e lo guarda in *estasi*. Si tratta della stessa vecchia signora su cui Mina mi aveva messa in guardia al funerale. Afferro il braccio di Pax e lo tiro verso il pub prima che diventi la sua prossima vittima.

«Aspettateci.» Edward è rimasto indietro e Ambrose gli tiene un braccio. Provo un'ondata di affetto a vedere Edward così gentile con Ambrose. Ultimamente è stato molto carino, e non sono ancora sicura del motivo per cui mi abbia fatto provare la mia magia su di sé...

Ma prima che possa dire qualcosa, Edward fa passare Ambrose attraverso un parchimetro.

«Oh, scusami.» Edward non sembra affatto dispiaciuto. «Le vecchie abitudini sono dure a morire.»

«Sì, certo.» Ambrose si dà una spolveratina, riprende da terra il suo bastone da passeggio e partiamo.

Il Rose and Wimple è un enorme edificio in stile Tudor dall'altra parte del parco. Non ospita molti eventi comunitari, come fa il Cackling Goat, il che significa che quando entriamo è vuoto. Una meraviglia. Mina ci aspetta a un tavolo sul retro, con Oscar sdraiato ai suoi piedi e Quoth in forma umana accanto a lei. I lunghi capelli scuri di lui le sfiorano le spalle mentre taglia il formaggio da un tagliere di formaggi e affettati, e glielo porge.

Io e Pax ci prendiamo un paio di pinte di sidro, più due bicchieri di vino rosso da far annusare a Edward e Ambrose, e la raggiungiamo.

Mina posa sul tavolo un fagotto avvolto in un telo da spiaggia. «Con i ringraziamenti di Jo» afferma raggiante. «A quanto pare, sulla lama non c'è nessunissima traccia del sangue di Vera, anche se ha rinvenuto tracce di sangue di altre persone. Però è molto degradato, nemmeno avesse centinaia di anni. Le ho detto che Pax deve essersi tagliato durante una rievocazione storica.»

«Ehi, ma questa è la mia spada.» Pax prende l'arma. Io gli afferro il polso.

«*Non* brandire quell'affare qui dentro» lo minaccio.

«L'ha detto anche lei» aggiunge Quoth facendo l'occhiolino. Mina gli lancia un'occhiataccia e lui si stringe nelle spalle. «Scusa. È che non c'è Morrie, e ci stava bene un commento dei suoi.»

«La mia *spada*.» Pax raccoglie il fagotto e lo culla vicino al viso, come fosse un bambino. Sussurra una preghiera in latino. È adorabile.

«Bene! Ora che ho riunito uomo e arma letale, voglio sapere che cosa hai ereditato da Vera.» Mina tamburella con le mani sul bordo del tavolo.

«Mina intendeva dire: "Ciao, come stai?"» dice Quoth con un sorriso.

«Scusa! Sì! Ciao, ciao, come stai? Da queste parti è una noia mortale da quando ho risolto il mio ultimo mistero.» Mina solleva le mani e mette in mostra delle unghie viola scintillanti davvero notevoli. «*Muoio* dalla voglia di affondare gli artigli in un nuovo mistero. Allora, forza, che cos'hai?»

«È tutto molto strano. Vera mi ha lasciato una scatola di cianfrusaglie. Ci sono delle pagine strappate da un libro mastro... in pratica, un elenco di nomi, date e acquisti. Vera vendeva online in tutto il Paese, ma a quanto pare scriveva ancora a mano i registri. E poi ci sono anche degli oggetti strani.» Metto la scatola sul tavolo e la rovescio. «Non so cosa pensare.»

Mina inizia a passare in rassegna gli oggetti. Scorre le dita sul sacchetto di erbe e noto che si acciglia. Quoth prende le pagine del libro mastro e inizia a studiarle.

«Le candele della tua amica Maggie sembrano essere state apprezzate.» Quoth fissa le pagine con la fronte aggrottata. «Hai ragione: questi non sono altro che registri degli acquisti effettuati in negozio e online.»

«Forse c'è un messaggio segreto nascosto al loro interno?» suggerisce Ambrose.

«Potresti avere ragione, Ambrose.» Quoth scruta i fogli con gli occhi socchiusi. «Magari dovremo coinvolgere Morrie in questa faccenda. Se c'è un codice, lui sarà in grado di decifrarlo.»

Guardo Quoth stupita. «Non mi abituerò mai al fatto che sente i fantasmi.»

Mina gli accarezza il braccio. «Era prevedibile che il lugubre, sgraziato, spettrale, smunto e minaccioso uccello di un tempo passato, che arriva dritto dal poema di Poe, finisse per avere il potere di vedere i fantasmi.»

Quindi alla fine Quoth ha rivelato a Mina che può vedere e sentire i fantasmi. Le sue visioni degli spiriti non sono vivide come le mie, ma i suoi poteri sono ancora freschi. È strano stare qui, seduta di fronte a lui e vedere che tratta Ambrose quasi fosse una persona vera.

«Mi sente?» Ambrose rimane a bocca aperta per lo stupore.

«Sì. Ambrose, ti presento Quoth. Quoth, lui è Ambrose. E quel tizio burbero con la testa dentro il vino è Edward.»

«Il piacere è mio» dice Edward con una voce che dice tutt'altro.

«Se Quoth ci sente e ci vede, non potrebbe essere anche lui un bersaglio del mostro?» chiede Ambrose.

Quoth tira indietro di scatto la testa. «Non ci avevo pensato.»

«Nemmeno io.»

«Pensare a cosa?» Mina aggrotta le sopracciglia e ci guarda entrambi. «Sapete, è parecchio strano essere coinvolti solo in metà della conversazione.»

«Anche Vera vedeva i fantasmi» le spiego. «E mi ha deliberatamente lasciato il santino di Lazzaro come indizio. E poi questa scatola di roba... io e i fantasmi crediamo che Vera sia stata presa di mira a causa dei suoi poteri, il che significa...»

«Il che significa che se non catturiamo il mostro che ha ucciso Vera, tu o Quoth potreste essere la sua prossima vittima?» Mina stringe la mano di Quoth così forte che le sue nocche diventano bianche. Lui ha un sussulto, ma non si ritrae.

«Sì. Dani non vuole che io indaghi. Pensa che se ne debba occupare la polizia. E la capisco, però devo farlo.»

«D'accordo.» La mascella di Mina si tende. «Allora dobbiamo trovare una soluzione.»

Si concentra di nuovo sugli oggetti e li sposta in diverse configurazioni, e io e Quoth torniamo a leggere gli elenchi, alla ricerca di qualche indizio.

«Dovrei chiedere alle tre streghe.» Poso la pila di fogli con un sospiro. «Frequentavano il negozio di Vera. Potrebbero averla vista strappare le pagine e magari dirci cosa significa...»

«Ho trovato qualcosa» mi interrompe Quoth. Poi indica un nome sulla sua lista. «Questa persona ha acquistato della moldavite. Non è la pietra che usi tu per interagire con i fantasmi?»

Estraggo la moldavite dalla tasca e la appoggio sul tavolo. Quoth la raccoglie, la rigira e la esamina alla luce. La stringe. Ambrose agita una mano, che attraversa una spalla di Quoth, facendolo rabbrividire.

«Per me non funziona» dice, strofinandosi la spalla. «Però quello che mi è successo... quello che ha fatto Mina... non è normale. Anche all'interno del regno magico con cui abbiamo a che fare qui. Non credo di essere come te, Bree.»

«In realtà io non credo di essere nulla» commento.

«Sta facendo la modesta» dice Edward. «Lei è la stella del mattino e della sera...»

«Edward è un poeta» spiego a Quoth. «Non sei contento di riuscire a sentirlo?»

«Ehm, ragazzi?» Mina batte sul tavolo. «Vogliamo tornare al regno dei Viventi? Quoth chiedeva della moldavite?»

«Dunque, se le persone che hanno comperato la moldavite da Vera fossero anche loro... beh, quello che sei tu?» chiede Quoth.

«Scommetto che ci sono centinaia di persone che acquistano quella pietra. Era in un piatto accanto al quarzo rosa» spiego.

«Sì, ma...» Mina aggrotta le sopracciglia e si tiene un foglio attaccato al naso. «Okay, no. Non riesco proprio a leggere niente. Però c'era un motivo per cui Vera ha voluto che avessi tu questa scatola. Forse qualcuno ha acquistato la moldavite perché vuole usarla per i propri amici fantasmi.»

*Porca vacca, ha ragione.*

Prendo l'elenco e fisso un nome. Penny Hatterly, con un indirizzo a Crookshollow. È a meno di tre miglia da Grimdale. Ho vissuto per tutto questo tempo attaccata a qualcuno che ha poteri di resurrezione e non ne ho mai saputo nulla?

*E se si trattasse di una persona che è proprio come me?*

Quoth indica il nome nel libro. «Dovremmo andare a parlare con Penny Hatterly. È a soli venti minuti di treno.»

Il volto di Mina si illumina. «Potremmo andarci questo fine settimana. Sabato devo essere al negozio, ma domenica è il turno di Heathcliff, dietro il bancone, quindi io sono libera.» Si blocca. «Cioè, sempre che tu voglia compagnia?»

«Mi piacerebbe molto.» Le sorrido. «Vorranno venire anche i fantasmi e ho bisogno di un po' di aiuto per gestire Pax.»

A proposito di Pax, mi guardo intorno per cercarlo. Non devo faticare molto. È appoggiato al bancone e sta intrattenendo un piccolo pubblico con una delle sue storie di coraggio e audacia. Padre Bryne è tra gli uomini che lo stanno ascoltando. Solleva il bicchiere con il succo d'arancia e mi fa un sorriso malizioso, che non posso fare a meno di ricambiare. Per essere un prete, è piuttosto figo.

«Bree, vuoi giocare?» la voce di Pax tuona nel pub. «È un famoso gioco alcolico romano. *Bibamus moriendum est.*»

«No, grazie» rispondo. «Divertitevi voi, a sbronzarvi. E ricorda: non si infilza.»

«Non si infilza!» Pax afferra una forchetta e la sbatte sul bancone, lasciandola in piedi piantata sui rebbi. Poi cerca di estrarla, ma è incastrata così in profondità nel legno che nemmeno lui riesce a tirarla fuori. La guarda con un misto di orrore e fascino.

«Questo non conta!» mi urla.

«D'accordo. Questo no.»

Pax torna al suo gioco alcolico. Edward riprende a fissare cupo il nulla. E io e Mina torniamo a riflettere sulla scatola di Vera. Apro il raccapricciante libretto dei serial killer e ne passo in rassegna il contenuto: Contessa Bathory. Vlad l'Impalatore. Jack lo Squartatore...

*A Dani piacerebbe questo libro. Era ossessionata dai podcast sui serial killer. Un anno si è vestita da Jeffrey Dahmer per il ballo di Halloween e, in preda al panico, la scuola ha chiamato sua madre che ha letteralmente fatto a pezzi il preside...*

Mi rendo conto che Mina mi sta parlando. Torno al presente. «Scusa, stavi dicendo?»

«Mi chiedevo solo se sei riuscita a scoprire qualche dettaglio sulla tua magia» mi chiede.

«Beh, ho letto i libri e in effetti sono riuscita a combinare qualcosa, che però ha fatto male a Edward, quindi non ci ho più provato.» Mi stringo nelle spalle perché preferisco non pensarci. «È strano. Anche se ho visto che ho fatto quella magia, non mi *sento* magica.»

«Lo so. È così, vero? Anche io, mi sento una persona del tutto normale, eppure...» Mina agita le dita verso Quoth, che le accarezza una spalla. «Io ho fatto cose piuttosto strane, e non solo nel letto di Morrie. Ho scoperto che quando ne ho bisogno, la mia magia viene da sé. Mi dispiace, so che non è molto utile.»

«In effetti...» Non mi piace parlare di magia. Non mi piace pensarci. Finisco il sidro e metto da parte il contenuto della scatola di Vera. «Diamo un'occhiata al menu? Non posso andare a caccia di mostri a stomaco vuoto...»

# 24

## BREE

«Brianna, eccoti qui.» Edward attraversa fluttuando la parete del bagno. Le luci tremolano appena passa la mano sui fili. «Non pensavo che ti avrei mai portata via da quel soldato babbeo. Ho una cosa da dirti.»

«Non puoi aspettare che mi metta i pantaloni?» brontolo, mentre saltello in giro nel tentativo di infilare il piede nei jeans neri attillati. Maledizione a tutti i fantasmi e alla loro incapacità di comprendere il bisogno di privacy.

«No!» Edward alza la voce con urgenza. «È una cosa che non può aspettare!»

Smetto di saltellare e lo guardo. Ha il suo solito sorriso stampato in faccia, ma c'è qualcosa che non quadra. Le pagliuzze d'oro nei suoi occhi di antracite danzano nella luce tremolante.

«Edward, tutto bene?»

«Perché non dovrei stare bene? Sono un principe reale, nonché prodigio artistico, circondato da imbecilli. Presenti esclusi, ovviamente.» Mi tende una mano. «Ora, se non ti dispiace, ho bisogno di te. Ho... ehm, composto una nuova poesia. Sì, ho scritto una nuova opera e desidero condividerla con te. E *non può assolutamente aspettare*, non ora, che i miei lombi ardono di ispirazione.»

Sospiro. Anche se ho i capelli in disordine e un calzino attorcigliato al piede, se non ascolto la sua poesia, Edward metterà il muso e rimarrà imbronciato per tutto il fine settimana e ci incupirà tutti. È meglio fare quello che vuole.

«Okay.» Mi tiro i jeans sui fianchi e riesco a chiudere il bottone. Prendo l'appunto mentale di mangiare meno dei dolci di Maggie d'ora in poi. Mi siedo sul bordo della vasca, piego le gambe e stringo le mani in grembo. «Sono tutta orecchi.»

«È un'espressione piuttosto disgustosa: mi fa venire in mente l'immagine del tuo bel corpo ricoperto di lobi d'orecchio tremolanti, mentre so per esperienza che ne hai solo due, e carini, proprio qui.» Edward si china in avanti, e mi sfiora una gamba con la sua mentre mi tocca le orecchie.

È un gesto strano e intimo, che mi fa formicolare le orecchie. Dalla smorfia sulla sua bocca quando fa un passo indietro, capisco che sta cercando di nascondermi qualcosa. È strano, e non è solo per la frustrazione di non poter essere riportato in vita.

«Perché non vuoi venire a letto con noi?» dico tutto d'un fiato senza riuscire a impedirmelo. «La serata con la tavola spiritica dimostra che non hai problemi a toccarmi, eppure non vuoi più unirti a Pax e Ambrose. Perché no? Mi manchi.»

Un dolore gli accende lo sguardo, ma lui gira la testa e lancia un'occhiata alla finestrella del bagno, in alto nella parete.

«Pax è fuori che taglia altra legna...» Ignora la mia domanda. «E ho distratto Ambrose dicendogli che avrei fatto una partita a statue con lui in giardino, e ora tocca a lui cercarmi.»

«Edward!»

Si volta verso di me e i suoi occhi riacquistano il loro solito aspetto: scuri e insondabili. La sua bocca si incurva di nuovo nel suo tipico sorriso. «Immagino che mi cercherà per almeno altri sedici minuti, il che mi dà tutto il tempo per...» Abbassa lo sguardo a fissarsi le mani, ed è di nuovo strano. «Per dirti che io...»

Il mio telefono vibra. Sollevo una mano e lo tiro fuori dalla tasca. «Fermo lì.»

Edward sembra disturbato, ma qualsiasi pensiero sulla sua poesia mi vola via dalla testa quando vedo chi mi chiama. Poso il telefono sul lavandino e lo appoggio al flacone dello shampoo.

«Ciao mamma, papà!»

Le dita di Edward mi sfiorano una spalla e lui mi lancia un'ultima occhiata desolata prima di tornare al di là del muro fluttuando. Vorrei seguirlo, ma aspetterà finché non avrò parlato con i miei genitori.

«Ciao, tesoro!» urla mia madre appena inizia la videochiamata.

«Argh!» Mi copro le orecchie per proteggermi dalla sua voce che rimbomba nel bagno. «Mamma, ti sento benissimo. Non c'è bisogno di urlare.»

«Scusa, a volte dimentico che le chiamate all'estero non sono più un problema.» Spalanca le braccia e fa un passo indietro, rivelando i bordi frastagliati di un fiordo maestoso, fuori dalla finestra del loro albergo. «Io e tuo padre siamo in Norvegia!»

«Wow, grandioso! Racconta: che cosa avete fatto?»

«Oh, di *tutto*. Siamo stati a Oslo per tre giorni, a vedere tutti i musei d'arte. Quell'Edvard Munch è un individuo disturbato. Credo che da piccolo non sia mai stato abbracciato. Ah, e siamo andati in uno strano parco pieno di statue di persone nude. Non ho mai visto così tanti sederi in vita mia, nemmeno alla spiaggia per nudisti in cui ci siamo infilati per sbaglio a Santorini.»

Ricordo il parco. Ci ho gironzolato per ore durante la mia visita a Oslo, pensando a quanto Edward avrebbe apprezzato tutta l'arte di quella città. «Beh, sono nudi perché l'artista, Gustav Vigeland, voleva rappresentare il ciclo della vita e il modo in cui torniamo alla natura quando...»

Ma a mia madre non interessa la mia lezione d'arte. «Il cibo è terribile. Cosa non darei per un bel pasticcio di carne o una *shepherd's pie*. Qui ogni cosa è a base di aringa affumicata. Ieri ho ordinato dei pancake per colazione e giuro: erano spalmati di aringa!»

Mio padre fa una smorfia e io rido. «Mi dispiace. Spero che troviate al più presto qualcosa di diverso.»

«Lo spero anch'io, cara. Ora stiamo esplorando i fiordi e, se questa pioggia uggiosa smette, domani andiamo a un museo vichingo.»

Mia madre descrive entusiasta il paesaggio e si lamenta del cibo ancora per un po', poi riceve una telefonata dalla sua amica tedesca che le dà appuntamento al bar. «L'oliva nel mio Martini potrebbe essere la mia unica possibilità di sostentamento.»

Papà si sposta e riempie lo schermo. Sembra più abbronzato di quanto ricordassi. Ha i capelli un po' più lunghi e una linea di peli sottili intorno alla mascella, e indossa la sua maglietta dei Jethro Tull. Vederlo mi provoca una stretta al petto.

«Ciao, papà. Anche tu adori le aringhe, come la mamma?»

«Sinceramente, io le trovo deliziose, ma non dirglielo.» Sorride. «Ieri sera abbiamo mangiato bistecche di renna.»

«Oh, sì. E che sapore aveva Rudolph?»

«Assolutamente divino. Ne ho mangiato due porzioni. Tua madre ha detto che mi sono giocato il Natale.»

Ridiamo entrambi.

«Va tutto bene...» Deglutisco e cerco di trovare le parole per chiedere quello che vorrei chiedergli. «Voglio dire, come va con tutti questi spostamenti?»

«Mi sto divertendo molto. Io e tua madre avremmo dovuto farlo anni fa.» Mi mostra la statuetta di un troll che hanno comperato al negozio di souvenir dell'hotel. L'altra mano rimane stretta sul petto e non riesco a smettere di fissarla. Lui deve averlo notato, perché mi dice: «Non preoccuparti per me, dolce Bree. Sono felice. Questa malattia non cambierà il tuo vecchio.»

*Ma l'ha già cambiato.*

Deglutisco. «Lo so, papà.»

«Parlami di te. Come vanno le cose in casa? Gli ospiti ti danno problemi?»

«Va tutto bene.» È un'affermazione tristemente inadeguata per il mio stato attuale, ma è il massimo che gli posso dire. «Padre Bryne si ferma per il resto del mese ed è un ospite delizioso. La mamma sarà contenta che il mio abbigliamento dark o il mio nichilismo non l'abbiano spaventato. Questo fine settimana partirò per una piccola avventura con la mia nuova amica Mina. E sto lavorando su un divertente progetto per il cimitero: realizzo dei video sulla storia di alcuni dei cadaveri più famosi sepolti qui a Grimdale...»

*...e riporto in vita i miei amici fantasmi morti, e cerco di imparare a controllare la mia magia, e vado a trovare una signora di nome Penny Hatterly che potrebbe essere, o forse no, una strega della resurrezione, e do la caccia al mostro che ha ucciso Vera e che ora potrebbe dare la caccia a me, e litigo con la mia migliore amica...*

Mi costringo a fare un sorriso che spero risulti convincente.

Mio padre si sporge un po' in avanti. «Va tutto bene, dolce Bree? Sembri più silenziosa del solito. Siamo preoccupati che tu possa non farcela a gestire il B&B da sola, con in più il lavoro al cimitero, e ora con questo assassino a piede libero... Ti senti un po' oberata? Se hai bisogno che torniamo a casa...»

«No, non interrompete la vacanza. Sto bene.» Non voglio raccontargli che ho trovato il corpo di Vera. Non ce la farei.

«Lo so. Perché non chiedi a Dani di aiutarti un paio di giorni alla settimana? Sono sicuro che potremmo trovare qualche soldo per pagarla, e poi magari voi due potreste...»

«Io e Dani abbiamo litigato.»

Pronunciare ad alta voce queste parole mi fa torcere lo stomaco. Ripenso alla freddezza con cui mi ha parlato al pub, a tutte le cose che mi ha detto. Faccio finta di togliermi qualche pelucco da una manica per evitare che papà mi veda mentre mi asciugo una lacrima.

«Mi dispiace, tesoro. Se vuoi parlarne sai dove trovarmi. Magari poi ti senti meglio.»

Tiro su con il naso. Mio padre conosce Dani e le vuole bene come a una figlia. Passavamo tutti i fine settimana insieme, l'una a casa dell'altra. Mio padre la aiutava con i suoi lavoretti di falegnameria, perché sua madre è un disastro nel fai-da-te. Anche i miei genitori e la mamma di Dani, Sue, sono buoni amici: di solito giocano nella stessa squadra al quiz al pub.

Fisso il mosaico di mio padre raffigurante due pesci che si baciano, appeso sopra la vasca con i piedi a zampa. «Dani ha una nuova ragazza.»

«Oh, ma è meraviglioso.»

«È Alice Agincourt.»

«Alice?» La voce di mio padre si incupisce. Lo conosce bene, quel nome.

«Dani dice che Alice è cambiata, e forse è vero. Di sicuro, le poche volte che le ho parlato è sembrata più gentile. Mi ha persino detto che al liceo voleva essere amica mia e di Dani, ma che aveva troppa paura dell'ira di Kelly.»

«Oh, dolce Bree, non mi sorprende che Alice si sia sentita esclusa: tu e Dani siete sempre state così bene insieme. Il tuo vecchio non ti ha mai detto che le bulle se la prendono con gli altri solo perché così credono di sconfiggere le proprie debolezze? So che non serve saperlo, se poi si comportano in modo orribile con te, ma tutto quello che ti hanno fatto quelle ragazze dipendeva da loro, non da te.»

*Proprio così, papà: se le bulle ti tormentano non serve proprio a niente sapere che sono delle persone insicure. Alice ha avuto un ruolo importante nella mia decisione di andarmene da Grimdale appena ho potuto, e ora... e ora mi sta anche rubando la mia migliore amica.*

«Alice fa una grande festa di compleanno.» Mi asciugo un occhio con la manica. «Mi ha invitata, ma Dani non vuole che ci vada. Forse pensa che potrei metterla in imbarazzo.»

La voce di mio padre si incrina. «Oh, dolce Bree.»

«Ah, ho capito. Le stranezze individuali mie e di Dani si sono sempre completate a vicenda. Però forse ora siamo diverse? Forse sono passati troppi anni dai tempi del liceo. Mentre me ne andavo in giro per il mondo, siamo cresciute in modo diverso. Non le ho parlato, come avrei dovuto fare. Ora ha una nuova ragazza e credo che voglia fare colpo su di lei, e io...» Non posso dire a mio padre dei fantasmi, ma in realtà non si tratta nemmeno di loro. «Sono triste perché tutto ciò che io e Dani abbiamo sempre voluto era inserirci e sentirci accettate. Ora lei ha trovato il suo posto, e immagino che ciò significhi che non è un posto per me. Non sono arrabbiata, non proprio. Ho paura di perdere la mia amica, e così l'ho trattata male e me ne sono andata infuriata, e da allora non abbiamo più parlato.»

«Dani è un'amica molto speciale» commenta mio padre. «Non è facile avere amicizie così, e più si invecchia, più ci si rende conto di quanto sono preziose. Vuoi sapere come la vedo io?»

Mi asciugo di nuovo le lacrime. «Certo.»

«Penso che dovresti perdonarla.»

«È la stessa cosa che ha detto padre Bryne.»

«In questo caso, sono d'accordo con il prete. So che Dani ti ha ferito, ma se ci pensi bene, capirai perché lo ha fatto. È spaventata quanto te. Siamo tutti un po' spaventati, sempre.

Credo che questo faccia parte della nostra essenza di esseri umani.»

«Grazie, papà.» Questa volta non mi preoccupo nemmeno di asciugare le lacrime che mi rigano le guance. «Sei saggio.»

«È il tipo di saggezza che si ottiene solo diventando genitori e passando diciotto anni della propria vita con il terrore di rovinare i propri figli in modo irreparabile.»

«Ormai quel treno è partito da tempo.» Faccio un cenno di saluto allo schermo mentre sento Pax che mi chiama da qualche parte in giro per la casa. «Devo andare. Tu dovresti andare con la mamma a bere qualcosa al bar. E magari portarla a mangiare un bell'hamburger stasera.»

«Qui fanno solo hamburger di renna.»

«Basta che non glielo dica: scommetto che non se ne accorgerà nemmeno.»

Chiudo la telefonata proprio mentre Pax batte i pugni sulla porta. «Bree, sei lì dentro? Edward pretende che in sua presenza io faccia un inchino, e vorrei il tuo permesso di metterlo nel tritacarte... stai piangendo?»

Gli apro, e lui mi studia le guance umide.

«Sì.» Mi abbandono tra le sue braccia. «Mi hanno chiamato i miei, e parlando ho ripensato alla mia litigata con Dani. Ma mio padre mi ha rincuorata e mi ha dato qualche consiglio. Credo di sapere cosa devo fare.»

Mi stringo all'ampio petto di Pax. Lui ricambia la stretta con le sue braccia possenti. Appena sento il suo aroma di muschio e cuoio, mi manca il fiato. Mi sento così *al sicuro* con lui. Niente può farmi del male quando sono tra le sue braccia.

«Mi dispiace che, dopo tutti gli anni che vivo qui, non sia ancora riuscito a incontrare Mike di persona» dice, premendomi le labbra sulla sommità della testa. «È un uomo saggio. Se fosse vissuto nell'antica Roma, sarebbe stato un veggente.»

«Lo credo anche io» commento con un sorriso.

«Non è una buona cosa. I veggenti di solito assumono molte droghe allucinogene e poi impazziscono» dice Pax tutto serio. «Non è una strada che offre le migliori opportunità di carriera. Senti, a proposito di Edward e del trituratore...»

# 25

## BREE

Il giorno dopo esco di casa all'ora di pranzo, con il conforto delle parole assennate di papà e di padre Bryne. Mi fermo al pub a prendere un paio di tortini di carne e delle patatine fritte da portare via, e poi vado fino alla fine di High Street per raggiungere il luogo di lavoro di Dani. La Wigham's Funeral Home è nel villaggio dal 1823. Ma ai due figli di Wigham non interessa l'attività funebre e so che Dani spera di poter acquistare un giorno l'impresa funebre e farla sua.

Oggi non ci sono funerali in programma. Entro e saluto Darren, il figlio dell'attuale proprietario che non sembra molto contento di lavorare alla reception in piena estate. Inizia a invecchiare e a perdere i capelli. «Oh, ciao, Bree. Non sapevo che fossi tornata da Itaca.»

«Ciao, Darren. Sono venuta a trovare Dani.» Gli mostro il sacchetto del pranzo.

«Certo. Le faccio un fischio.»

Pochi minuti dopo appare Dani, vestita con il suo abbigliamento da lavoro: un austero tailleur pantalone grigio scuro. Noto il suo stile caratteristico negli ampi revers e nei

229

dettagli sartoriali sul retro della giacca. Mi fa un cenno e io la seguo in silenzio.

Passiamo per un labirinto di corridoi e sale, poi lei apre la porta sul retro del suo ufficio per entrare nel giardino della contemplazione. È un minuscolo giardino murato, pieno di fiori ed erbe profumatissime, e di splendide statue realizzate da artigiani locali che simboleggiano l'amore, il lutto e il ricordo. Anche se siamo vicini alla High Street, non sento il traffico, né i rumori del paese. L'unico suono che rompe il silenzio è il cinguettio degli uccelli e il gorgoglio costante del laghetto al centro.

A volte, quando i clienti hanno difficoltà a organizzare la cerimonia per il troppo dolore, Dani li porta qui. In questo spazio la Wigham ospita anche dei funerali raccolti, con poche persone.

Mi siedo su un'estremità della panchina, di fronte al lago. Posiziono la borsa al centro della panca.

«Ti ho portato qualcosa da mangiare.»

Non riesco a guardarla. Non posso sopportare di vederla arrabbiata, o di leggerle in faccia disprezzo o imbarazzo.

«Ho un panino portato da casa» dice. «Mia madre me lo prepara con cetrioli e crema di formaggio, come faceva sempre ai tempi della scuola.»

«Ah, okay allora.» Faccio per prendere il sacchetto. «Mangerò io il doppio.»

«Dammelo.» Dani lo afferra prima che lo prenda io. La sbircio con la coda dell'occhio mentre lo apre per ispezionare il contenuto. «Se mangi due pasticciotti, poi stai male. Ricordi quella volta che abbiamo preso il traghetto per andare in Francia e c'era cibo gratis al buffet e ci siamo ingozzate di croissant, ma il mare era così agitato che poi hai vomitato tutto?»

«Certo che me lo ricordo.» Mi si rivolta lo stomaco al

pensiero di tutto quel pane che ho vomitato oltre la ringhiera verso l'oceano, mentre Dani mi teneva i capelli. «Preferirei te lo fossi dimenticato.»

Dani si siede su un lato della panchina, non il più lontana possibile, ma nemmeno vicina. Afferra uno dei pasticciotti, solleva il coperchio di pasta frolla e poi lo usa a mo' di cucchiaio per prelevare il ripieno di ragù. Io prendo il mio e gli do un enorme morso.

Rimaniamo qualche istante a masticare in un silenzio denso di imbarazzo.

Deglutisco. «Quel viaggio in Francia è stata la prima volta che siamo andate fuori Grimdale insieme, da sole.»

Dani mastica pensierosa.

«Le altre ragazze si vantavano perché si recavano a Londra per il weekend a fare shopping, e noi invece abbiamo deciso di mettere insieme tutti i nostri risparmi e di andare a Parigi per una settimana durante le vacanze estive. Abbiamo alloggiato in quell'ostello orribile, ricordi?»

«Altro che...» Fa una smorfia di disgusto. «I letti a castello con le molle rotte, i tossici in ascensore e gli spari di notte.»

«Ma no, erano solo vecchie tubature che facevano i soliti rumori...»

«Erano *colpi di pistola*. E quella stupida luce che girava sulla cima della Torre Eiffel e che ogni venti secondi ci illuminava la stanza. Continuavo a pensare che l'Inquisizione fosse venuta a torturarci.»

«Ricordo che dicesti che non ti saresti mai più allontanata da Grimdale» commento con un sorriso. «Però il cibo era fantastico. Crepes a colazione, pranzo e cena.»

«Quando siamo tornate a casa, pensavo di essermi trasformata in una crepe.»

«E le gallerie d'arte! Ci hai quasi fatte cacciare dal Louvre perché hai toccato quella statua...»

«Pensavo fosse di cioccolato» dice lei, il tono diabolico. «Non è colpa mia se non scrivono bene sulle etichette.»

«Ricordi il nostro servizio fotografico goth al Père Lachaise? Tutte quelle foto così cupe che ci siamo fatte coricate sulla tomba di Jim Morrison...»

«E i turisti giapponesi, che ci avevano preso per due famose musiciste e ci hanno fatto foto su foto!»

Ora stiamo ridendo entrambe, al ricordo di quel viaggio folle e scatenato. Riprendo fiato, la guardo dritta negli occhi e le parole mi escono spontanee.

«Dani, scusami.»

Non so perché non gliel'ho detto prima.

«Sono io che mi devo scusare.» Si morde un labbro. «Sono stata così incasinata. Non avrei mai dovuto dirti quelle cose...»

«Ma le hai dette solo perché io...»

Osservo ancora quegli occhi così affettuosi, pieni di lacrime che sta cercando di trattenere, e scoppiamo di nuovo a ridere.

«Siamo solo una coppia di pazze.» Dani mi abbraccia. «Restiamo unite, capito? Aiutiamoci. Qualsiasi cosa accada.»

«Qualsiasi cosa accada.» Sento uno strano sfarfallio nel petto. Abbasso lo sguardo per controllare i fili che mi escono dal cuore, ma sono ancora lì, intatti.

*Ho ritrovato la mia amica.*

«I fantasmi sono qui con noi in questo momento?» chiede Dani. «Vorrei dire qualcosa di sdolcinato, ma vorrei evitare che Edward mi correggesse la grammatica.»

«No. Siamo solo noi due.» Ai fantasmi non piace frequentare le pompe funebri: sono una cosa che ricorda loro che sono morti. Ho detto a Edward e Ambrose di stare alla larga. Pax sta aspettando fuori in strada, fedele alla sua promessa di proteggermi, a qualsiasi costo. Non credo possa fare molti danni fuori da un'impresa di *pompe funebri*.

*Lo spero.*

«Bene.» Le spalle di Dani tremano. «Parto io. Mi dispiace tanto di non averti mai risposto. Mi dispiace per quello che ho detto sulla festa di Alice e mi dispiace perché avrei dovuto sapere come tutta questa storia ti avrebbe fatta sentire. È orribile essere esclusi, e odio averti fatta sentire esclusa.»

«Però comprendo perché l'hai fatto.»

«Davvero?» Dani si passa dietro l'orecchio una ciocca di capelli ramati. «Non so se lo capisci. Tu mi hai abbandonata, Bree. Sei andata a vivere le tue avventure, e l'impressione che ho avuto io era che tu non avessi più bisogno di me o che non mi volessi più. Nonostante capisca il motivo delle tue azioni e sia sempre stata orgogliosa che tu sia salita su quell'aereo a caccia dei tuoi sogni, una parte di me sente che non hai lasciato solo Grimdale, ma anche me. Come se io non fossi un'amica abbastanza brava per te, o abbastanza esaltante, e tu avessi sentito il bisogno di andare via, per farti una nuova vita.»

«Ma non è...»

Dani alza una mano. Io mi zittisco e la lascio finire. «So che non è giusto. So che sono problemi miei, non tuoi. Ma è quello che *sento*. Sono sempre stata io quella che aveva più bisogno di te, non il contrario. Per tanto tempo non sono stata in grado di vivere la vita che volevo, di essere la persona che sento di essere, e non sarei sopravvissuta senza un'amica che mi avesse apprezzata per ciò che sono veramente. E invece tu, per tutto il liceo, non hai fatto altro che parlare di andartene da Grimdale e di quanto saresti stata più felice lontana da questo posto. E poi l'hai fatto. Avrei voluto fosse meno facile per te lasciarmi. Non era quello che intendevi, però la mia parte razionale e quella sentimentale non sempre coincidono. Anche nei miei momenti più bui, la tua presenza mi ha reso la vita davvero divertente. Poi, quando ho deciso di tornare qui, sapevo che avrei dovuto farlo senza di te. Non è sempre stato facile, e la gente a volte è un po' stronza, ma qui sono al mio posto.»

«Ed è così.» Le accarezzo il ginocchio. «Sono un po' invidiosa. Io lo sto ancora cercando, il mio posto, e a volte sembra che non ce ne sia più per me nella tua vita.»

«Ci sarà sempre. Forse non avrò più bisogno di te per sentirmi me stessa, ma ti voglio nella mia vita, Bree Mortimer. Però voglio anche Alice.»

«Già.» Arrossisco. Sapevo che prima o poi saremmo arrivate a parlare di Alice.

«So che non capisci. Nemmeno io lo capisco sempre. Ma già ai tempi della scuola, credo che tra noi ci fosse qualcosa. A volte io e lei ci trovavamo nella sala musica dopo la fine delle lezioni e avevo la sensazione che lei volesse stare con noi, invece che con Kelly e Leanne. E quando io e lei abbiamo iniziato... beh, la prima volta che mi ha sorriso, ho capito che c'era qualcun altro che mi vedeva per quel che mi sentivo di essere. E ha ancora un po' di quel suo fascino misterioso. Ogni volta che le sto vicino mi sento un gigante.»

«Perché *lo sei*.» Le do una gomitata nelle costole.

«Stai zitta. Il punto è che finalmente ho trovato la ragazza dei miei sogni» ribatte. «Non voglio rovinare le cose. Tutto sembra così fragile, come se, nel caso di una mia mossa sbagliata, lei fosse pronta a tornare da Kelly e Leanne e tu alle tue avventure e ai tuoi fantasmi. Così io mi troverei di nuovo sola. E Pax...»

Oltre il muro scorgo Pax che fa le sue esercitazioni militari nel roseto del parco. «Sì. Lo so: Pax potrebbe incasinare tutto e fare scappare Alice. Non hai tutti i torti. Adesso posso scusarmi io?»

«Certo.»

«Mi dispiace di non averlo capito prima. Mi dispiace di averti lasciata qui. Non volevo. Non mi è piaciuto andare via. È stata una delle cose più difficili che abbia mai fatto. E pensavo... anzi, *ero certa* che se avessi continuato a parlare con te avrei sentito troppo la tua mancanza e avrei voluto tornare a casa, così ho eliminato la tentazione. Credo di essere brava a scappare dai miei problemi.»

«Tranquilla.»

«Per niente. E mi dispiace di non essermi impegnata di più per conoscere Alice. Vederti con lei mi fa ancora un certo effetto. Ho paura che ti strappi il cuore e lo calpesti, come ha fatto tante volte con tutte e due quando eravamo al liceo. Kelly e Leanne non sono cambiate per niente, e credo sia difficile per me pensare che Alice, invece, possa essere diversa. Ma soprattutto mi dispiace averti fatto sentire sola. Sono andata via da Grimdale per sfuggire ai fantasmi, non a te. Ti ho pensata ogni volta che mi sono trovata a vagare in un cimitero, oppure sono andata a vedere una band post-punk di successo. Mi dispiace che ci siamo perse.»

«Senti...» Dani mi abbraccia e mi stringe a sé. Io le poso la testa sulla spalla. «Decidiamo di porre fine a queste sciocchezze. Migliori amiche per sempre, okay?»

«Per sempre.»

Con il cuore gonfio, mi appoggio allo schienale. «Allora, a proposito della festa di Alice. Dovrei venire. Alice mi ha invitata. L'altro giorno mi è sembrata sincera...»

«Vuoi dire dopo che l'hai spinta nel laghetto?»

Trasalisco. «Già. Sarebbe una buona occasione per conoscerla meglio.»

«Ma Pax...» Dani si incupisce. «Lo vedo da sopra il muro. Sta cercando di uccidere un parchimetro, vero?»

«Non confermo né smentisco.»

«Vorrà venire anche lui alla festa. Non accetterà di non farti da guardia per una serata intera.»

«E se lo costringessi a promettere di comportarsi bene? Edward gli sta dando lezioni di galateo e lui sta migliorando. L'altro giorno si è chiuso la cerniera dei pantaloni e ora mangia tutto con il mignolo così.» Le faccio vedere e Dani scoppia a ridere. «E se riesco a convincere Edward a trasformare Pax in un vero gentiluomo in tempo per la festa?»

«Fammi capire, stai proponendo di insegnare a un sanguinario centurione romano come ci si comporta, facendogli dare lezioni da un nobile libertino del diciassettesimo secolo che pensa che la cocaina dia un po' di gusto alla sua insalata?» Il sopracciglio di Dani si alza con un'angolazione che impressionerebbe Pitagora.

«Ci sarò io a tenerlo d'occhio. Prometto che si comporterà bene. E poi, se è una festa a tema romano, si integrerà perfettamente. Ti prego, Dani.» Le stringo una mano. «Voglio farlo per te. Voglio far parte della tua vita, e vorrei che anche Pax e Alice facessero parte della nostra. Ricordi che abbiamo sempre desiderato andare a una delle feste di Alice? Ci divertiremo un mondo insieme: io, tu, la tua ragazza sexy, il mio centurione romano e una mandria di fantasmi.»

Il volto di Dani si contorce in una smorfia. «Okay. Ma, Bree… sul serio. Non rovinarmi tutto. Ho davvero lavorato tanto su di me negli ultimi anni, ma non sono fatta di pietra. Non potrei sopportare intoppi.»

«Te lo prometto.»

Uniamo i mignolini e diciamo *Per Iovem lapidem,* un giuramento che mi ha insegnato Pax e io ho insegnato a Dani. Significa *Per Giove e la sua pietra.* Credo che la parte della pietra voglia dire che si tratta di un giuramento infrangibile. Oppure è perché ogni volta che Pax siglava i suoi giuramenti era strafatto di funghi romani. La vera spiegazione è ancora un mistero.

«Devo tornare al lavoro» mi dice Dani abbracciandomi. «Ma ti chiamo stasera. Decideremo cosa indossare per la festa.»

«Contaci.»

Dani mi saluta con il pollice in su e si dirige verso la porta. A metà strada si ferma e si gira. «Bree?»

«Sì?»

«Hai ascoltato quello che ti ho detto riguardo all'assassino, vero? Lascerai che se ne occupi la polizia? Non metto in dubbio le tue capacità investigative. Però ho visto le ferite. Non è stato un umano a uccidere Vera, e non voglio che tu faccia la stessa fine.»

«D'accordo.» Deglutisco, e ripenso alla scatola con gli effetti personali di Vera sotto il mio tavolino e alla nostra visita a Penny Hatterly questo fine settimana. «E sì, sto cercando di lasciar fare alla polizia.»

La menzogna ha un sapore sgradevole nella mia bocca.

Dani rilassa le spalle, sollevata. «Okay. Ci conto. Beh, conosci la strada per uscire. Quando vuoi, vai a recuperare il tuo antico romano e ci vediamo alla festa.»

Non appena se ne va, Edward salta fuori da dietro il muro. Lo fulmino con lo sguardo e ripulisco le briciole di pasta sfoglia che abbiamo lasciato sulla panchina.

«Questo posto sa di morte» brontola.

«Ti avevo detto che andavo alle pompe funebri, e di non seguirmi.»

«E pensavi che ti avrei ascoltato?» Sembra offeso. «Oh, Brianna! Quanto poco mi conosci!»

*Credo che il problema sia che ti conosco troppo bene.*

«Cosa vuoi, Edward?» Mi infilo in bocca un paio di patatine. «Ti prometto che stasera ascolterò la tua poesia.»

«Oh, no, tranquilla.» Edward finge di essere occupato ad annusare i fiori profumati che si arrampicano sul muro. «Ho deciso che quella poesia ha bisogno di altro lavoro. Non ho trovato nessuna parola che facesse rima con *seno* in un modo soddisfacente. Non hai detto a Dani che stai cercando di imparare a fare magie e di trovare il mostro.»

«Ero un po' occupata ad assicurarmi di non aver buttato dalla finestra quindici anni di amicizia porgendo delle scuse sincere» rispondo. «Un peso che tu non hai ancora dovuto affrontare.»

«Perché scusarsi quando ho sempre ragione?» La bocca di Edward si incurva nel suo caratteristico sorriso. «Forse ora smetterai di lamentarti di Dani e ti concentrerai di più sulla tua magia. E ora dobbiamo solo insegnare a quello stupido soldato a non pugnalare i commensali di Alice se hanno le toghe allacciate male. Dovrebbe essere facile.»

*Per gli dèi, cosa ho fatto?*

# 26

## PAX

«Pax. Puoi fermarti un attimo? Devo parlarti.»

Abbasso il braccio che tiene la spada mentre Bree esce dal sentiero nel bosco. Indossa un abito rosso sangue con maniche corte a palloncino e un fiocco sopra il seno, e un paio di pantaloni neri. Questi abiti barbari accentuano la sua bella figura. Il mio fagiolino si ingrossa solo a guardarla.

Porta anche lei una spada, quella che si è fatta fare per il suo dodicesimo compleanno, identica alla mia.

Mi inginocchio e le offro la mia spada. «Sono qui per qualsiasi cosa tu voglia da me. Se vuoi, posso condurti nella foresta e farti aprire le gambe sull'altare degli antichi dèi...»

Un rossore si insinua sulle guance di Bree, e la colora fino alla punta delle orecchie. «Anche se sembra divertente, potrebbe spaventare un po' la delicata sensibilità degli archeologi che stanno ancora lavorandoci. Che ne dici di parlare della festa di Alice?»

«Certo! Ora possiamo andare alla festa perché tu e Dani vi siete riconciliate in modo onorevole. E non hai nemmeno dovuto tagliarle la testa.» Mi inchino un po' per mostrare quanto sono colpito da ciò. «Io di solito non riesco a far ragionare i miei amici fino a quando non gli separo la testa dal collo.»

«Ehm, sì, esatto. Molto bene.» Bree si lascia cadere sul gradino del giardino, la spada tenuta in equilibrio sulle ginocchia. Spolvera la statua di un tasso sovradimensionato. «Io ci tengo, a questa festa. E so che non mi lascerai andare da sola.»

«Il mostro potrebbe essere lì. Oppure trovarsi a casa di questa Penny Hatterly quando andrai a trovarla domenica. Io devo stare sempre al tuo fianco.» Anche se sono stanco fino alle ossa per il poco sonno (dormo solo quando Bree è al cimitero e c'è Ambrose che la sorveglia) non rinuncerò al mio dovere.

«E lo capisco. Te ne sono molto grata. Averti con me significa che posso svolgere una vita in qualche modo normale, anche se normale è un termine relativo.» Sulla fronte di Bree appare un'adorabile piega. «Però per Dani, e quindi per me, è molto importante che nessuno dei suoi amici si renda conto che sei un ex fantasma che io ho riportato in vita. Quindi non puoi più essere Pax, il centurione. Devi essere Pax, il mio ragazzo italiano, un po' eccentrico.»

Ragazzo? Ecco di nuovo quella parola. «Quindi sarò il tuo ragazzo?»

«No. Tutto quello che ho detto vale ancora. Non sono pronta per un vero fidanzato. Voglio che tu *faccia finta* di esserlo.»

«È una recita?» Mi acciglio. «Perché Edward dice sempre che gli attori sono un carbonchio sul culo della società. E in quello spettacolo che abbiamo visto, tutti gli attori indossavano dei volant e sembrava che avessero ingoiato il disco di Apollo. Io non voglio fare l'attore.»

«No, Pax, non voglio che tu diventi un attore

shakespeariano.» Bree sorride e posa la spada sul gradino, ma è un sorriso triste. Non mi piace quel sorriso. Mi ricorda mia madre quando mi mandava in guerra con un bacio sulla fronte e le lacrime agli occhi. «Voglio solo che tu finga un po'. Il fatto è che se d'ora in poi tu sarai un essere umano vivo e vegeto, dovrai imparare a esserlo nel *ventunesimo* secolo, non nel *primo*. La società è cambiata molto dai tempi dell'antica Roma, e molte delle tradizioni a cui sei abituato ora sono... beh... strane. O illegali. O problematiche.»

«Farò qualsiasi cosa.» Voglio che Bree sorrida di nuovo. Con un sorriso vero, non questo mezzo sorriso bordato di dolore. «Indosserò i pantaloni. Imparerò a lavorare all'uncinetto. Rinuncerò alla carne.»

Lei solleva un sopracciglio. «Davvero?»

«No. Era una battuta. Ah, ah.» La guardo in faccia. «No, aspetta, dovrei davvero rinunciare alla carne?»

«No, però devi imparare a mangiare con coltello e forchetta. Come vanno le lezioni con Edward?»

«Bene.»

«Dice che gli hai infilato una forchetta in un occhio.»

«Esatto» confermo con un sorriso. «Sto imparando a usare la forchetta in modo efficace. Cos'altro serve che faccia?»

Lei sembra sforzarsi di non sorridere. «Beh, per cominciare, la festa è al Museo Romano di Grimdale ed è a tema Storia Antica. È in maschera, quindi entrambi indosseremo delle toghe...»

«Non posso indossare una toga» dico. «Quelle le portano gli uomini di Stato. I politici. Non farei mai il politico: quei deboli uomini dalla pelle flaccida che combattono con le parole, invece che con le spade. Bah!»

Sputo per terra.

Bree guarda il mio sputo e arriccia le labbra. «Ecco, capisci quale è il problema? Alla festa non puoi sputare per terra. E non puoi dare lezioni alle persone sull'accuratezza storica dei loro abiti. E non puoi portarti dietro la spada.»

Mi acciglio e abbasso lo sguardo sul mio pacco. «Vuoi che mi tagli il fagiolino? Se me lo chiedi, lo faccio. Ma mi mancherà molto. E non potrò darti gli stessi piaceri. Lo offriamo a una dea della fertilità? È un'usanza molto strana, ma se voi fate così, mi adeguerò, in modo che il tuo grembo si gonfi del mio seme.»

«Pax, *no*.» Bree ride e mi abbraccia. «A parte il fatto che la fertilità non funziona così e che non abbiamo mai parlato di avere figli, non vorrei mai che ti facessi del male in questo modo. E poi, il tuo fagiolino mi mancherebbe troppo per offrirlo a qualsiasi dio. Intendo *quella* spada. Quella che taglia.» Indica il mio gladio, che ho posato con amore ai piedi della statua di Diana. «Non puoi portarla, okay?»

«E se il mostro viene a cercarti?»

Il mostro è vicino, sento il suo sguardo ultraterreno che ci osserva, che aspetta il momento in cui sarò più debole, per fare la sua mossa. Bree non finirà come quella donna, fatta a pezzi sul pavimento. Morirò di nuovo, piuttosto di permettere a quella bestia di toccarla.

«Vuoi dirmi che queste armi non sono abbastanza forti per proteggermi?» Bree mi strizza i bicipiti. «E io che pensavo che Pax Drusus Maximus non avesse bisogno di una spada per proteggere la sua donna.»

«E infatti non mi serve!» grido, con i pugni stretti.

Sorride. «Allora siamo d'accordo. Sono seria, Pax. E queste regole non sono solo per la festa. Sono per sempre. Se si scopre in giro cosa sei davvero, potrebbero portarti via da me.»

«Questo non accadrà mai. Non lo permetterò.»

«Potresti non avere scelta.» Bree sbatte le palpebre e vedo le lacrime affiorarle agli occhi. L'oscura pozza di rabbia che avverto dentro di me si gonfia. Odio il mostro che ha reso Bree così triste e spaventata. Quando gli metterò le mani addosso... gli dispiacerà non essere un cristiano che viene gettato in pasto ai leoni: non ho altro da aggiungere. «Io non ti voglio perdere, d'accordo? Quindi ti impegnerai a essere più normale?»

«Prometto che mi impegnerò a fondo.» Per dimostrarlo, prendo la spada tra le mani e mi avvicino al laghetto. Non vorrei gettarla in acqua, ma se questo dimostrerà a Bree che sono intenzionato a stare con lei, allora lo farò.

Tiro indietro la mano, ma qualcosa mi stringe il polso. Bree. I suoi occhi luccicano. «Aspetta un attimo. Non pretendo che tu modifichi tutto di te, senza che ci sia uno scambio equo. Tu impari da me e da Edward a essere un normale ragazzo del ventunesimo secolo, e io imparerò da te.»

«Sono solo un umile soldato.» Poi chino il capo. «Non ho nulla da insegnarti.»

«Puoi mostrarmi come si brandisce una spada.»

«Non posso.» Il solo pensiero mi fa orrore. «Le spade non sono per le donne.»

«Stronzate.» La bocca di Bree si incurva in un sorriso. Le lacrime sono scomparse e al loro posto c'è una luce subdola, che danza nelle iridi color miele. Bree si avvicina. Mi toglie la spada di mano e me la infila nella cintola, ma poi la sua mano mi esplora, facendosi strada sotto la mia tunica. Afferra il mio fagiolino già duro e lo accarezza piano. *Per l'allegro joystick di Giove, è incantevole.* La voce di Bree appoggiata alla mia pelle è simile a un miagolio. «Non ti ho già mostrato quanto sono brava con la spada? E poi, le Amazzoni?»

«Le Amazzoni si tagliano i seni» ringhio, strizzandogliene uno. Non riesco a trattenermi. Le passo le dita sul capezzolo, da sopra i vestiti. Lei trattiene il fiato. Mi fissa con gli occhi ampi e imploranti, mentre pompa più in fretta con la mano. «Non voglio mutilare così il tuo bellissimo corpo.»

«In realtà, l'altra settimana stavo guardando un

documentario in cui si diceva che non è vero che le Amazzoni si tagliavano il seno. Sembra sia una diceria che i Romani hanno inventato per farle apparire "meno romane", in modo che nessuno si sentisse a disagio nel soggiogarle.» Bree sussulta quando le mie dita trovano di nuovo il suo capezzolo. Le sollevo la maglietta e le scopro la pelle morbida. È davvero una meraviglia, da toccare. Non vorrei fare altro che inginocchiarmi e adorarla.

«Ah.» Non ho capito quasi niente di quello che ha appena detto, e non solo perché è difficile concentrarsi se mi tiene la verpa in mano. «Sì. In effetti, a pensarci bene, non ho mai incontrato un'Amazzone con i seni tagliati. A volte bevevamo con loro nelle campagne, e ogni volta che tiravo fuori il discorso, loro mi rispondevano che allo scoppio della guerra stavano giusto andando dal medico che mutilava i seni, quindi non avevano ancora avuto modo di farlo. Erano donne divertenti, avrebbero potuto farmi perdere i sensi a forza di bere. Cosa significa soggiogare?»

«Significa portare qualcuno sotto il tuo potere» mormora Bree mentre le tiro su il top e il reggiseno e le prendo in bocca un capezzolo, facendoci passare intorno la lingua. «Un po' come quello che mi stai facendo tu in questo momento...»

«Ah, allora tu mi hai soggiogato, perché sono completamente al tuo servizio.» Crollo in ginocchio davanti a lei, sul prato morbido, e le strappo il fagiolino dalla mano. Le afferro i pantaloni e glieli abbasso, strappando via gli oltraggiosi i bottoni. «La sottomissione è divertente. Lo faremo più spesso.»

«Sì, ti prego» mormora Bree.

Le stringo le cosce tra le mani e poi le mordicchio la pelle morbida tra le gambe. Lei sussulta. È così bagnata che le scendono alcune gocce lungo una gamba. La lecco, e la scia saporita mi porta fino alla sua dolce fica.

*Vuole combattere. Ha già il cuore di un guerriero. Posso darle io le capacità necessarie per farlo.*

«Pax...» geme. «Ti prego...»

Non posso negare nulla alla mia dea.

Affondo il viso tra le sue gambe e la *divoro*. Ha un sapore incredibile, come il più dolce vino al miele romano. La lecco tutta, soprattutto intorno al clitoride, e con la lingua traccio preghiere di supplica.

Non c'è nessun altro posto al mondo in cui vorrei essere, se non tra le cosce della mia dea.

Le passo la lingua tra le labbra della fica, baciandola dappertutto, e memorizzo ogni centimetro della sua pelle.

Le infilo dentro due dita e le gambe di Bree tremano. Con un grido di battaglia, le sue pareti si contraggono intorno a me e lei crolla in avanti, le gambe che non la reggono più.

*È la mia dea e la adorerò finché non ne potrà più.*

«Pax, è stato... argh! Ehi!»

La afferro per le gambe e mi alzo in piedi. Poi me la carico sulle spalle. Lei urla sorpresa, ma non fa nulla per fermarmi mentre corriamo nella foresta. Le mie mani scorrono sulle sue gambe nude fino ad arrivare alle sue splendide natiche. Immergo di nuovo le dita tra le sue gambe per sentire la sua umidità.

Raggiungiamo una radura più in alto sul crinale. Vengo qui spesso: è il luogo in cui abbiamo opposto l'ultima resistenza all'esercito celtico, io e i miei fratelli con gli scudi ravvicinati, combattendo fianco a fianco.

Adagio la mia Bree su un letto di fiori di campo sul terreno in cui ho versato il sangue dei druidi, e l'adoro finché non implora pietà.

Bree si gira e raccoglie la mia spada da dove l'ho lasciata cadere. Arrossisco per l'imbarazzo. Un soldato non dovrebbe mai gettare a terra la spada, nemmeno per fornicare.

Prima che possa fermarla, si alza e inizia a tagliare l'aria, come una folle.

Faccio per togliergliela. «Non dovresti fare così. Ti caverai un occhio.»

«E allora insegnami tu, soldato.»

«Non posso. Le spade non...»

Mi scanso mentre Bree fende l'aria con la lama e per poco non mi taglia i capelli. «Ricordati che è arrivato il femminismo, Pax. Le spade sono per *tutti*, e io devo riuscire a difendermi.»

«Tu non hai bisogno di difenderti. Tu hai me.»

«Ma potresti non essere sempre al mio fianco.»

«Perché non dovrei? Vuoi dire se mi ubriaco e perdo i sensi?» Mi batto il petto. «Perché una volta il mio amico Flavio mi ha fatto bere un'intera anfora di vino. Ha dovuto portarmi fino al campo di battaglia a dorso di bue, ma ho comunque massacrato trentacinque Celti e catturato il loro druido...»

«Maledizione, Pax, ti decidi a insegnarmi qualche mossa?» mi chiede lei, con uno dei suoi sorrisi che mi sciolgono il cuore. «E poi, dopo, potrai entrare in casa: insieme a Edward ti insegnerò a parlare del più e del meno con gli ospiti della festa su cose che non siano le coltellate.»

«E va bene. Ti insegno.»

Lancia un gridolino quando le strappo la spada dalle mani. Poi mi avvio verso gli alberi.

«Dove vai?» mi chiede, appena mi fermo vicino a un albero

e studio due rami bassi. «Perché non torni verso casa? Avevo portato la mia spada, però l'abbiamo lasciata sui gradini...»

«Non vorrai tagliarti le tette come una vera Amazzone per sbaglio? Allora non iniziare con una spada affilata.» Trovo l'albero perfetto con rami belli dritti. Ne taglio due più o meno della stessa dimensione, me li butto in spalla e mi avvio verso la casa. Bree mi segue a ruota.

Mi siedo al limitare del giardino e con il mio pugnale intaglio i bastoni fino a farli diventare due spade di legno non pericolose. «Usiamo queste. Quando vedrò che non ti decapiterai per sbaglio, allora potrai provare con la spada vera e propria.»

«Okay, mi sembra giusto.» Bree prova subito l'arma, brandendola selvaggiamente.

«Non è così che si fa. Qui stai *chiedendo* al tuo avversario di prenderti le budella e di usarle per farci dei bei disegnini.»

Le avvolgo le braccia intorno al corpo e le mostro la posizione corretta. Poi metto le dita sulle sue e le mostro come impugnare l'elsa, e il modo in cui deve tenere lo scudo con l'altro braccio. Mi piace stare così vicino a lei, con il suo profumo di mandorle e pere che mi invade le narici. La mia verpa si sta già irrigidendo di nuovo, soprattutto quando la vedo impugnare quella spada di legno.

Mmh, forse noi romani abbiamo sbagliato a non permettere alle donne di combattere. Avrebbero distratto il nemico con la loro bellezza mortale e noi avremmo potuto abbatterlo senza perdere un solo soldato.

Dovrò riflettere su questo *femminismo*.

«Questo è il tuo gladio» spiego a Bree stando dietro di lei e muovendole gli arti in mosse militari. «Si tratta di una spada a una mano. La usiamo in battaglia. I tuoi compagni ti proteggono da entrambi i lati e tu con questa affondi, o tagli gole.»

Faccio un passo indietro e glielo dimostro.

«Okay, e se non avessi compagni su entrambi i lati?» Bree alza la mano. «Lo so, lo so. Tu non mi lascerai mai, ma ipotizziamo un evento di quelli che capitano una sola volta nella vita: che tu non ci sia e che io mi metta nei guai. Che cosa faccio?»

Le mostro le basi: come impugnare la spada, le parti più vulnerabili del corpo e il modo in cui deve bloccare i colpi. È pessima, non so se perché è una donna o perché il mio fagiolino l'ha inebriata di piacere.

«Okay, ora tocca a te.» Bree mi afferra la mano. «Vieni. Edward ci starà aspettando.»

La seguo nel salotto degli ospiti. Sono usciti tutti per la giornata. Edward cammina avanti e indietro, davanti alla finestra, con la bocca fissa in quel brutto broncio che ultimamente porta spesso. Quando Bree entra nella stanza, si sforza di sorridere e mi fa cenno di sedermi di fronte a lui.

«Bentornato alla Scuola di Etichetta di Edward» dichiara. «Oggi lavoreremo sul rispetto dello spazio personale e su come condurre conversazioni adeguate. Entri in quest'aula da bastardo rozzo e assetato di sangue, e sotto la mia tutela ne uscirai gentiluomo di mondo.»

«Non sono rozzo. Sono il massimo della civiltà romana. Ti taglierò lo scroto per aver detto queste cose.» Avanzo verso di lui, cercando di afferrare la spada, ma Bree mi ferma il braccio.

«Silenzio, quando parla il tuo principe» esclama Edward scuotendomi il braccio come se fossi una mosca fastidiosa. «Anzi, nel tuo caso, Pax, il silenzio potrebbe essere preferibile sempre.»

Lancio un'occhiata a Bree. Sta fissando Edward con una strana espressione sul viso. Quasi fosse *d'accordo* con lui.

Quindi vuole che io sia... un uomo non romano. A una festa romana!

Bree è il mio generale, la mia dea. Lei comanda e io obbedisco. Ucciderò per lei. Sono disposto a dare la mia seconda vita per lei. Se non vuole più che Pax sia Pax, diventerò qualsiasi uomo lei voglia.

Mi sporgo in avanti. «Vai avanti. Insegnami come si fa a essere un lezioso uomo britannico.»

# 27

## BREE

«Allora, come sta andando l'addestramento di Pax per la festa?» chiede Mina, mentre Quoth si assicura che lei e Oscar siano sistemati bene al tavolo prima di andare al bancone a prenderci da bere.

Siamo seduti alla pasticceria di Oliver, ad Argleton: il posto preferito di Mina per caffè e pasticcini, a fare il pieno di carburante prima di salire sul treno per andare a trovare Penny Hatterly. Ambrose è con me (al momento ha la testa infilata nell'armadietto dei dolci), mentre Edward e Pax hanno deciso di rimanere a casa per qualche lezione extra di galateo. Quando sono uscita, Edward aveva intenzione di insegnare a Pax a camminare per la stanza con un libro in testa, ma Pax stava usando lo stesso libro per picchiare Edward.

«Diciamo che è... interessante. Hanno fatto dei progressi sui pantaloni, ma le buone maniere a tavola sono ancora... in via di definizione. Pax ha infilato una forchetta nell'occhio a Edward.»

Mina trasalisce.

«Tutto a posto. Edward è un fantasma, quindi non ha subito danni permanenti. Non posso dire la stessa cosa della forchetta che ora spunta dal cassettone antico dei miei genitori.»

Quoth torna con i nostri caffè e una selezione di focaccine fresche ai datteri, ancora calde di forno. Iniziamo a mangiare e Mina chiede: «Mi racconti quello che vedi?»

Io e Quoth ci scambiamo un'occhiata. Non mi sta chiedendo una descrizione della pasticceria.

«Beh» esordisco. Non sono abituata che la gente mi creda così facilmente o che sia interessata al mio dono di vedere i fantasmi. Anche con Dani, dovevo sempre stare attenta a quello che dicevo, perché non volevo spaventarla. Ma Mina fa parte del mio mondo. *Il mondo magico.* Anche se è una cosa con cui sto ancora scendendo a patti. «Alla mia sinistra c'è Ambrose.»

«Ciao, Mina!» esclama l'interessato con il suo sorriso smagliante.

«Ti saluta. E c'è una donna in abito medievale che si aggira per il parco, in direzione delle stalle. Ha un'ascia che le spunta dalla schiena.»

Mina trasalisce.

«E il vecchio prete sul campanile della chiesa» osserva Quoth. Io socchiudo gli occhi e vedo una sagoma che si muove alla finestra della cupa torre. Ha la tonaca schizzata di sangue.

«Che aspetto hanno? Sono delle macchie informi di nebbia e luce?»

«No, no. Sono come persone, solo che sono trasparenti. I fantasmi indossano l'abito con cui sono morti. A volte portano con sé un oggetto importante, oppure l'arma del delitto. Ambrose porta un elegante redingote e il suo bastone da passeggio.»

«È quello il picchiettio che sento a volte?»

Sorrido. «Sì.»

«E ognuno di loro ha un filo d'argento?»

«Sì. Alcuni sono più luminosi di altri. Però io non ce l'ho un filo.» A volte li vedo, ma solo se li cerco deliberatamente. In altri casi, come adesso per Edward e Ambrose, li vedo sempre, che si dipanano in aria.

«Non lo sapevo.» Quoth scuote la testa. «I fili li vede solo Bree.»

«È davvero interessante. Intorno a noi c'è tutto un mondo di cui non siamo minimamente consapevoli» esclama Mina con un sorriso. «Cioè, voi due sì.»

*Sì, e il più delle volte vorrei che quel mondo se ne stesse zitto.*

Finiamo la colazione e ci dirigiamo verso la stazione ferroviaria. Dobbiamo insistere un po' per riuscire a convincere Ambrose a passare attraverso i tornelli elettronici, con grande disappunto delle persone che aspettano dietro di me, ma alla fine ce la facciamo. Trenta minuti dopo scendiamo dal treno a Crookshollow e raggiungiamo una bella casetta marrone alla fine di una fila di case a schiera, con un giardino stracolmo di fiori. Un cartello sul cancello recita: «La mia scopa funziona a vino rosso.»

Deglutisco.

*Sembra che siamo nel posto giusto.*

La donna che si trova in questa casa potrebbe possedere i miei stessi poteri. Potrebbe dirmi come usare la mia magia, cosa fare con i fili d'argento che vedo in giro, e spiegarmi perché succedono tutte queste cose strane.

*Finalmente* potrei ottenere delle risposte.

Allora perché i miei piedi hanno voglia di scappare via?

«Sei pronta?» Mina mi stringe la mano.

*Cazzo, no.* «Prontissima.»

Ambrose mi guarda raggiante. «Puoi farcela, Bree. Io credo in te.»

Busso alla porta d'ingresso, rosa acceso.

Mi si contorce lo stomaco. Penso di stare per vomitare.

Nessuno risponde.

Sono invasa da un misto di sollievo e disperazione. Non so

nemmeno io cosa caspita sto provando in questo momento. Busso di nuovo, per sicurezza, ma nessuno apre.

«Che peccato» esclama Ambrose triste. «Possiamo tornare un'altra volta.»

Mi volto per andarmene, ma sono assalita da una sensazione orribile. Non riesco a spiegarlo: è la stessa sensazione di nausea che mi ha colpito al Basic Witch. Qualcosa di completamente *sbagliato*.

*Oh, no. Oh, no, no, no, no.*

Mi blocco. Ambrose viene a sbattermi addosso, il suo corpo caldo che affonda nel mio, regalandomi brevi flash della sua vita.

«Bree?» chiede Mina.

Ambrose si stacca da me e i suoi ricordi svaniscono. Deglutisco. Non voglio. Non voglio vedere cosa c'è in questa casa. Ma siamo qui proprio per questo. «C'è qualcosa che non va. Dobbiamo entrare. Non chiedetemi perché lo so.»

«D'accordo» dice Mina.

«D'accordo? Ma così accetti di fare irruzione in una casa insieme a me. Aspetta.» Scuoto la porta d'ingresso, ma è chiusa a chiave. «Non so nemmeno come si irrompe in una casa.»

«Ti credo, ovviamente!» esclama Mina. «È a questo che servono gli amici magici. E per quanto riguarda entrare qui...» E guarda Quoth sbattendo le ciglia. Lui le lancia uno sguardo in minima parte rassegnato (per il resto pura adorazione) e poi scompare dietro l'angolo della casa.

Un attimo dopo, un enorme corvo nero ci passa sopra e volteggia, fino a entrare in una finestra aperta del piano superiore. Dall'interno sento rumore di ali che sbattono e, un attimo dopo, un Quoth *molto nudo* spalanca la porta, coprendosi a malapena il pacco con una mano.

«Se poteste passarmi i miei vestiti...» chiede imbarazzato.

Nonostante la cortina di capelli neri che gli scende sul viso, vedo chiaramente che ha le guance rosse come un peperone.

Giro l'angolo della casa, raccolgo il mucchietto di vestiti nell'aiuola e glieli porgo. Distolgo lo sguardo mentre lui si veste rapido nell'atrio. Ambrose si apposta nell'angolo, per metà all'interno del portaombrelli. Annusa l'aria, che ha un forte odore di incenso e di qualcosa di pungente e metallico.

«Hai visto qualcosa?» chiedo nervosa a Quoth. All'interno dell'atrio, che è decorato con acchiappasogni e altri simboli stregoneschi, sento più netta l'inquietante sensazione che ci sia qualcosa che non funziona.

«No, ma non stavo guardando» risponde Quoth, gli occhi puntati sulla porta chiusa in fondo allo stretto corridoio, mentre si infila i pantaloni.

Mina gli pizzica il sedere.

«Forse è meglio se aspetti qui» dico a Mina, ma dovrei sapere che non si dice alla più famosa detective dilettante di Argleton di non indagare. Lei stringe l'imbracatura di Oscar e mi passa davanti. Quoth le va dietro. Io prendo Ambrose per mano e li seguo.

Passiamo davanti alla sala della reception, che è piena di cristalli e coperte mandala. Si direbbe che questa donna, da sola, mantenesse in vita il negozio di Vera. Non ci sono segni di vita, ma quella sensazione insidiosa mi cammina nelle ossa.

Ci spostiamo verso il retro della casa. La sensazione diventa sempre più forte e mi stringe il petto. Non guardo in basso perché so già cosa vedrei.

Spingo la porta della cucina e mi fermo, portandomi una mano alla bocca.

Penny, o ciò che ne rimane, giace a terra. Intono a lei, una pozza color ruggine macchia lo stucco delle piastrelle.

Il suo corpo è stato squarciato e lacerato fino a renderlo quasi irriconoscibile.

# 28

## AMBROSE

Capisco che è successo qualcosa di terribile dal modo in cui Bree si irrigidisce. Un piccolo suono strozzato le sfugge dalla gola. Mi sposto dietro di lei e la stringo tra le braccia, per dimostrarle che non ha nulla da temere quando sono con lei.

Le mie azioni avrebbero più significato se potessi davvero proteggerla dal mostro. Maledico la mia inconsistenza, anche se poi mi sento subito in colpa. Non è giusto che voglia spingere Bree a usare la sua magia se lei non è ancora pronta. Non è colpa sua se non ho idea di quale sia la mia questione in sospeso.

Quando arriverà il mio momento, mi renderà di nuovo integro e umano, come Pax. Ma non è ancora ora, e adesso Bree ha bisogno di me.

Trema tra le mie braccia e quel tremore che la scuote da capo a piedi esprime tutto il suo orrore. Affonda il viso nella mia spalla e vorrei darle di più. Vorrei farle dimenticare tutto il dolore a forza di baci. Le passo le dita spettrali tra i capelli e, dopo qualche istante, si calma abbastanza da parlarmi.

«Oh, Ambrose» singhiozza. «Siamo arrivati troppo tardi.»

«È disgustoso» sussurra Quoth.

«Cosa c'è?» chiede Mina. Il suo cane guida Oscar mugola, chiaramente in difficoltà. Sento le sue zampette che grattano le piastrelle. «Che cosa è successo?»

«Io...» Bree singhiozza. «Non posso...»

«So che è orribile» dico. «Ma io e Mina non riusciamo a vedere cosa sta succedendo. Puoi dirci cosa c'è?»

«È morta. È stata mutilata, squartata...» È tutto ciò che Bree riesce a dire, poi crolla di nuovo addosso a me.

C'è qualcosa che non mi torna. Lo stesso inquietante senso di *déjà-vu* che ho avuto di fronte alla morte di Vera. La dinamica di questi omicidi mi sembra familiare.

«Descrivi le ferite. *Per favore.*»

«Io... Io...»

«Le ha... le ha tagliato la gola e l'ha squarciata» spiega Quoth, la voce carica di dolore. «Ci sono pezzi di pelle sparsi ovunque, lì dove l'ha squartata. L'intestino è stato estratto e gettato sulla sua spalla destra...»

*Intestino sopra la spalla destra...*

*...gola tagliata...*

*...squartata...*

Mi manca il terreno sotto i piedi. «Credo di sapere chi è l'assassino. Ma non ha alcun senso.»

«Ambrose, come fai a saperlo?» chiede Bree. «Non sappiamo nulla di questo mostro, se non il tipo di ferite che infligge.»

«Esatto. E ho già sentito parlare di queste ferite. Ciò che descrivete... sembrano gli omicidi di Jack lo Squartatore.»

# 29

## BREE

Il filo di Penny è sospeso in aria sopra il suo corpo, anche se non è d'argento ma nero e sottile, praticamente invisibile. Ne tocco l'estremità: è stata recisa, come con una lama magica. Qualcosa nel filo mi dice che Penny non è diventata un fantasma. È sparita. Non potrà dirci nulla.

Le parole di Ambrose mi risuonano nella testa mentre chiamo la polizia, e poi mi sottopongo a un altro teso interrogatorio con Hayes e Wilson, mentre cerco di trovare una spiegazione plausibile del motivo per cui sia io che Mina ci siamo trovate, ancora una volta, su una scena del crimine. Poi le stesse parole mi girano in testa mentre corro in taxi verso Grimwood Manor con Ambrose che fluttua eccitato sul sedile accanto a me.

Non appena sono di nuovo al sicuro tra le mura di Grimwood Manor, mi accoccolo nel salottino con una tazza di tè in mano e apro il libretto che ho trovato nella scatola di Vera. Ci trovo la biografia di Jack lo Squartatore, con i suoi orribili crimini nella Londra vittoriana del 1888.

*Ecco cosa stava cercando di dirmi Vera con questo libretto. Ma continuo a non capire.*

L'opuscolo contiene solo due paragrafi di testo e un mucchio di vecchie fotografie e lettere raccapriccianti, così accendo il computer portatile e faccio una ricerca in rete sugli omicidi di Jack lo Squartatore. Ci sono centinaia di siti web che descrivono ogni aspetto del caso irrisolto con i dettagli più strazianti. Scorro rapida i referti autoptici delle prime due vittime, Polly Nichols e Annie Chapman.

Polly fu trovata a terra con la gola brutalmente tagliata da sinistra a destra, con un colpo che aveva reciso midollo spinale, trachea ed esofago. L'addome era stato squartato dal centro delle costole inferiori lungo il lato destro, e sotto il bacino c'era un altro taglio frastagliato, e altri tre tagli più piccoli lungo il lato destro dell'addome. Mi porto una mano alla bocca al ricordo delle ferite di Vera. Ambrose ha ragione: quasi identiche.

La seconda vittima dello Squartatore è Annie, trovata supina con le gambe piegate e il braccio sinistro sul petto. L'intestino era stato estratto da un taglio frastagliato nell'addome, e le era stato posato su una spalla. Anche il collo era stato tagliato con foga. Proprio come Penny.

Ma non ha senso. Che cosa significa? Esiste un emulatore di Jack lo Squartatore? Ma molti dei dettagli non sono corretti: Jack uccideva le sue vittime all'aperto, per strada, di notte. Sceglieva donne che dormivano all'addiaccio, anche se non necessariamente prostitute, come sostenevano i media dell'epoca.

Ora, questi omicidi non avvengono nella zona di Whitechapel, a Londra, dove si aggirava lo Squartatore, ma nella sonnolenta contea del Barsetshire.

Sia Vera che Penny sono state uccise nella loro proprietà. A casa di Penny, la porta sul retro era aperta e c'erano due tazze di caffè ancora calde sul tavolo della cucina. Chiunque fosse l'assassino di Penny, lei si fidava abbastanza da lasciarlo entrare.

Certo, c'è un'altra spiegazione plausibile, dato che di mezzo c'è la magia, ma è così terrificante e ridicola che non riesco nemmeno...

«Bree, tutto bene?»

Alzo lo sguardo. Ambrose levita sulla porta, il suo volto l'immagine della tristezza in persona. Mi viene in mente il giorno in cui sono tornata a casa dal mio viaggio, e ci siamo seduti insieme in salottino per bere qualcosa. E a quando è *caduto dentro di me* e io ho intravisto i suoi ricordi e ho *percepito* me stessa attraverso la sua mente. Mi chiedo cosa percepisca ora in me.

«Non so se starò mai bene di nuovo.» Mi passo le mani sul viso. «Vorrei cancellare quello che ho visto, e non rivedere l'immagine di Penny e Vera così, con la gola tagliata e quell'espressione orribile sul viso.»

«Non mi sono mai sentito così fortunato a essere cieco, come nel caso di questi omicidi» dice Ambrose. «Posso sedermi con te? Capisco che il mio conforto non sarà nulla a confronto di...»

«Vieni. Siediti qui.» Picchietto sui cuscini accanto a me. Ambrose è proprio la presenza di cui ho bisogno in questo momento.

Lui si siede, o meglio si libra. Mi sfiora il ginocchio con le dita, mentre cerca le mie. Io infilo le dita tra le sue, godendomi quel tocco che non è proprio un tocco, e una scarica di calore mi attraversa il corpo e mi allevia un po' del fastidio per l'orrore di oggi.

«So che è tutto terrificante, Bree. Ma, almeno, dalla giornata di oggi è venuta fuori una cosa positiva. Abbiamo un'identità per il nostro mostro.»

«No, non è vero. Sappiamo solo che c'è qualcuno di malato che sta fingendo di essere Jack lo Squartatore e io...» La mano di Ambrose che mi stringe la gamba mi fa bloccare.

«Bree» dice il mio nome piano, quasi con disperazione. «Sai che non si tratta di questo.»

Deglutisco. *È esattamente ciò che temo.*

«Okay, d'accordo, sì. Qualcuno ha usato la stessa magia che ho io, per riportare in vita Jack lo Squartatore, proprio come io ho fatto con Pax. E in qualche modo stanno usando un serial killer vittoriano per far fuori chiunque usi la magia della resurrezione.»

«E ci voleva tanto ad ammetterlo?»

Ammetterlo? No. Affrontarlo? Cazzo, sì.

Posiziono il portatile accanto a me. «Ho una domanda. Come fai a sapere degli omicidi di Jack lo Squartatore? Non sono avvenuti dopo la tua morte?»

«Tra un'avventura e l'altra, vivevo in questa casa» mi spiega Ambrose. «Non avevo un reddito vero e proprio, a parte un misero stipendio militare per una ferita che mi ero procurato in servizio. Non potevo permettermi una stanza per conto mio. Come sai, Cuthbert Van Wimple era un mio caro amico e quando ero in Inghilterra mi permetteva di vivere qui, a Grimwood, in qualità di ospite. Ho scritto le mie memorie e i miei libri di viaggio proprio in questa stanza e nella camera da letto che era la tua stanza quando eri piccola. Questa casa è sempre stata uno dei miei luoghi preferiti al mondo.

«Quando sono apparso qui dopo la mia morte, all'inizio mi è sembrato strano. Non era coerente con le storie di fantasmi che avevo sentito. Perché avrei dovuto infestare una casa che non era nemmeno mia? Invece, per molti versi, Grimwood è effettivamente la mia casa. È l'unico posto stabile in cui mi sono fermato e mi sono sentito al sicuro e accettato.»

Gli credo, e questo mi fa infuriare. Da quel poco che sono riuscita a trovare su di lui nei vari resoconti vittoriani, i contemporanei di Ambrose lo consideravano una novità, una curiosità che attirava il loro interesse temporaneo, ma poco più. Nonostante fosse uno dei più abili viaggiatori a piedi di tutti i tempi, nessuno prese mai sul serio i suoi scritti o le sue scoperte.

Ambrose prosegue. «Da Vivente, passavo le mie giornate a Grimwood a scrivere, e le serate a chiacchierare con i Van Wimple e i loro ospiti. Cuthbert e Penelope avevano sempre gente e davano un sacco di cene, e la conversazione con loro era meravigliosa. Così, dopo la mia morte, ho continuato a fare la stessa cosa. Ogni sera scendevo in salotto e ascoltavo i Van Wimple e i loro ospiti parlare delle notizie del giorno. Per molto tempo, si parlava solo delle guerre in Francia. Però io trovo che la guerra sia terribilmente noiosa, così presto persi interesse. Ma poi, un giorno, iniziarono a parlare di una serie di omicidi avvenuti a Whitechapel, a Londra.»

Io lo guardo curiosa. «Jack lo Squartatore?»

«Lui. I giornali riportavano ogni dettaglio macabro sui casi e Cuthbert si dilettava a leggerli. Alcune immagini sono impresse qua dentro.» Ambrose si picchietta un dito sulla fronte. «Quando hai descritto le ferite, qualcosa mi ha ricordato i crimini dello Squartatore.»

«Ha senso. Almeno una cosa è logica in tutto questo.» Mi prendo la testa tra le mani. «Due persone che avevano i miei stessi poteri sono state uccise da Jack lo Squartatore. Significa che c'è qualcun altro là fuori con questi poteri che ci vuole tutte morte? Ma perché riportare in vita un serial killer? E in che modo la persona che usa questa magia controlla lo Squartatore? E poi, a me pare che Jack lo Squartatore non sia mai stato catturato: come è possibile che ci sia qualcuno che sapeva chi era, per poterlo riportare in vita?»

«Di certo sappiamo che, qualunque cosa stia facendo questo Squartatore, è alla caccia di persone con i tuoi poteri» suggerisce Ambrose. «Il che significa che facciamo bene a preoccuparci per la tua sicurezza. La prossima potresti essere tu.»

«Non mi conosce. E se ha lo stesso registro che ho io del negozio di Vera, il mio nome non compare. Vera la moldavite me l'ha data, non l'ho acquistata.»

«Quindi credi che questo assassino non sappia di te?»

«Se così fosse, si sarebbe già fatto vedere a Grimwood. Chiunque conosca il potere della resurrezione e mi abbia visto estrarre Pax dall'acqua, saprebbe esattamente che cosa sono.»

«Però devi stare attenta, Bree» mi supplica Ambrose. «Non puoi fare nulla che attiri l'attenzione su di te, su Pax, o sulla tua abilità di vedere i fantasmi.»

«Lo so.» Deglutisco con fatica, scossa da un tremito. Cerco di scacciare la visione del mio corpo a terra, in una pozza di sangue, dopo essere stato colpito dallo Squartatore.

*Va tutto bene. Andrà tutto bene.*

*Non devo fare altro che mimetizzarmi, comportarmi in modo del tutto normale e non rivelare a Jack lo Squartatore che ho il potere della resurrezione. Facile, no?*

# 30

## EDWARD

Un'altra ragazza uccisa.

Un serial killer morto da tempo che è a piede libero.

E io, come ho trascorso la mia giornata? Insegnando a un soldato un po' scemo a parlare d'arte.

Brianna si accascia sul divano con le labbra che le tremolano, le dita strette intorno a un bicchiere di whisky, e ripensa ai disastri di questa giornata. Vorrei andare da lei, prenderla tra le braccia e farla ridere, per allontanare la paura. Ma non posso.

Sono inutile.

E così corro.

Non posso sopportare di vedere Brianna soffrire, sapendo che non posso fare nulla.

Non riesco a sopportare il terrore puro che vedo negli occhi di Ambrose mentre la stringe, sapendo che avrei potuto fargli il regalo di stringerla davvero, e invece mi sono tirato indietro. Di nuovo.

Ho cercato di fare la cosa giusta. Stavo per dire a Brianna del manoscritto di Ambrose, però lei ha ricevuto quella telefonata dai suoi genitori. Mi sono accorto come si è illuminata quando il volto di suo padre è apparso sullo schermo, e così tutte le belle parole che avevo preparato mi sono morte sulle labbra.

In questo momento la sua vita è piena di dolore e incertezza.

So che il mio tradimento la spezzerà.

Ma glielo dirò. La libererò dall'obbligo di prendersi cura di me. Però non adesso. Non se sta soffrendo.

E così, mentre Pax danza in giro per la stanza, la spada sguainata e gli occhi pieni di rabbia, io faccio proprio quello che fa sempre un principe inutile, pigro e decadente.

Scivolo via, senza farmi notare.

Nessuno di loro sentirà la mia mancanza.

Me ne vado, in modo che non debbano subire la mia deprimente presenza.

Mi tuffo nei muri e salgo fino alla soffitta. Dal pianoforte mi arriva uno SQUEAAK indignato, ma per una volta sono troppo sconvolto per preoccuparmi di quel disgustoso demone infernale peloso. Penso al manoscritto di Ambrose nascosto dentro lo strumento, e alla nota scarabocchiata in modo concitato che avevo scritto dopo che avevamo sperimentato i poteri di Brianna.

Ero pronto a sacrificarmi, ma non sopportavo l'idea di raccontare a Brianna l'orribile atto che avevo compiuto. Come affronterò il sorriso triste di Ambrose quando scoprirà la verità? Preferirei morire.

Metto a tacere i pensieri contorti e tetri che mi stanno rivoltando come un calzino.

Infilo la testa nella centralina elettrica principale.

Il dolore è immediato e squisito.

È proprio quello che mi merito.

Era da tanto tempo che non provavo un dolore fisico che

eguagliasse l'agonia emotiva di essere nel mondo di Brianna solo per metà, ma comunque sempre ai margini.

«Ancora!» grido, tenendo la testa proprio al centro della scatola.

La tengo lì finché non sento l'odore del fumo, finché non sento più nulla.

«Edward? Edward?»

Apro un occhio. Che idea terribile. Il mio corpo, per quanto possa chiamarsi corpo, è in fiamme. E non nel senso positivo del termine, di quando si va a letto con una bella duchessa.

È come se ogni singola cellula del mio corpo fosse afflitta al tempo stesso dalla sifilide e dalla peste bubbonica.

Vedo solo dei puntini rossi luminosi vorticare nel mio campo visivo. Strizzo di nuovo gli occhi, ma i puntini rossi non si fermano. E nemmeno il dolore lancinante che tocca ogni angolo del mio corpo spettrale.

«Edward, dove sei?»

La voce suona dolorosamente familiare. In quel che resta del mio petto si agita un misto di luce e speranza.

*Brianna!*

«Edward, per favore? Ho bisogno di trovarti.»

«Brianna» cerco di dire, ma le labbra mi fanno troppo male per muoverle.

Apro gli occhi. E mi spavento da morire quando non vedo nulla. Anche i puntini rossi sono scomparsi.

«Aiuto!» gracchio. «Sono diventato cieco!»

«Oh, eccoti qui.» Una mano mi sfiora un braccio, provocandomi un dolore lancinante lungo il fianco. «E non sei diventato cieco. Hai solo fatto saltare gli interruttori e hai tolto la corrente a tutta la strada.»

«Ah!» È l'unico suono che riesco a emettere attraverso le labbra distrutte.

Perché mi sembra che l'Inquisizione spagnola mi abbia passato il viso su una tavola chiodata?

Perché sento un elefante che mi danza sul petto?

«Beh, niente commenti furbetti?» Brianna si siede a terra accanto a me. Mi ci vuole qualche istante perché i miei occhi si adattino alla luce fioca della luna che filtra dalla finestra sporca. Sono ancora in soffitta. Deve essere salita quassù per controllare gli interruttori e mi ha trovato così. Che mortificazione. «Sei ridotto male. Guarda che uno shock elettrico può davvero rovinare una persona. La prossima volta che vuoi divertirti, vieni da me.»

«Io non...»

La sua mano mi sfiora un fianco, ma il mio corpo è così malconcio per la scossa che il minimo tocco mi fa male. Mi ritraggo. Non merito la sua compassione. E nemmeno le sue attenzioni.

Brianna ritira la mano e si incupisce.

L'ho ferita.

Anche se stavo cercando di salvarla, l'ho ferita.

«Sono preoccupata per te» dice.

«Non devi, Brianna. Io non sono come te, non posso morire. Non sono nulla di cui preoccuparsi.»

*Non sono nulla.*

«Non dire così. Non puoi cambiare i miei sentimenti. Ci tengo a te, Edward.» Brianna si morde un labbro con determinazione, e ci vuole tutta la forza che riesco a trovare per trattenere il mio corpo malconcio di fantasma e non afferrarla tra le braccia e baciarla fino a toglierle quell'espressione preoccupata. «Stai soffrendo. E non solo per l'elettricità. Non mentirmi. Tu soffri da molto tempo, e non so perché. Vorrei che mi parlassi, così potrei aiutarti.»

*Non mentirmi.*

Oh, mia Brianna. Se solo sapessi.

«Edward, parlami. Di cosa si tratta?»

«Avremmo dovuto essere con te oggi.» Mi accontento di dirle una parte della verità. «Non avrei mai dovuto convincere Pax a rimanere a casa per esercitarsi nelle buone maniere. Se lo Strangolatore...»

«Squartatore.»

«Se lo Squartatore fosse ancora qui, tu avresti avuto bisogno di Pax e della sua spada. Se le cose fossero andate diversamente e lui non fosse stato lì...»

Mi giro dall'altra parte. Non posso sopportare il pensiero che oggi avremmo potuto perderla, e per colpa mia.

*Di nuovo.*

La mano di Brianna per metà si posa sulla mia spalla e per metà ci cade dentro. Fa male, ma questa volta non mi tiro indietro. È un dolore che merito. «Va tutto bene, Edward. Davvero.»

«Per niente. Qualunque cosa faccia, combino un pasticcio.»

«Ehi, che succede?» Le sue dita mi stringono una spalla. Mi costringe a girarmi in modo da trovarmi di nuovo di fronte a lei. I suoi occhi color champagne, dietro una cortina di capelli color miele, sono provocanti. «Tutta questa depressione non è da te.»

Con uno sbuffo, mi scosto una ciocca di capelli dagli occhi. «Io sono così. Chiedi ad Ambrose. O a Pax. Loro vivono con me da prima che tu nascessi.»

«E perché non ti ho mai visto così prima?» chiede.

«Perché... perché sento tutta questa oscurità anche dentro di te, ed è qualcosa che può consumare una persona. Non voglio mai essere io il motivo per cui tu ti senti inutile, o impotente.»

Faccio una pausa. «E perché quando sono vicino a te, il mondo sembra luminoso e pieno di speranza.»

«Oh, *Edward*.» Brianna mi afferra entrambe le spalle con le mani. E mi spinge, finché le mie ginocchia non cedono e io crollo di nuovo a terra. Poi si siede accanto a me. «In effetti mi sento così, quando sono vicino a te. Luminosa e piena di speranza. Allora perché ti nascondi qui in soffitta e ti fai del male? Pensavo che odiassi stare quassù.»

«Quando ci hai cacciati via, sono stato io ad avere la brillante idea di venire a vivere in soffitta.» Improvvisamente, *voglio che* lei sappia. «Potevamo esserti vicini senza disturbarti. Un giorno Ambrose e Pax mi hanno trovato quassù e hanno capito che avevo ragione, e così siamo rimasti. All'inizio andava tutto bene.»

«Stai mentendo» dice Brianna con un sorriso che mi fa sciogliere il cuore.

Annuisco. «È stato un incubo vivere tra i resti polverosi del passato di questa casa, respirare il fetore dell'antica Roma e subire il costante buonumore di Ambrose. Ma era un incubo che potevo tollerare, per te. Però poi...» Rabbrividisco al pensiero degli orrori che abbiamo sopportato sotto il regno del terrore di Ozzy. Mi guardo alle spalle per assicurarmi che non sia in agguato per tendere un'imboscata a un'ignara Brianna. Ma del piccolo e peloso mostro infernale nessuna traccia.

All'improvviso, Brianna si sporge in avanti e mi getta le braccia al collo. Il gesto è così improvviso e inaspettato che quasi mi fa cadere. Mi stringe così forte che un suo braccio mi attraversa, e io intravedo i suoi ricordi, un frammento del giorno che ci ha cacciati via. Vengo investito da solitudine, paura, senso di colpa: i sentimenti che provava lei mentre ci cercava ovunque in casa, chiamandoci a più non posso, ma noi non ci facevamo vedere.

*Colpa mia. Sempre colpa mia.*

«Scusami tanto» sussurra Brianna, le sue parole che sfiorano la mia pelle spettrale, ferendola e curandola in egual misura.

«Non hai nulla di cui scusarti. Sono stato un fastidio per te.»

«Invece, ho tante cose di cui scusarmi. Sono stata egoista quando vi ho detto di andarvene. Pensavo solo a me stessa e a ciò di cui avevo bisogno, e non avevo considerato che effetto poteva farvi essere messi da parte. Non sapevo fino a che punto voi tre vi sareste spinti per darmi quello che volevo, perché ci tenete davvero tanto a me...» Deglutisce una, due volte. Dire queste parole è difficile per lei, anche se non capisco perché. In fondo, sono la verità. «Sarete anche morti, e molto, *molto* fastidiosi, ma avevate pur sempre dei sentimenti. E io... l'avevo dimenticato. È stato davvero sbagliato, da parte mia.»

Ora la sto facendo sentire in colpa. Non era così che doveva andare. Ma che razza di mostro sono?

Brianna si accoccola a me. «Guardaci, che bella coppia di stronzi lunatici. Manca solo un po' di musica emo di fine anni Novanta e una pettinatura adeguata, con la riga di lato.»

«Non capisco niente di quello che dici.» Mi passo una mano tra i riccioli scuri. «Mi ci sono voluti secoli per perfezionare questo aspetto da appena-svegliato-e-caduto-dalla finestra. Non cercare di cambiarmi adesso, donna.»

«Non oserei mai.»

«Ti ho mai raccontato della mia morte?» chiedo, desiderando all'improvviso che lei sappia. Non posso darle il libro di Ambrose, non ora, non ancora. Però le farò un dono: un pezzo di me che nessun altro ha.

Non ho mai parlato a Brianna della mia morte, né del mio funerale.

Non ne ho mai parlato con nessuno.

Pax c'era, ma aveva preso i presenti, vestiti a lutto, per

guerrieri gallici ed era troppo impegnato a cercare di infilzarli, per prestare attenzione: cosa di cui gli sono eternamente grato. C'erano pure le tre streghe, anche se, nonostante abbiano dei difetti, mantengono una certa misura di riservatezza spettrale, e non hanno mai tirato fuori l'argomento.

«Pensavo che non te la ricordassi» dice Brianna. «Mi hai sempre detto che i fantasmi non ricordano la propria morte.»

«Credo che scegliamo di non ricordarla» le spiego. «Con la morte impariamo così tante verità dolorose e terribili sulla futilità della vita che non possiamo sopportare di tenercele dentro. Ma ormai sono un vecchio fantasma. Nel corso degli anni ho ricordato dei pezzi, qua e là. Di più, da quando sei entrata tu nella nostra vita.»

«Vuoi raccontarmi?» Brianna appoggia la schiena a una pila di vecchi scatoloni che Mike ha spostato quassù qualche anno fa. Appoggio la testa su una sua spalla, e prendo forza dall'elettricità dei nostri corpi che si toccano.

Traggo un respiro profondo.

«Non ricordo come sono caduto dalla finestra. Questo rimarrà un mistero per sempre. Però ricordo la caduta. Ricordo lo scrocchio al momento in cui il mio corpo è atterrato in giardino. Non sono morto subito.»

«Oh, Edward.» La voce di Brianna si incrina.

Le accarezzo una gamba con le dita, augurandomi, per tutti gli dèi in cui non ho mai creduto, di poter attraversare l'ultima barriera che ci separa. «Sono rimasto sdraiato sulla terra nuda e fredda per ore, a fissare le stelle che attraversavano il cielo. Gridavo, ma forse le parole erano solo nella mia testa.»

«Nessuno si è accorto della tua scomparsa?»

«Vedevo le lampade che tremolavano alle finestre» dico con amarezza. «Sentivo le risate e i canti. Dentro, i miei amici bevevano il mio vino e fumavano il mio oppio e non pensavano di venire a cercarmi.»

«Oh, *Edward*.»

La guardo mentre una grossa lacrima le scende sulla guancia. Allungo un dito per asciugarla, ma non sono abbastanza potente. Le cade dalla punta del mento e mi attraversa.

Proseguo. «Ricordo che al sorgere del sole sono svanito, finché il dolore nel mio corpo non è diventato anch'esso un fantasma, e in qualche modo non ho liberato il mio spirito dai vincoli del mio sacco malconcio di ossa, pelle e tendini. Il mio corpo rimase là fuori per tre giorni. Io vagai per la casa, gridando ai miei amici di venirmi a cercare, di piangermi, di sentire la mia mancanza. *Qualsiasi cosa*. Ma loro non mi sentivano. L'unica persona che riusciva a sentirmi era una bestia fastidiosa che indossava abiti romani e che mi informava che ero morto.»

«Posso immaginare che sia stato molto frustrante» dice Brianna, con un accenno di sorriso sul volto.

«Capisci? Riesci a immaginare di restare nell'ombra, a guardare il tuo corpo che marcisce in giardino, mentre i tuoi cosiddetti amici tracannano il tuo assenzio, fanno il bagno nel pregiato vino francese che hai accatastato nella tua cantina segreta, mangiano i tuoi galletti e continuano come se della tua assenza non potesse interessargli di meno? E la cosa peggiore era il modo in cui parlavano di me. Raccontavano della grande truffa che avevano escogitato ai danni del principe del regno, e di come sopportavano la sua compagnia solo per condividere le sue ricchezze. Dicevano che la mia poesia era terribile.»

«Quando i tuoi amici ti tradiscono è una sensazione orribile.» Brianna posa la mano sulla mia. So che sta pensando a Dani e Alice. Anche se hanno fatto pace, Brianna non dimenticherà facilmente tutte le cose orribili che Alice le ha fatto ai tempi della scuola. Io non lo scorderò di sicuro.

«La verità più misera e orribile è che avevano ragione su di me» dico. «Ho guardato tutto dal di fuori, e ho visto quanto superficiale e vuota fosse diventata la mia esistenza. Avevo lasciato la corte perché la vita che mio padre aveva preparato per me non mi bastava, e avevo scialacquato i miei beni nel peccato e nella dissolutezza. Mi divertivo molto, certo, ma i miei amici non erano i grandi pensatori e gli artisti brillanti che mi ero immaginato. Non stavano creando, ma distruggendo. Avevano distrutto un pezzo di me e non avrei mai avuto la possibilità di recuperarlo.»

«Perché non mi hai mai raccontato queste cose?» chiede Brianna, le sue dita che giocherellano con le mie in un modo che mi deconcentra.

«Perché so cosa hai letto di me nei libri di storia. Edward il libertino. Edward il farabutto. Edward il principe in disgrazia che ha sperperato la sua fortuna e si è fatto beffe di tutto ciò che suo padre rappresentava. E so di essere stato tutto ciò, ma volevo anche essere molto di più. Volevo essere un artista, perché desideravo qualcosa che non potevo ottenere nell'ambito delle regole e delle aspettative soffocanti della vita di corte. Tutte le pugnalate alle spalle e quegli atteggiamenti ostentati mi logoravano lo spirito. Desideravo dare un significato più profondo alla mia vita. Volevo colore, libertà e *passione*. E sì, sesso, oppio e musica satanica ad alto volume.»

«Ovvio» commenta con un sorriso Brianna.

«E così ero stato attratto dal mondo bohémien della poesia e della pittura, e l'avevo amato. Pensavo di aver trovato il mio posto nel mondo. Invece, alla vigilia della mia morte, vidi che... beh, mi accorsi che mio padre aveva sempre avuto ragione. Ero diventato quello che lui sosteneva che fossi: un dissoluto buono a nulla, che non aveva dato alcun contributo sostanziale al mondo.»

«Non è vero» protesta Brianna. «Non puoi dire di non aver

dato nulla al mondo. Hai pubblicato un pamphlet di poesie, che è più di quanto Ambrose possa dire del suo libro...»

*Per favore, non nominare il libro di Ambrose.*

Mi schiarisco la voce per continuare la mia storia. «Il terzo giorno dopo la mia imitazione del volo di uno struzzo che si pavoneggia, Lady Pendlehurst cominciò a lamentarsi di un certo puzzo. Ma continuavano a non cercarmi. Solo quando un cane selvatico che si aggirava nel parco cercò di rosicchiarmi una gamba, uscirono per scacciarlo e trovarono il mio corpo.»

Brianna stringe le dita alle mie e si irrigidisce.

Non posso guardarla, vedere la pietà che ha negli occhi. Brianna non dovrebbe mai compatirmi.

«E così, un principe era morto, ma nessuno lo piangeva. Avevo nominato mio esecutore testamentario il mio buon amico Hugh Bancroft, affinché organizzasse il mio funerale.»

«Hugh Bancroft, il poeta e saggista?»

«Proprio lui. È lui che ha commissionato quell'orrenda mostruosità.» Indico il polveroso abbaino che dà sul cimitero e sul mio mausoleo.

«Io avrei messo meno cherubini» commenta Brianna. «Ma penso che il mausoleo si addica a te.»

«Puah.»

«Continua con la tua storia. Mi stavi parlando del tuo funerale. Il tuo amico ha organizzato tutto e ha commissionato il mausoleo.»

Annuisco. «Si è presentata una discreta folla, lo ammetto. Tutti i pittori, scultori e poeti più famosi sono accorsi a Grimdale per non perdersi lo spettacolo. Sono arrivati curiosi da tutto il Paese, soprattutto perché speravano di riuscire a vedere il re. Ma nemmeno mio padre o mio fratello si presero la briga di presentarsi.»

«Oh, Edward.»

Io agito una mano. C'era da aspettarselo: l'umiliazione

finale da parte di un uomo che non mi aveva mai amato per quello che ero, ma mi aveva visto solo come un tramite per la sua immortalità. «Non sentivo la loro mancanza. Io e Pax guardammo dalle finestre della tua vecchia camera da letto le persone in lutto che si accalcavano nel cimitero. Quel giorno l'aria era splendida, profumata di giacinti e di calle. La casa era tutta un ribollire di attività mentre i miei cosiddetti amici brindavano, componevano sonetti e dipingevano ritratti in mio onore. E al centro di tutto c'era Hugh, che dispensò i miei beni nel corso di tre giorni di fasti nella tenuta. Immagino sia stato lì che i miei cosiddetti amici hanno svuotato il resto della mia cantina. Ecco perché non riesco a ricordare dove si trovi: il trauma del funerale mi ha privato della memoria.»

«Penso che sia bello che tutti i tuoi amici fossero presenti» dice Brianna. «Quando morirò, vorrei che il mio funerale fosse una festa divertente, non un momento triste e cupo.»

Le stringo la mano così forte da farla urlare. «Non stiamo parlando della tua morte. Non ci pensiamo nemmeno. E tu non vorrai un funerale simile al mio, pieno di gente che faceva solo finta di volermi bene, ma che in realtà amava i miei soldi, il mio potere e il mio oppio.»

«Ma Hugh...»

«Hugh era il peggiore di tutti. Ha tenuto un discorso commovente al mio funerale. Magari l'hai letto? È citato in tutte le mie biografie. Conclude con la sua poesia più famosa, scritta proprio per onorare la mia vita: *Tu vieni come ladro.*»

Brianna chiude gli occhi e recita il fatidico verso iniziale. «"Tra cupe ombre, dove si insinuano i viticci del crepuscolo, dove i sussurri tacciono e le ombre piangono piano..."»

Le metto una mano sulla bocca. «Non posso sopportare di sentir pronunciare queste parole. Perché sono *mie*. Hugh me l'ha rubata, quella poesia. Era il mio più grande successo, il mio lavoro più bello. E lui l'ha spacciata per un'opera sua.»

«Edward, mi dispiace tanto. Non lo sapevo.» Brianna mi stringe di nuovo la mano. Le sue dita mi penetrano leggermente. Vorrei sentire quello che sente Pax, la sua carne sulla mia, il suo calore, il suo respiro e la sua *vita*. «Non lo sapevo. È una poesia bellissima.»

«Bah.» È alquanto appropriato che la mia ultima opera sia diventato il mio canto funebre e abbia fatto la fortuna di un altro uomo.

Anche adesso, nelle mie vene spettrali sento bruciare caldo e forte il dolore per il tradimento di Hugh. Eppure, so di non essere affatto migliore di lui. Io ho tradito la mia migliore e più cara amica.

Sistemerò tutto. Darò a Brianna il libro di Ambrose.

Ma non ancora.

Sono un codardo. Un codardo marcio e dissoluto. Tuttavia, di fronte al suo viso così perfetto, non sopporto di essere il suo mostro. Lei crede che io possa ancora essere recuperato. Saputa la verità, mi vedrà solo come mi vedeva mio padre, e avrà ragione.

*Le darò presto il libro, Ambrose. Te lo prometto. Mi dispiace di privarti di questi preziosi giorni che potresti trascorrere con lei da Vivente. Ma grazie alla tua gentilezza, passerò questi ultimi giorni con lei, questi ultimi preziosi momenti in cui crede che io sia capace di essere buono.*

Prima di spezzarle il cuore.

# 31

## BREE

«Sei bellissimo.» Mi allontano di un passo e ammiro Pax.

«In effetti, ho un gusto eccellente» dice Mina da dove si trova sul letto, persa in mezzo a una pila di vestiti. Ha insistito per essere lei a vestire me e Pax per la festa. Prima di diventare proprietaria di una libreria, assassina di vampiri e investigatrice dilettante, Mina ha studiato moda e ha persino lavorato per un famoso stilista di New York. Anche se è cieca, il suo senso della moda è straordinariamente cool. Ha setacciato i vari negozietti di seconda mano per trovarci gli abiti e li ha modificati fino a renderli perfetti.

Ho deciso di evitare la toga, perché Pax avrebbe trovato strano che indossassi qualcosa che ai suoi tempi non avrei potuto indossare. Continuava a sottolineare che la toga non è per le donne e nessuna delle mie argomentazioni sul femminismo e sul fatto che erano solo dei costumi è riuscita a convincerlo che non sarei stata colpita dagli dèi.

Invece, faremo finta di aver capito male il tema e ci vestiremo come se fosse uno *yoga* party, anziché un toga party. Ho anche chiamato Dani per spiegarle l'idea e lei mi ha garantito che Alice l'avrebbe trovato divertente, quindi abbiamo il via libera. Mina ha trovato per Pax una canottiera nera con dei disegni mandala e un paio di pantaloni da yoga attillati che non lasciano nulla all'immaginazione. Io ho un set da yoga abbinato, con un disegno marmorizzato color verde smeraldo. Mina ha scritto *Yoga Party di Alice. Vai con lo stretching!* sul retro di entrambi i nostri top. Mi ha anche preso un paio di banali scarpe da ginnastica di tela bianca e ci ha riprodotto sopra lo stesso tema verde smeraldo marmorizzato. Sospetto che ci sia lo zampino artistico di Quoth.

«Sembro un Gallo con questi pantaloni ridicoli» dice Pax strattonandosi i pantaloni da yoga.

«Sei sexy da morire.» Gli sorrido, anche sbavando un po' mentre lui si gira e mi mostra la curva delle cosce scolpite e del culo muscoloso sotto i pantaloni aderenti.

«Non c'è neanche una cintura per la spada.»

Io afferro l'elsa prima che Pax possa infilarsi la punta della spada nella lycra. «È fatto di proposito. In genere nel ventunesimo secolo la gente non porta delle spade alle feste.»

«Ma cosa succede se insultano la tua intelligenza o ti accusano di avere rapporti sessuali con tua madre?»

Sorrido. «Li distruggi con l'arguzia. È così che io e Dani siamo sopravvissute al liceo. Più o meno.»

«Sarò io al tuo fianco per tutta la serata» dice Edward a Pax in quello che immagino sia il suo tono rassicurante. «Ti sussurrerò all'orecchio battute argute, in modo che tu non ricorra ai tuoi rozzi insulti romani.»

«Neanche per sogno.» Mi metto le mani sui fianchi. «Abbiamo già concordato che tu e Ambrose resterete a casa.»

«Edward sta facendo il difficile?» chiede Mina.

«Molto.»

«Non vedo perché non posso andare alla festa» dice Edward

mettendo il broncio. «Sono il re delle feste. L'ultima festa a cui ho partecipato è stato il pigiama party del tuo diciassettesimo compleanno, e quella volta la mia presenza non ti è dispiaciuta.»

«Perché c'era solo Dani, e lei sapeva della tua esistenza.»

«Magari sarebbe un bene se venisse anche Edward» suggerisce Ambrose. «Potrebbe stare vicino a Pax e aiutarlo a smussare eventuali malintesi diplomatici. Potrebbe darti la possibilità di rilassarti.»

Gli stringo la mano. «E suppongo che voglia venire anche tu?»

«Beh, mi sentirei terribilmente solo qui a casa, mentre voi tre siete tutti fuori a divertirvi...»

«E con Jack lo Squartatore a piede libero, non credo che il soldato debba essere l'unico incaricato di proteggerti.» Edward solleva un pugno. «Io me la cavo con la spada, e sono stato un buon pugile. Combattevo nei club di boxe clandestini di Londra ed ero conosciuto come "Il Principe Oscuro". Indossavo una maschera, naturalmente, perché i miei bei lineamenti avrebbero rivelato la mia identità e attirato una montagna di guai sulla mia testa. Però non ho paura di sporcarmi le mani per difendere Brianna. Sono certo che se mi venisse voglia di farlo, riuscirei a far fuori un mostro idiota.»

Sorrido. Mi piace questa versione di Edward: il principe smargiasso, viziato e sicuro della propria superiorità. Da dopo la nostra chiacchierata in soffitta non ho più visto quell'Edward imbronciato e cupo, e spero significhi che si sente meglio con se stesso. «*D'accordo*. Potete venire entrambi. Però dovete promettermi che non farete nulla di spaventoso, fastidioso o avventato. Non voglio che parliate con me, né che vi aspettiate che io parli con voi. Voglio che tutto sia perfetto per Alice.»

*Voglio che tutto sia perfetto per Dani.*

«Non preoccuparti.» Il sorriso di Ambrose gli illumina il viso. «Saremo il ritratto della discrezione. Giusto, Edward?»

«Se sono riuscito a tenere segreta la mia relazione con la regina di Francia per quattro secoli, penso che ci si possa fidare che non aprirò bocca a questa festa.» Il familiare sorriso di Edward mi scalda il cuore. «Ops.»

Mi controllo i capelli mentre Edward fa un ripassino a Pax sul corretto comportamento da tenere alla festa. («Ricorda, passa sempre la pipa dell'oppio alla tua sinistra. Una volta l'ho passata a destra per sbaglio ed è stata una gaffe terribile»). Poi saluto padre Bryne, che sta uscendo per andare al pub. Controllo che abbia la chiave di riserva per la porta sul retro e chiudo a chiave la porta d'ingresso.

Percorriamo la strada più lunga, fino a Grimdale. È ben illuminata dai lampioni, quindi è meno probabile che veniamo attaccati dallo Squartatore. Pax ci precede, e scruta ovunque. Ambrose mi cammina accanto, con il braccio intrecciato al mio e il bastone che scandisce un debole ritmo, mentre Edward ci segue, camminando un po' ingobbito. Però ho notato che appesa alla cintola ha una lunga sciabola.

«Pax non è l'unico che sa usare la spada» si giustifica. Si afferra in modo lascivo la brachetta.

«Attento. Potresti cavare un occhio a qualcuno con quella» rispondo.

L'ho già visto maneggiare una spada alcune volte. Di tanto in tanto la prende per combattere con Pax, anche se il suo gioco di gambe e il suo insistere sulle *regole di combattimento tra gentiluomini* tendono a perdere, contro la tecnica *infilzatutto* di Pax. Non so come faccia Edward a far apparire e scomparire la spada fantasma a suo piacimento, se non è un oggetto con cui è morto, ma la fantasmaticità è così: non sempre ha senso.

Io, comunque, sono felice che almeno una persona stasera sia armata.

Lo stomaco mi si chiude per la tensione. Jack lo Squartatore potrebbe essere dietro l'angolo. Dato che Pax non era in giro quando Penny è stata assassinata (e sia il signor Pitts che Maggie lo hanno visto che faceva le sue esercitazioni militari in giardino), per il momento la polizia sembra averlo abbandonato come potenziale sospetto. Però non direi che si siano avvicinati a una soluzione. E noi non stiamo facendo molto di meglio. Abbiamo telefonato a due delle altre donne nella lista, ma nessuna ha risposto. Io e Mina abbiamo cercato su Internet informazioni sul caso dello Squartatore, ma niente ci suggerisce come catturarlo, né ci fa intuire dove colpirà la prossima volta.

Anche se forse conosciamo l'identità del nostro mostruoso assassino, non siamo ancora in grado di fermarlo.

Sono tesa quando superiamo l'angolo con il tunnel ferroviario murato, ma il fantasma del Muratore Schiacciato non si vede. I miei occhi continuano a scrutare le ombre, in attesa che un assassino ci salti addosso da un momento all'altro.

*Avremmo dovuto chiedere a Maggie di accompagnarci lei, alla festa. Oppure avrebbe potuto venirmi a prendere Dani.*

Arriviamo a High Street senza incidenti. Costeggiamo il parchetto del villaggio e le tre streghe escono dal pub e ci corrono dietro.

«Sembrate una compagnia di menestrelli erranti» dice Agnes squadrandomi i pantaloni da yoga attillati.

«Grazie» esclamo con un gran sorriso, stringendo il braccio di Pax prima che gli scatti l'istinto infilzatore.

«Non era un complimento. Sai cosa facevano ai miei tempi alle donne che viaggiavano con i menestrelli, ragazza?»

«Le ricoprivano di ricchezze e imprimevano i loro volti sulle monete?» Ora che siamo così vicini al museo da sentire i suoni della festa, mi sento meno spaventata e più sfacciata. *Ci divertiremo. Ce lo meritiamo, dopo tutto quello che sta succedendo.*

«Penso che siano molto carini» dice Mary con affetto. «Soprattutto Pax. Sembra che stia per recapitare ad Alice un *pacco* di compleanno molto grande.»

«Oh, sì, si divertirà a scartarlo.» Lottie si lecca le labbra e indugia con lo sguardo sui pantaloni attillati di Pax. «Penso che vi accompagneremo noi a questa festa. Solo per assicurarci che vada tutto bene...»

Agnes afferra Lottie per il colletto. «Non ti avvicinerai mai a un posto dove la gente si veste in *quel* modo. Non hai idea di che razza di intrallazzi potrebbero combinare.»

«A me piacciono gli intrallazzi!» protesta Lottie.

«*No*. Ora voi due tornate alla finestra del pub: vedo che il cuoco sta sfornando *fish and chips*. È l'unica emozione che vi tocca, stasera.»

Agnes riporta di corsa le ragazze al pub, e intanto si gira a guardarmi e mi fa l'occhiolino.

*Che tu sia benedetta, Agnes.*

Proseguiamo lungo High Street fino al Museo Romano. È in un bellissimo edificio d'epoca Regency che apparteneva alla famiglia Van Wimple. Cuthbert Van Wimple lo usava per conservare la sua collezione di manufatti antichi, soprattutto relativi all'Antica Roma, ma anche all'Egitto, alla Grecia e alla Turchia. Quando i discendenti di Cuthbert cedettero la proprietà alla mia famiglia, donarono al villaggio l'edificio e tutte le *cianfrusaglie* antiche, come le chiamavano loro, perché venissero messe in esposizione. Ora il museo è piuttosto popolare per l'eclettico mix di manufatti che contiene. Vent'anni fa, il Comune ha rinnovato l'edificio con lavori per 1,2 milioni di sterline che hanno portato a un ampliamento dello spazio con una struttura in vetro e acciaio. Tale spazio viene utilizzato sia per ulteriori esposizioni, che per ospitare eventi. È in questa parte dell'edificio che si svolge la festa di Alice.

Facciamo il giro da dietro e saliamo la rampa, illuminata da lanterne. Dalle porte di vetro escono persone con in mano dei bicchieri di qualcosa di verde, dall'aspetto disgustoso. Un cameriere all'ingresso, vestito con un perizoma bianco, mi porge un piatto. Pax afferra sette polpette infilzate su bastoncini e me ne porge una. Si ficca le altre in bocca, stuzzicadenti e tutto, ma poi si accorge di Edward che lo guarda, e allora procede a estrarre gli stuzzicadenti, tenendo il mignolo sollevato.

«Questo posto è una figata!» sussurro.

«Descrivimelo» dice Ambrose.

«Faccio io» si intromette Edward. «La stanza è piena di teche da museo, illuminate dall'alto e piene di ogni sorta di carabattole antiche. Intorno a queste teche si accalcano almeno un centinaio di giovani, la maggior parte dei quali indossa delle lenzuola. La musica non proviene da una banda di menestrelli, ma da un solo uomo con un tavolo e un grande disco che gira. C'è una donna che ha dei serpenti intrecciati nei capelli. Spero siano finti. Vedo molte spade fatte dei materiali più bizzarri e inutili. La spada di quell'uomo è addirittura floscia. Se vuole vedere una spada da vero uomo, lo accontento io...»

Non mi aspettavo ci fossero così tanti giovani a Grimdale. Alice è sempre stata popolare, ma credevo che questo tipo di popolarità svanisse terminata la scuola. Ha studiato a Oxford, quindi immagino che alcune di queste persone siano amici dell'università.

Mi pungola qualcosa che è per metà gelosia e per metà empatia. Non ho mai frequentato l'università perché ero indecisa su cosa fare nella vita, a parte viaggiare. E lo sono ancora. Ma Alice è sempre stata quella intelligente, la leader della scuola, la prima di ogni corso, la persona più in vista in ogni club e comitato scolastico. E questa ragazza brillante, con tutta la vita davanti, è tornata qui per lo stesso motivo mio: perché suo padre è malato e ha bisogno di lei.

Solo che il padre di Alice è effettivamente *qui*. È in piedi in un angolo con un bicchiere di succo d'arancia e un'espressione stralunata. Mentre il mio sta bighellonando in giro per l'Europa come se non avesse il Parkinson. E mi manca così tanto che *fa male*.

«Bree? Sono davvero felice che tu sia potuta venire.»

Mi volto e vedo Alice in piedi accanto a un pilastro sul quale si erge un'imponente torta a forma di Colosseo. È vestita da Cleopatra, con un fluente abito di lino bianco, una collana di perline di vetro e un copricapo di perline con un serpente al centro. I suoi occhi scuri sono bordati di kajal. Ha un aspetto *straordinario*.

«Devo vedere questo tuo costume. Girati» mi ordina, con quel suo tono secco ed esigente. La voce di Alice mi faceva sempre saltare i nervi, ma inizio a chiedermi se questo suo modo di parlare non sia il suo modo di essere, e non un tono che riserva alle persone che odia.

Io obbedisco e mi giro, mostrando il messaggio scritto da Mina. Alice scoppia a ridere. Il mio cuore va in fibrillazione.

Non avrei mai pensato di far ridere Alice Agincourt. *Insieme* a me, non *di* me.

«I vostri costumi sono fantastici» dice. «Sono davvero felice che siate venuti. Tenete, dovete provare il Giulio Cesare alla menta.»

Prende due cocktail verdi e viscidi dal vassoio di un cameriere e li infila nelle mani mie e di Pax. Bevo un sorso con la cannuccia verde e vorrei non averlo fatto.

«Beh, è... ehm...» Cerco un termine educato.

«Sa di scroto di druido» dice Pax.

Un'altra risata fragorosa da parte di Alice. «Sì, è un po' un fallimento, però il resto della festa è fantastico.»

«Siamo felici di essere qui» dico, e lo penso davvero. «Spero non sia un problema se sono venuta accompagnata. Non credo di avervi presentato ufficialmente. Alice, questo è Pax. Pax, lei è Alice, la festeggiata.»

«Piacere di conoscerti, Pax.» Alice lo guarda con un'espressione divertita mentre gli tende la mano.

«*Salvē*.» Pax tende una mano e le stringe l'avambraccio. Io trasalisco. Edward compare alle spalle di Pax e gli sussurra qualcosa all'orecchio. Pax capisce di aver sbagliato la stretta di mano e serra la mascella, quindi tira Alice a sé, in uno dei suoi brevettati abbracci affettuosi, che spezzano la spina dorsale.

«È un piacere conoscerti!» grida. «E nessun rancore per il laghetto delle anatre! Io ero a mollo, tu eri a mollo. Ora siamo amici, sì?»

«Io... non... respiro...» ansima Alice.

«Adesso lasciala, soldato» gli suggerisce Edward. «Non vorrai che la situazione si faccia spiacevole.»

*No, non lo vogliamo. Assolutamente.*

Pax rimette Alice a terra e le raddrizza il copricapo. Poi si mette in ginocchio. «Ti servirò, come servirò tutti gli amici di Bree.»

«Ehm, certo.» Alice sembra un po' irritata. Dietro di lei, un paio di amici vedono Pax e si inginocchiano anche loro.

«Ti serviamo, o illustre regina Alice» dicono in coro e si inchinano ripetutamente. Pax mi sorride e io non posso fare a meno di ricambiare il sorriso.

*Ce la faremo?*

«Alzatevi, servi» dice Alice e agita il bicchiere vuoto che ha in mano. «E riempitemi il *calix*.»

Gli uomini si precipitano al bar per soddisfare il suo capriccio. Alice porge una mano a Pax, il che è un errore tattico, visto che lui la afferra in un altro abbraccio che le distrugge l'anima.

«Tutto bene?» le chiedo appena lui la lascia andare e lei indietreggia barcollando, stordita.

«Sì, tutto bene» sospira lei. «Se volete scusarmi, vado a sedermi fino a quando la mia colonna vertebrale non sarà tornata in posizione.»

«Grazie per esserti comportato in modo super normale» dico sarcastica. Pax sorride a quello che pensa sia un elogio. Non ha mai avuto una grande capacità di cogliere il sarcasmo.

«Sei *sicurissima che* possiamo fidarci di Alice?» Pax fissa il suo cocktail. «Questo drink non lo darei nemmeno ai miei peggiori nemici.»

In un angolo scorgo una pianta in vaso: le povere radici indifese stanno già annegando nel liquido verde. Verso anche il mio drink nel vaso, e Pax ci aggiunge il suo. Speriamo che la pianta sia l'unica vittima dei cocktail di stasera. «Forza, andiamo al bar a prendere un drink vero.»

Il bar è allestito su una teca che contiene un enorme sarcofago egizio decorato in oro e lapislazzuli. Edward appare di nuovo dietro la spalla di Pax, e sussulta quando viene attraversato da un tizio con un elmo da centurione, di plastica. Poi si avvicina a Pax mentre lui esamina la selezione di bevande.

*Sta davvero prendendo molto sul serio il suo lavoro di istruttore di galateo di Pax.*

«Stasera abbiamo un open bar. Cosa prendi?» gli chiede il barista. Pax guarda il boccale di birra che il ragazzo accanto a lui ha appena preso.

«Gli uomini civilizzati bevono vino» gli ricorda Edward.

«Sì, vino!» Pax batte il pugno sul vetro. «Ai tempi dell'esercito avevamo una razione giornaliera di un vino chiamato *posca*, che era così acido che per berlo dovevamo addolcirlo con il miele, oppure tapparci il naso.»

«Qui non hanno quella brodaglia» sussurra Edward. «Offrono solo vini pregiati.»

«Oh, non volevo dire questo.» Il volto di Pax si illumina mentre il barista lo fissa con aria interrogativa. «Adoro il vino pregiato. Sono un vero intenditore. Prendo una coppa del vostro Falerno migliore.»

«Falerno?» chiede corrucciato il barista. «È tipo un Riesling?»

«Prendiamo due bicchieri di Sauvignon» intervengo io, salvando Pax prima che la situazione degeneri. Il barista sembra sollevato. Posa due calici sul vetro di fronte a noi e versa una piccola porzione di vino in ognuno. Li prendo e ne porgo uno a Pax. Lui fissa il bicchiere con orrore.

«E questo cos'è?»

«È vino.»

«Questo non è vino.» Pax fissa accigliato dentro il bicchiere. «È freddo. E non è stato mescolato con acqua. E dove sono i vinaccioli? Che gusto c'è a bere vino se poi non puoi sputare i semini ai tuoi amici?»

«Ti assicuro che bere vino è già un piacere in sé.» Edward mi guarda, con una smorfia di scusa. «Mi dispiace, Brianna. Non eravamo ancora arrivati al vino. Siamo alle tecniche per ripiegare i tovaglioli a forma di animali da cortile.»

«Molto utile» rispondo io sottovoce.

Pax sta ancora ispezionando il suo vino. «E come faccio a mettere la faccia dentro questo bicchiere?»

«Ehm... non lo fai?» Tengo il bicchiere per lo stelo. «Sollevi la testa all'indietro e bevi così.»

Gli faccio vedere. Il vino ha un sapore fresco, dissetante e delizioso. Edward mi guarda con uno scintillio di ammirazione negli occhi scuri.

Pax arriccia le labbra, riversa la testa all'indietro e in qualche modo riesce a versarsi il vino sul davanti della canottiera da yoga.

«Fallo da *gentiluomo*» gli dice Edward.

Pax beve un altro sorso. Questa volta con il mignolo sollevato.

«Molto meglio» mormora Edward.

Non posso farne a meno. Scoppio a ridere. Il DJ passa a un remix di Sam Smith che fa scatenare la folla, e intorno a noi la festa si accende.

«Questa musica è incantevole.» Accanto a me, Ambrose ondeggia piano. «Ti va di ballare?»

«Mi piacerebbe molto» dico sincera.

Pax si avvicina a me. Non mi prende per mano, ma usa il suo corpo massiccio come un ariete da sfondamento, per assicurarsi che nessuno passi attraverso Ambrose o Edward mentre noi avanziamo verso la pista da ballo. Intorno a noi, la gente ridacchia quando vede i costumi che indossiamo io e Pax. Ho il sangue che ribolle di gioia. *Non riesco a credere che siamo qui. Che facciamo davvero parte di tutto questo.*

Troviamo un angolo vicino a una statua romana del dio della guerra Marte, a sinistra della cabina del DJ. Qui è meno affollato: non c'è molta gente che rischia di attraversare accidentalmente i fantasmi. Prendo Ambrose per mano.

Con mia sorpresa, le sue dita stringono le mie. L'altra mano si posa con fare possessivo sulla mia schiena e riesce a farmi ruotare in cerchio.

«Da vivo ero un ottimo ballerino» mi spiega con un luccichio malizioso negli occhi mentre mi fa girare di nuovo e poi mi abbassa all'indietro, sorreggendomi con le sue mani spettrali grazie alla moldavite che ho nella borsa. «La musica mi scorre nelle vene.»

«E il bello di ballare con un fantasma è che non possiamo pestarci i piedi» commento, e dopo un passo falso gli tiro un calcio dritto sullo stinco. Deve fargli male, ma lui non reagisce. Ha gli occhi chiusi, il che mette in evidenza le sue lunghe ciglia scure. Una ciocca di capelli gli sfugge dalla coda di cavallo e gli ricade sul viso, e credo che non mi sia mai apparso così bello.

Il suo modo di ballare non è adatto alla grintosa musica

industriale che il DJ sta passando, ma in qualche modo lui lo fa funzionare. Ancora una volta, intravedo un barlume di come sarebbe stato viaggiare con quest'uomo, capace di piegarsi e modellarsi per adattarsi ovunque e a chiunque. Ci saremmo divertiti così tanto insieme...

«Stai cercando di farla star male, con tutto quel volteggiare e saltellare?» Edward soffoca una risatina. «Non si balla così. Ti faccio vedere io come si tratta una signora sulla pista da ballo.»

Prima che io possa protestare, Edward si è inserito tra me e Ambrose. Mi prende e mi gira, in modo che la mia schiena sia posata contro il suo petto nudo. Con una mano mi cinge la vita, tenendomi ben ferma in posizione, con l'altra mi accarezza la guancia e il collo. Muove il bacino a tempo del ritmo martellante, e la parte più istintiva e arrendevole di me si inarca all'indietro e si struscia contro di lui.

«Ma non è così che si ballava nel diciassettesimo secolo!» Giro il capo per lanciare un'occhiataccia a Edward. Il mio corpo lo desidera e un dolore oscuro e voglioso mi pulsa nello stomaco. «Era tutto un menestrello e un firulì firulà.»

«Non ho detto che tutti ballano così.» Le labbra di Edward mi sfiorano la pelle nuda del collo e le sue mani vagano lungo il mio corpo. Mi afferra i seni, stuzzicandomi i capezzoli da sopra il tessuto finché non trattengo il fiato. «Ho detto che *io* ballo così.»

«No.» Pax scosta Edward e Ambrose con una gomitata. Mi prende le mani tra le sue e inizia a battere forte i piedi. «*È così* che si balla. Poi ti butti la donna sulle spalle, la porti nella tua tenda e la violenti.»

Scoppio a ridere, mentre Pax mi guida in una ridicola giga romana, e Edward lo fulmina con lo sguardo. Tutti e tre sono troppo ridicoli. Ma chi è che non sembra ridicolo, in pista? Nessuno presta attenzione alla strana Bree e ai suoi amici invisibili.

«Non capisco» dice Pax, e squadra accigliato il DJ mentre la canzone si conclude. «Da dove proviene la musica? Non vedo nessuna schiava nubile con liuti e campanelli alle caviglie.»

«Vedi, il fatto è che noi non abbiamo più schiavi. Invece, usiamo questa meravigliosa invenzione chiamata playlist di Spotify.» Sorrido e lo faccio girare.

La canzone passa a una versione per batteria e basso di una canzone dei Sisters of Mercy. *Questo deve essere il tocco di Dani.* Colpisco l'aria con un pugno e mi lascio andare, scatenandomi e battendo i piedi a terra. Pax mi imita, ma riesce solo a sembrare un pollo che becca l'aria. Ambrose gira in cerchi lenti, muovendo le mani in modo molto espressivo. E Edward ondeggia, le sue mani che mi si posano sul corpo e mi scaldano la pelle.

Mi sto *divertendo*.

Mi sto *divertendo* davvero.

Quindi è così che ci si sente a essere normali? Prendo un bis, grazie.

Pax mi solleva e mi fa girare in cerchio, così in fretta che i volti nella stanza si confondono. Gli unici due che si stagliano sulla folla sono quelli dei miei due fantasmi. Edward mi sorride con un fascino da gentiluomo, e intanto fa volteggiare Ambrose in languidi cerchi.

Poi Pax mi lascia cadere, mi prende in braccio e preme le labbra sulle mie. Il bacio mi ruba il respiro.

Quando mi tiro indietro, un paio di persone fischiano. Mi sento arrossire, ma prima che abbia il tempo di pensare, mi ritrovo tra le grinfie di Edward, il suo corpo snello e divino che si adatta perfettamente al mio.

«Aspetta che ti portiamo a casa stasera» sussurra Edward sfiorandomi le cosce con le mani. «Forse potremo ballare tutti insieme ancora un po'.»

Spalanco la bocca per la sorpresa. «Vuoi dire che sei pronto a...?»

Edward mi fa girare tra le braccia di Ambrose e io mi perdo nel tocco del mio avventuriero, mentre le sue mani mi afferrano il collo e le sue labbra mi prendono in un bacio caldo e appassionato. Dietro di me, Pax mi mordicchia il collo, le sue dita che vagano in modo lascivo sul tessuto di Lycra aderente del costume.

Sono così presa dai loro tocchi che dimentico la presenza di altre persone intorno. Finché Pax non mi fa girare, e dall'altra parte della stanza scorgo un paio di occhi scuri e penetranti.

Dani.

Lei si porta un bicchiere di vino alle labbra e sorseggia. Non mi stacca gli occhi dal viso. Lo stomaco mi si agita. Mi allontano da Pax. *Stiamo dando spettacolo?*

Le labbra di Dani si tendono in un sorrisetto nervoso. *Ci prova.*

*E dovrei provarci anche io.*

«Aspettate qui» sussurro. «Devo fare una cosa.»

Pax si gira e vede Dani. La scruta. «Dovrei venire con te» dice. «Potresti aver bisogno di me per proteggerti.»

«Me la caverò. Tu prendi un altro drink da far annusare a Edward e Ambrose. Prometto che torno subito.»

Mi avvicino e gli do un bacio sulla guancia, lasciando che le mie labbra indugino per un momento prima di staccarsi.

Mi faccio largo tra la folla e riconosco un paio di facce dai tempi del liceo. Kelly mi guarda da un divanetto nell'angolo, ma stasera a lei non ci penso.

Raggiungo Dani e mi appoggio alla teca accanto a lei. È piena di falli giganti in pietra. Antichi romani!

«Vedo che Pax non ha ancora accoltellato nessuno.» Anche lei si appoggia alla teca, le dita strette intorno a un calice di uno di quegli orribili cocktail. Indossa un abito drappeggiato in stile greco, viola intenso, che le sta benissimo.

«La presenza di Edward e Ambrose si sta dimostrando stabilizzante. Sono qui anche loro. Spero non ti dispiaccia.»

«Non posso certo buttarli fuori» commenta lei.

«Immagino di no. Ma a parte stritolare la spina dorsale della tua ragazza con il suo abbraccio, Pax si è comportato bene. Le lezioni di galateo di Edward stanno dando i loro frutti.»

«Sì, non sono mai stata così felice sapendo che il successo della festa di Alice è nelle mani di un principe reale morto ormai da tempo, deceduto dopo aver bevuto ettolitri di assenzio ed essere precipitato da una finestra.»

«Hai ragione. Sarà un vero disastro.» Incontro gli occhi di Dani. Trattengo il respiro. Rimaniamo in silenzio.

«Ehi, basta che non abbia una spada nei pantaloni... Per il resto, che male può fare?» commenta lei. Poi dice: «Senti, Bree, volevo dirti...»

«No, sono io che dovrei...»

Entrambe scoppiamo a ridere. Dani mi prende una mano e la stringe. «Credo che l'altro giorno ci siamo dette tutto quello che dovevamo dirci. Grazie mille per l'impegno. Sono davvero felice che tu sia qui, stasera. Ti ho vista ballare. Sembrava che ti divertissi molto.»

«Vero.» Mi rallegro. «Vero. So che è una follia, Dani. So che Pax non è di questo mondo. Ma tenerlo tra le braccia, toccarlo e baciarlo... E se riuscissi a capire come ho fatto? E se riuscissi a riportarli indietro tutti e tre?»

«E poi?» Dani mi guarda e piega la testa di lato. Sembra davvero incuriosita. «Poi uscirai con tre ragazzi in contemporanea? Oppure la morte non significherà più nulla? O mi lascerai senza lavoro?»

Lo dice con leggerezza, ma capisco che è seria.

«Non lo so. Non so cosa significhi tutto questo. L'unica cosa che so è che...» Deglutisco. «Penso di stare per...»

Il pensiero terrificante che sto per esprimere viene soffocato da un trambusto dall'altra parte della stanza.

Una sventagliata di lycra.

Pax.

*Oh, porca paletta.*

Mi tuffo nella folla, seguita a ruota da Dani. Pax ha spinto addosso a una delle vetrine un poveretto con una toga viola. E gli stringe il collo. Il tizio è terrorizzato.

«Pax, devi lasciarlo!» lo esorta Edward. «C'è Brianna. Ci pensa lei.»

«Pax, *ti prego*» lo implora Ambrose. Fa ondeggiare il bastone nella direzione delle gambe di Pax, ma lo manca e invece colpisce uno dei camerieri, che cade a terra e si schianta contro una delle vetrine. Le bevande volano ovunque.

«Che succede?» grido. Afferro l'avambraccio di Pax e lo strattono invano. È come cercare di spostare un albero con un cucchiaino.

«Questa creatura immonda ha osato infiltrarsi in questo simposio» ringhia Pax. «*Osa* indossare i colori degli imperatori.»

«Pax» cerco di usare la voce più suadente che ho, anche se sto *tremando* dal terrore. Devo riuscire a calmarlo, prima che uccida questo malcapitato. «Di che cosa stai parlando? Indossa un costume. Ricordati che ne abbiamo parlato.»

Lui toglie una mano robusta dalla gola del tizio e la tende verso di me. Penso di avercela fatta, invece serra la mano a pugno e spacca la vetrina. Qualcuno urla. Un allarme inizia a suonare. Pax rovista all'interno della vetrina, noncurante delle schegge di vetro infilzate nell'avambraccio. Poi afferra un antico gladio dal cuscino dove era appoggiato e lo preme sulla gola dell'uomo.

«Pax, *fermati*.»

«Assurdo soldato!» brontola Edward. «Stai rovinando *tutto*.»

Avvolgo le braccia intorno all'avambraccio di Pax, usando tutto il mio peso per trascinarlo via. Ma è troppo grosso, e troppo determinato. La sete di sangue gli colora gli occhi azzurro pallido. Credo proprio di averlo perso. È stato un errore portarlo qui, con tutte queste persone che *indossano* la sua cultura a un ballo in maschera, e i manufatti in giro, che per lui sono molto di più di oggetti esposti in teche.

È bloccato in un luogo tra i mondi, tra i vivi e i morti. E io non riesco a raggiungerlo.

«Solo i druidi portano i capelli così» ringhia Pax. «È un nemico, un soldato del mostro. Non permetterò che ti portino via da me, come hanno fatto con i miei uomini.»

Dani mi si avvicina. «Non è un druido, Pax» dice con dolcezza. «Si chiama Brent. È un ingegnere informatico. Quell'acconciatura si chiama *man bun*.»

«Non ha niente di virile.»

Gli occhi di Dani mi fulminano, implorandomi di risolvere la situazione. Ma non posso fare nulla. E allora capisco tutto: la futilità della mia speranza.

Ho cercato di trasformare Pax in qualcuno che non è. Lui è un guerriero nato dal sangue e dalla violenza.

Questo non è il suo posto.

E nemmeno il mio.

«Vi prego» dice Brent con voce strozzata. «Chiamate la polizia. Toglietemelo di dosso. Per favore...»

«Cosa stai dicendo di me, druido?» ringhia Pax.

Io gli poso la testa contro il braccio, le lacrime che mi rigano il viso. «Pax, *ti prego*...»

«Pax!» urla Ambrose.

Diverse persone indietreggiano barcollando.

«Che cos'è stato?»

Ambrose non alza mai, ma proprio *mai,* la voce. Ma ha urlato così forte da penetrare il mondo dei Viventi. Lo shock che ne deriva risveglia Pax dalla sua trance. Scuote la testa e si volta verso Ambrose, il quale alza il suo bastone, forse per colpire le nocche di Pax o per indicargli qualcosa.

«Non puoi, Pax. Stai turbando Bree...»

Il bastone di Ambrose urta il vassoio di un altro cameriere, e fa volare via tutti i bicchieri. Un urlo attraversa la stanza.

Mi giro. Il mio cuore sprofonda appena vedo Alice.

Il suo bel vestito bianco è ricoperto del solito drink verde e appiccicoso. Grida di nuovo e barcolla sui tacchi. Poi allunga la mano per aggrapparsi a un appiglio che le eviti di franare a terra. Purtroppo, l'unica cosa a portata di mano è la torreggiante torta a Colosseo.

*SPLAT.*

«No!» grida Alice. La sua mano affonda nella torta e rovescia i supporti che reggono i diversi strati.

Lei ci crolla dentro, e al contempo lo strato superiore scivola via dal piatto e le finisce in testa.

Nella stanza cala il silenzio, rotto solo dalla sirena dell'allarme.

La glassa cola dal viso di Alice.

L'allarme suona.

Pax lascia Brent, che si rifugia sotto la vetrina rotta e si nasconde tra i suoi amici.

Ambrose si blocca. «Che cosa ho fatto?» sussurra.

«Niente, Ambrose. Niente di niente» dice Edward. I suoi occhi scuri riflettono il mio orrore.

Pax lascia cadere a terra l'antica spada di inestimabile valore. «Bree, io...»

Alice guarda Pax e poi me. Tutta la cordialità che si era creata tra noi si trasforma in rabbia. «Bree.» Sibila il mio nome tra i denti stretti. Ha glassa che le cola dal mento. «Gradirei che tu e il tuo ragazzo ve ne andaste.»

Io replico con voce stentata: «È stato un incidente. Pax pensava che...»

«*Sparisci*, Bree.» Dani si avvicina per aiutare Alice. Mi guarda, ma nei suoi occhi non vedo la mia vecchia amica.

Le lacrime mi rigano le guance. Guardo Pax, poi Edward, poi Ambrose.

Giro sui tacchi e fuggo.

# 32

## BREE

Nel momento in cui i miei piedi toccano la rampa di cemento all'esterno dell'edificio, capisco che non potrò mai correre abbastanza in fretta per allontanarmi da questo orrore. Dietro di me le voci si fanno più forti, e presto il loro borbottio di disprezzo diventa un intero alveare che mi ronza sotto la pelle.

*Mostro. Psicopatica. Non è lei quella che aveva tutti quegli amici invisibili?*

Muovo rapida i piedi, ma mi sembra di correre nella melassa. Il cuore mi batte come se avessi già corso una maratona. E l'ho fatto: ho passato gli ultimi sette anni a correre, per scappare proprio da *questa cosa*, e ormai mi credevo al sicuro. Pensavo di potermi rilassare, di avere una vita normale, ma ovviamente mi sbagliavo.

È tutta colpa mia. Li ho lasciati entrare io. Mi sono permessa di provare dei sentimenti per loro. Ho permesso a me stessa di *sperare*.

«Bree, ti prego, non scappare» grida Ambrose dietro di me.

«Non seguirmi» singhiozzo, le mie scarpe da ginnastica che

299

scivolano sui ciottoli sconnessi di Main Street. «Non voglio parlarti.»

«Bree, mi dispiace di aver ferito il druido.» Sento sul selciato gli stivali di Pax che mi insegue.

«Non devi preoccuparti, Brianna» mi dice Edward. «Alle mie feste, se qualcuno finiva nella torta, era l'inizio di una grande serata.»

Sento le voci dentro di me, e all'improvviso tutta la paura e tutto il dolore che ho soffocato da quando sono tornata a Grimdale, si fondono in una palla rovente di *rabbia*.

Mi giro di scatto. I tre si bloccano, perché non si aspettavano che li avrei affrontati. Ambrose finisce dentro Edward, che crolla dentro una cassetta postale.

«Vi avevo detto quanto fosse importante per me questa serata.» Serro i pugni. Lacrime di rabbia mi rigano il viso. «Vi avevo detto che se qualcosa fosse andato storto, avrei perso per sempre l'amicizia di Dani.»

«Ma...»

«Niente ma. È sempre la stessa storia. State facendo le stesse identiche cose che facevate quando ero al liceo.»

«Non è stata colpa di Pax» dice Ambrose. «Lui non capisce.»

«Hai ragione. Non è colpa di Pax. Lui è un guerriero di duemila anni fa, che è stato catapultato in un mondo estraneo a quello che conosce. Lui non capisce come ci si comporta, ci si veste, si deve *essere*. È solo colpa mia. Credevo davvero che potessimo farcela. Pensavo che voi voleste stare con me, anche a costo di stare nel mio tempo, con le mie regole. Ma questa sera ho capito che non potremo mai far funzionare questa cosa. Il mio mondo è completamente diverso dal vostro.»

«Ma questo non ci interessa» esclama Edward fluttuando verso di me. «Tutto ciò di cui abbiamo bisogno sei tu. Vogliamo solo che tu sorrida.»

«Ma a me sì, che interessa. E non potrebbe essere altrimenti. Non voglio che voi dobbiate cambiare per stare con me, però non voglio nemmeno essere un'estranea nella mia vita. Sono troppo stanca di essere trascinata in un milione di direzioni diverse.» Tiro su con il naso. «È come se mi stessi spezzando a metà. Io... io ci tengo davvero tanto a voi tre, ma non so se è abbastanza.»

«Cosa stai dicendo?» grida Pax.

«Sto dicendo che... non so se posso farlo.»

Ora le lacrime scendono grosse e pesanti. I fili argentati si intrecciano l'uno con l'altro, e mi tirano il petto fino a farmi mancare il respiro.

Ambrose muove un passo verso di me, una mano tesa. Edward gli afferra una spalla e lo trattiene.

Gli occhi del mio principe incontrano i miei e tutte le cose che mi ha detto in soffitta danzano tra di noi. *Ha cercato di salvarmi da tutto questo, ma io non sono più una bambina. Non può proteggermi dalla fredda e cruda realtà.*

«Per tutta la mia vita sono stato un peso per tutti» dice Edward mesto. «Non sarò un peso per te, Brianna. Rispetterò il tuo desiderio.»

«Lascerai che Bree ci sfugga via?» ringhia Pax. «*Io* no! Bree, ti legherò, se necessario. Ti ho aspettata per migliaia di anni. Non ti perderò di nuovo.»

«Ora è tardi, Pax» dichiaro, e tiro di nuovo su con il naso. «Mi avete persa tutti, stasera. Siamo troppo diversi.»

«*No.*» Ambrose scuote la testa così forte che i capelli gli escono dalla coda e gli scendono sulle spalle. È splendido, alla luce delle stelle. Ha gli zigomi così ben definiti da essere quasi affilati. Tanto che potrebbero tagliare per sempre il legame che esiste tra noi. «Non deve essere per forza così. Possiamo trovare una soluzione.»

«Non è quello che vuole Brianna.» Edward mette una mano

sulla spalla di Ambrose. «Lei vuole che la lasciamo di nuovo in pace. Giusto?»

«Bree?» balbetta Ambrose.

Ce la devo mettere tutta, ma mi devo allontanare da loro.

«Bree, ti prego...»

«Lasciatela andare» dice Edward, in tono piatto, privo di emozioni.

«Non è finita» esclama Pax mentre io faccio il primo, incerto passo per allontanarmi. «Abbiamo aspettato una vita intera perché tu capissi che sei destinata a noi, Bree Mortimer. Diverse vite. Ti aspetteremo per sempre.»

*Non voglio che mi aspettiate.*

*Voglio che mi lasciate libera.*

I miei polmoni hanno fame di aria mentre corro verso casa. Supero i cancelli del cimitero, avvolta dalla tristezza. Penso di buttarmi sui gradini del mausoleo di Edward, dove il sudario della morte mi proteggerà dalla loro presenza. Ma quel luogo mi ricorda troppo ciò che sono gli uomini a cui tengo: morti.

Morti, e fuori dalla mia portata. Perché qualsiasi magia abbia riportato in vita Pax, non potrà mai colmare il divario che esiste tra noi.

Grimwood Manor si erge come una sentinella sulla collina, la sua luce di sicurezza un faro nell'oscurità. Arranco lungo il vialetto e mi faccio strada verso la casa, e le luci si accendono man mano che procedo.

Grimwood è il mio rifugio, ma so che non passerà molto prima che vengano a cercarmi. Pax e Ambrose non sono pronti ad arrendersi.

Però io non sono pronta ad affrontarli. So che se dovessi vedere i loro volti, se Edward mi sfiorasse la guancia o Ambrose posasse la fronte contro la mia, se Pax mi prendesse tra le braccia e mi stringesse a sé, io sparirei.

Ho bisogno di spazio. Ho bisogno di *pensare*.

Così mi dirigo verso l'unico posto dove so che non mi inseguiranno.

La soffitta.

# 33

## PAX

«Come hai potuto?» Edward si volta verso di me, il volto traslucido infiammato di rabbia.

Le vene mi sfrigolano per il bisogno di vendetta. Fisso questo principe presuntuoso che non ha mai mosso un dito per proteggere Bree in tutti gli anni in cui mi ha irritato con la sua esistenza. «Io? Non ho fatto nulla di male.»

Il rumore assordante che proviene da dietro di noi sembra suggerire il contrario. Non capisco perché abbiano messo in mostra un gladio perfettamente funzionante se non volevano che la gente lo usasse.

Forse è di questo che parla Bree. Io questo nuovo mondo non lo capisco. Niente è come ricordo. Niente ha il sapore o l'aspetto che mi aspettavo. L'avambraccio mi pulsa per il dolore provocato dal vetro che mi si è infilzato.

Qualsiasi cosa io faccia sembra turbare Bree, o renderle la vita più difficile.

«Avevamo *una regola* per questa festa, Pax» mi rimprovera Edward. *Sta tremando* di rabbia. Non l'ho mai visto così tanto… soldato. «Una regola: *non fare a botte.* Davvero non riesci a stare due ore senza litigare?»

«Bree è molto turbata...» Ambrose sembra terrorizzato. «L'ultima volta che ha parlato così...»

Non ha bisogno di finire la frase. Mi scambio uno sguardo con Edward. Sappiamo tutti cosa è successo l'ultima volta.

Abbiamo perso la nostra Bree, e abbiamo dovuto vivere in soffitta.

«Ora le cose sono diverse» dico pieno di entusiasmo, nel tentativo di convincere me stesso per primo. «Bree è nostra. Ci appartiene. Le ho detto che la amo. Sa che non le faremmo mai del male...»

«Sei proprio un sempliciotto. Solo perché le abbiamo procurato qualche orgasmo non significa che ci ami» replica Edward, gli occhi scuri accesi da fiamme dorate. «E, invece, noi le abbiamo fatto del male.»

«Era pericoloso, Pax. Ti sei mai fermato a riflettere sul fatto che attirare l'attenzione su di te in quel modo avrebbe potuto allertare lo Squartatore sui poteri di Bree?» dice Ambrose. «Se lo Squartatore capisce che sei un fantasma riportato in vita, non gli ci vorrà molto per capire che è Bree a possedere la magia della resurrezione.»

La mano mi vola alla cintola, ma non indosso la cintura, e la mia spada è a casa. Maledico questi stupidi pantaloni da yoga, che possono sembrare morbidi come burro sulla pelle, ma quando serve sono del tutto inutili.

Maledico tutti i pantaloni, i leggings e le brache. Perché il ventunesimo secolo non può essere *semplice?*

«Le parlo io» borbotto e mi tolgo pezzi di vetro dal braccio. Non voglio che la gente mi odi. Già è grave che mi odi Bree. «Sistemo io tutto.»

Faccio un passo in direzione di Grimwood. Edward allunga una mano e mi attraversa il petto, provocandomi la pelle d'oca per il freddo. Lui rabbrividisce per il dolore di toccarmi. «Stai lontano da lei» mi dice a denti stretti. «Hai già combinato abbastanza guai.»

«Almeno, io c'ero!» urlo. «Le ho insegnato io a difendersi. Ho indossato questi abiti barbari e mi sono sottoposto alle tue deplorevoli lezioni di buone maniere, tutto per lei. E tu? Sono settimane che nemmeno stai in una stanza, se c'è lei. Non ti importa nulla di lei. Tutto ciò che fai è per te stesso.»

«Non puoi dirmi queste cose» urla a sua volta Edward. «Tu... *tu...*»

Una coppia che camminava verso di noi attraversa la strada e corre in direzione del pub. Ricordo che non vedono né Ambrose né Edward: a loro deve sembrare che io stia urlando contro il nulla.

*Per Bree è così da sempre.*

«Per favore, smettetela.» La voce di Ambrose tremola. «Non litighiamo. Tutti noi abbiamo fatto cose che hanno ferito Bree e hanno peggiorato la situazione. Ma...»

«Sì, Ambrose, vero» esclama Edward in tono di scherno. «Però le tue pressioni su Bree perché usi la sua magia non sono niente in confronto a Pax che rovina la festa. E non sarà tutto.» Edward mi fissa con uno sguardo pieno di odio. «A te è stato fatto il dono più grande: la possibilità di vivere di nuovo con la ragazza che tutti vogliamo. E tu sembri determinato a rovinare tutto.»

Credevo che l'unica cosa che mi interessava fosse essere di nuovo vivo, sentire Bree. Ma ora che il mio desiderio si è avverato, mi rendo conto che non è così. Pax il centurione è morto quel giorno sul campo di battaglia. Quello che sono ora è l'ombra di un'epoca ormai passata.

Sono un reperto storico, morto al mondo di Bree, proprio come lo sono le mie vecchie ossa polverose, in una scatola in un laboratorio.

Bree sta meglio senza di me.

Starebbe meglio se non fossi mai tornato in vita.

Mi giro e corro via.

«Non scappare!» mi urla Edward. «Non ho ancora finito di rimproverarti.»

Corro più veloce di quanto abbia mai fatto, più veloce di quella volta in cui mi sono ubriacato e ho perso la tromba e ho dovuto correre per mezza Gallia per raggiungere la mia legione.

Corro al laghetto nel parco del villaggio e recupero la spada da sotto la panchina dove l'avevo nascosta prima, nel caso in cui lo Squartatore si fosse presentato alla festa. Non potevo immaginare che avrei trovato delle spade a disposizione degli ospiti.

Salgo di corsa per Grimwood Crescent e mi blocco davanti agli imponenti cancelli di ferro del cimitero di Grimdale.

Sono chiusi a chiave. Sferro un pugno e il lucchetto arrugginito mi si rompe in mano. *Ahi.* Scuoto il pugno. *Fa un po' male.*

Mi sto ancora abituando a sentire di nuovo il dolore. Però il dolore fisico, come il bruciore del vetro sulla pelle, lo posso tollerare, ma la sensazione di vuoto che provo da quando Bree ha iniziato a piangere... a quello non mi abituerò mai.

È il tipo di dolore che può uccidere.

Mi infilo nel cimitero. Non sono mai stato qui dentro, dai tempi in cui questa terra era un campo di battaglia. Mi aggiro tra le tombe, ho la mente che vortica, nel mio petto cresce un dolore sordo che mi rode fino a strozzarmi il respiro.

So cosa devo fare.

È la scelta giusta. La scelta onorevole.

Devo solo trovare il coraggio di andare fino in fondo.

Il mausoleo di Edward sovrasta il resto del cimitero. A giudicare dalle dimensioni, potrebbe essere quello di un imperatore che ha vinto diverse battaglie e ingravidato molte regine. L'ultima parte è probabilmente vera.

Edward lo odia, quel mausoleo. Non sopporta nemmeno di guardare in quella direzione.

In questo momento io odio Edward, così mi siedo sui gradini di marmo e guardo gli angeli. Questi britannici hanno idee davvero bizzarre sulla morte. Avrebbero dovuto adottare i nostri modi romani.

Una volta ho sentito Edward dire ad Ambrose che il suicidio è una via d'uscita da codardi. Ma che baggianata! Uccidersi può salvare il proprio nome, o la propria famiglia, dal disonore. Le mogli che seguono i loro mariti negli inferi sono venerate, e gli uomini che si tolgono la vita prima di diventare vecchi e infermi ricevono un funerale da eroe.

E io, cosa sarò?

Appoggio la spada sulle ginocchia.

Ma poi: posso morire una seconda volta? Posso farlo come si deve? So che Bree mi troverà qui. E mi darà un funerale da manuale. Sarà triste, ma capirà che l'ho fatto perché la amo. Non voglio che soffra ancora. Ha Edward e Ambrose. Per lei, loro sono molto meglio di me. Almeno, non possono incasinarle la vita nel mondo reale come ho fatto io.

Se devo morire, che sia da soldato.

Mi tolgo questi oltraggiosi pantaloni da yoga. Un vero romano non andrebbe verso l'Ade con un abbigliamento così barbaro.

Raccolgo un sasso da terra, accanto alla tomba e lo passo sulla lama della mia spada, godendomi l'appagante mormorio della lama mentre la affilo per bene.

*La mia spada. Sarà un onore morire con questa lama che ha combattuto così valorosamente per Roma, e per Bree.*

*Lotterò ancora per lei, anche nella morte.*

Da Vivente non sono di nessuna utilità a Bree. Invece il mostro, questo Jack lo Squartatore, è uguale me. Se non può essere ucciso in questo mondo, allora può essere ucciso nell'Ade. Ed è lì che intendo incontrarlo in battaglia.

Farò ciò per cui sono nato.

Ora la mia lama è affilata. Mi alzo. Per l'ultima volta, eseguo i movimenti che ho imparato a fare in addestramento, le mosse che ho praticato per migliaia di anni. Le eseguivo con i miei uomini, godendo della loro compagnia mentre immaginavamo la vittoria sul campo di battaglia. Prima che tutti loro venissero abbattuti proprio sul terreno in cui mi trovo adesso.

Ora, per l'ultima volta, le eseguo da solo.

L'unico scopo che avevo nell'aldilà era proteggere Bree. E ora ha bisogno della mia protezione. Dallo Squartatore, e da me stesso. Dal disordine che farò piovere sulla sua vita.

Non dovrei essere in questo mondo.

È ora che me ne vada.

Crollo in ginocchio, la spada in mano. Alzo la testa verso il cielo e rivolgo un'ultima preghiera agli dèi: a Giove, Marte e a Venere, affinché veglino su Bree quando io non potrò più farlo.

«Addio, mia Bree. Farò piovere la tua vendetta su quel mostro. Un giorno ti vedrò nei Campi Elisi.»

Sollevo la spada.

Bacio la lama.

Una sola lacrima mi scende sulla guancia.

Io...

Con la coda dell'occhio noto un movimento.

Lì, dietro la statua dell'angelo piangente, il lembo di un mantello nero, l'ondeggiare di uno di quegli stupidi cappelli a cilindro che piacciono ad Ambrose.

La spada è in bilico davanti a me. Ora sono incerto. Non intendevo farlo davanti a un pubblico.

«Vattene!» urlo. «Voglio morire da solo.»

«Sìììì...» Una voce mi accarezza la pelle. È una voce che non ho mai sentito prima. Non ha un suono umano, ma sembra la terra della tomba che ti si sbriciola tra le dita, come ossa che scrocchiano l'una sull'altra. «Lo faraaaaiiiii.»

Scatto in piedi. So chi è che mi osserva da dietro quell'angelo di pietra.

Il mostro mi si para davanti e solleva la sua arma. Una lama più sottile e corta della mia, ma altrettanto letale. Del fumo rosso sangue ne avvolge la superficie seghettata.

«Ciao, piccolo centurione» dice con voce roca.

# 34

## BREE

Apro l'armadio a muro al terzo piano e scopro le strette scale che salgono nella penombra. Al tempo in cui fu costruita la casa questa scala faceva parte della rete di passaggi della servitù che collegava tra di loro le stanze da un piano all'altro. Aziono l'interruttore e si accende una lampadina lercia, che accentua le ombre inquietanti.

Mi appoggio con una mano al fondale dell'armadio per trovare l'equilibrio e mi avvio su per le scale polverose. Si vedono le impronte dell'ultima volta che sono salita quassù, quando ho trovato Edward al buio, a piangersi addosso. Spero che non gli venga in mente di venire a cercarmi qui in soffitta.

La polvere mi chiude la gola e per un istante mi chiedo cosa diavolo sto facendo. Sto scappando di nuovo, proprio ciò che mi ero ripromessa di non fare.

Ma ora che ho iniziato a salire le scale, non posso fermarmi.

Vado a sbattere con la testa contro la botola. La spingo, e si apre di scatto andando a finire sul pavimento interno. Quasi soffoco per la nuvola di polvere che si solleva, e crollo in ginocchio.

Aspetto qualche istante, per lasciare che la polvere si

depositi, poi mi infilo nel buco. Accendo l'unica lampadina, fioca.

Ai tempi di Edward, il sottotetto era diviso in diverse stanze che servivano da alloggio per i tredici membri del personale. Quando invece viveva qui Ambrose, il personale si era ridotto a sole tre persone, che vivevano al piano inferiore dell'ala occidentale, così la famiglia Van Wimple fece abbattere le pareti della soffitta per utilizzarla da deposito dei manufatti di Cuthbert e dei diari degli scavi. Poi la casa passò alla mia famiglia, e noi continuammo quella follia.

La soffitta occupa un piano intero, ed è piena di armadi, scatole e cianfrusaglie di varie epoche. Da bambina, a volte giocavo quassù, e tiravo fuori dai bauli vecchi abiti tarmati che usavo come costumi per le mie recite. Ricordo che Edward cercò di insegnarmi a ballare con addosso un'enorme gonna a cerchio. Anche se di sicuro lui non ballava come ha fatto stasera...

*No, non pensarci.*

Mi avvicino a un angolo della stanza, e riconosco la pila polverosa di giochi da fare con la palla e la vecchia casa delle bambole che mio padre mi aveva costruito.

I miei vecchi giocattoli.

Sbircio dietro la casa delle bambole, attratta da qualcosa di un rosso acceso. Il cuore mi batte forte contro le costole quando riconosco...

La mia biciclettina.

Esalo il respiro che stavo trattenendo. Tocco il manubrio. Suono il campanellino.

*È la mia bicicletta.*

Il telaio è ancora piegato per la caduta. Una volta era il mio giocattolo preferito, ma poi è diventato un rottame. Un rottame che mi ricorda il giorno più brutto della mia vita. Il giorno in cui sono diventata Bree, la bambina che sussurrava ai fantasmi.

Ma è stato davvero il giorno peggiore che ho vissuto? Per la maggior parte della mia vita, i fantasmi sono stati miei amici. E ora... sono anche qualcosa di più...

*E io ho mandato i miei tre migliori amici a vivere qui in esilio, in un posto dove vanno a finire le cose rotte e indesiderate.*

Mi scendono grosse lacrime. Mi accascio sul pavimento, la schiena appoggiata alla casa delle bambole, e non le trattengo.

«Non so che fare» sussurro nell'oscurità.

*Io li amo.*

Non lo ammetterò mai, ma questo è l'unico modo per descrivere questa sensazione di rottura e il tormento che provo.

Li amo. Però non so come fare per accogliere loro e continuare a far parte del mondo che mi circonda. Non riesco a non sentirmi lacerata da ciò che vorrei fosse reale e da ciò che desidero così tanto...

*SQUEAAK?*

Mi giro, con la tristezza che si trasforma in orrore all'idea di trovarmi circondata dai topi... ma poi vedo una sagoma appesa a testa in giù alla finestra.

Un pipistrello.

Non un pipistrello qualsiasi, mi rendo conto. Ozzy, il pipistrello a cui mio padre ha dato un nome. La creatura che ha messo in agitazione i fantasmi al punto che non riescono nemmeno a nominarlo.

«Ehi, Ozzy.» Mi alzo e giro piano intorno a uno dei bauli, nel tentativo di avvicinarmi. Il pipistrello apre pigramente una minuscola ala e mi scruta con due occhi enormi e rotondi, attraverso i quali scorgo la luce della luna alle sue spalle.

«Ehi... ma tu sei un fantasma.» Oltre le sue ali scure scorgo le stelle scintillanti.

Si tuffa in avanti e atterra sulle zampette sul davanzale della finestra. Saltella qua e là e dispiega le ali, inclinando la testa di lato come per dire: «Ta-dah!»

«E sei adorabile» esclamo con un sorriso. «Non so perché i fantasmi abbiano così tanta paura di te.»

Il pipistrello apre la bocca e rivela dei minuscoli denti appuntiti.

Mi preparo a qualche sadico dispetto.

Ozzy emette un enorme sbadiglio e si accascia, ripiegando le ali su se stesso.

Dalla finestra, la creaturina mi cade sulla spalla. Mi sfugge un urlo. Ozzy mi sfiora la clavicola con i minuscoli artigli, poi mi scivola su un braccio.

Lancio un altro grido appena mi avvolge le sue piccole ali di pipistrello fantasma intorno alla mano e mi stringe al suo corpo caldo e peloso. *È troppo dolce.*

La luce brilla sulla superficie delle sue ali e noto un filo argenteo che mi avvolge il braccio, e mi fa formicolare la pelle dove mi tocca. È un filo più sottile di quello dei fantasmi, ma non meno luminoso. E poi, inizia a srotolarsi, a torcersi e a girare nell'aria, a spiraleggiare in giro, in mezzo al disordine che riempie la soffitta. Avvolge le travi, e finisce sotto il pianoforte. Poi gira intorno al mio corpo, poi ancora, e...

All'improvviso, mi trovo in un luogo diverso.

*No, non è esatto.*

Il posto è lo stesso, ma ora la soffitta brilla e si trasforma ovunque venga toccata dal filo d'argento: i mobili si spostano un po', la polvere si assottiglia, e la pallida luce lunare fuori dalle finestre sudice si trasforma in un sole accecante.

«Non posso credere di stare qui, invece che nel mio splendido boudoir» sento il borbottio di una voce familiare dietro di me.

Mi giro. Edward, Pax e Ambrose sono in piedi in mezzo a tutto quel disordine, avvolti in una luce argentea. Sembrano non vedermi. Edward mi scruta con quel suo sguardo altezzoso e non ha nessuna reazione.

Non mi vedono.

Non sono loro. Sono una proiezione, credo. Un ricordo, proprio come continuo a vedere sprazzi di vita dei fantasmi se mi avvicino troppo a loro. Sto vedendo un ricordo che Ozzy mi vuole mostrare.

«Credo sia delizioso» dice Ambrose fingendo di guardarsi in giro. Si costringe a sorridere. «È arioso, c'è molto spazio. Un sacco di angoli nuovi da esplorare.»

«Potrò battervi in molti combattimenti con la spada qui.» Pax dà una gomitata nella pancia a Edward.

«Fantastico. Condivido la camera con una coppia di comici che non hanno nessun gusto per le cose raffinate» dice brusco Edward. «Credo che mi impossesserò dell'angolo squallido con la tenda di ragnatele.»

«Io invece mi prendo l'interno di quel vecchio baule da viaggio!» esclama Ambrose tutto allegro.

«A me non servirà una branda su cui dormire. Passerò le notti ai piedi del letto di Bree, a tenerla lontana dai pericoli.»

«No, Pax» ribatte Edward con un sospiro. «Te l'ho già spiegato. Non puoi. Brianna ci vuole fuori dalla sua vita. *Per sempre*. Questo significa niente guardie.»

Pax si incupisce. Anche se so che tutto questo non è reale, mi si spezza il cuore. «Ma chi la proteggerà mentre dorme?»

«Forse potrebbe sorvegliarla lo stesso?» suggerisce Ambrose, sempre pacificatore. «Se Pax si piazza fuori dalla sua finestra, senza farsi vedere, e promette di non parlarle mai, magari riesce a onorare il suo impegno. Io mi sentirei meglio, a sapere che c'è lui che veglia su di lei.»

«Va bene, però *evita in tutti i modi di parlare* con Brianna» si raccomanda Edward. «Abbiamo fatto una promessa e se non posso infrangerla io, non lo farai nemmeno tu.»

«Sono sicuro che quando Bree si calmerà un po', sentirà la

nostra mancanza» dice Ambrose allegro. «Ci chiederà di tornare. Dobbiamo lasciarle un po' di spazio, tutto qui.»

Invece, non l'ho mai fatto.

Nei due anni in cui abbiamo vissuto sotto lo stesso tetto senza parlare, sono rimasti nascosti in questa soffitta e hanno aspettato che li volessi di nuovo. E invece non ho mai chiesto loro di tornare, anche se ci ho pensato tante volte. Nonostante mi mancassero da morire.

Pensavo di averli banditi per sempre. Non sapevo che erano rimasti qui, per tutto quel tempo.

*Sempre a vegliare su di me.*

Esco dalla visione, il respiro affannoso.

Con la coda dell'occhio, noto qualcosa che si muove. Emetto un urlo e striscio all'indietro, perché non voglio affrontare un'altra cazzata che posso avere fatto.

Ma non è un altro ricordo. È Edward nel presente, che levita sopra la botola. Ha le labbra imbronciate in una smorfia di preoccupazione.

«Le mie scuse, Brianna. Non volevo...»

Ma le sue parole si interrompono con un grido strozzato alla vista di Ozzy. «Allontanati da lei, brutto peloso demone dei cieli!»

«Squeaaak?» replica lui indignato.

Edward si lancia verso Ozzy, che svolazza via e atterra sul pianoforte. Attraversa il legno in volo, ma sembra bloccarsi a metà, con una zampa intrappolata all'interno e il resto fuori, cercando di negoziare con questa sua abilità di essere parzialmente in grado di toccare gli oggetti. Squittisce con rabbia e saltella su e giù.

«Mi dispiace, piccoletto.» Mi avvicino per sollevare il coperchio e liberarlo.

«No!» grida Edward, che mi passa davanti e arriva prima di me. Con uno sguardo di fuoco, infila il pipistrello dentro il pianoforte e poi si siede sul coperchio. Ozzy cerca di colpire con i suoi piccoli artigli Edward, che fa uno strillo e si copre il viso, però non scende dal pianoforte.

Ozzy esce in volo e torna a posarsi sulla mia mano.

«Non c'era bisogno. Avrei potuto liberarlo io, visto che tu hai paura del grande pipistrello cattivo.» Accarezzo la testolina di Ozzy, che fa le fusa in modo adorabile. «Ozzy non è cattivo. Perché hai così tanta paura di lui?»

Edward rabbrividisce. «Non vuoi saperlo.»

«Oh, sì, invece.»

«No, ti assicuro di no.» Sposta lo sguardo da Ozzy al pianoforte e viceversa.

Decido di non mettermi a fare questo giochetto di *voglio-non-voglio*. «Sei riuscito a stare ben novanta minuti senza venire a cercarmi.» Non so se sono arrabbiata o grata. «Deve essere un record.»

«Non ti avremmo disturbato se non fosse stato importante. Io e Ambrose ti abbiamo cercata ovunque. Beh, io ti ho cercata, perché Ambrose è come non ci fosse. Se fosse il mio servo, l'avrei già venduto.»

«Per quanto tu possa fare lo spavaldo, non sono ancora pronta a parlare di quello che è successo alla festa.» Non riesco a non rivedere l'espressione infuriata di Dani senza sentirmi male, soprattutto adesso che ci ripenso.

*Ho ferito tutti coloro che mi vogliono bene.*

«Bene.» Edward scivola giù dal pianoforte e si dirige verso di me con cautela. «Concordiamo che non parleremo mai più di questa serata, e lasciamo le cose come stanno. Però devo dirti un'altra cosa. Pax è scomparso.»

# 35

BREE

Pax scomparso?

Ma non ha senso. Pax non andrebbe mai in giro da solo di notte. Deve essere qui, a sorvegliare la casa dai mostri, ai piedi del letto. Il mio centurione.

È quello che fa ogni sera da quando ero piccola.

Quindi come può essere... sparito?

E se lo avesse preso il mostro? E se lo stesse facendo a pezzi proprio ora?

E io gli ho detto... gli ho detto...

Gli occhi mi si riempiono di lacrime al pensiero di tutte le cose terribili che ho detto, ma cerco di trattenermi. Non è il momento di crollare.

«Dobbiamo trovarlo!» esclamo.

«Temevo che l'avresti detto.» Edward fa una smorfia preoccupata. «Abbiamo altre opzioni. Potremmo lasciarlo al suo destino. Questa casa è già abbastanza affollata, e l'aria sarà molto più pulita senza le sue flatulenze romane...»

«Edward, non sto scherzando. Pax potrebbe essere nei guai.»

«Lo so.» Edward torna giù per le scale fluttuando. Io poso

Ozzy sul davanzale e lo seguo, spegnendo le luci dietro di me. Ambrose ci aspetta giù, con un'espressione tesa. Anche a lui è venuto lo stesso pensiero.

«Pax non può essere scomparso così» dichiaro. «Avete controllato in tutta la casa?»

Ambrose annuisce.

«Beh, cos'è successo dopo la festa? Dove siete andati voi tre dopo che io...»

*Dopo che io sono scappata. Di nuovo.*

Ambrose e Edward si scambiano un'occhiata, cosa piuttosto difficile da fare visto che Ambrose non può vedere. Il panico mi sale nel petto. Mi metto le mani sui fianchi. «Cos'è successo dopo la festa?»

«Abbiamo avuto un disaccordo» risponde Ambrose, fissandosi le scarpe.

«Un litigio» lo corregge Edward. «È stato un litigio.»

«Edward è stato *crudele*» si giustifica Ambrose, triste.

«Non siamo venuti alle mani.»

«Non ce n'è stato bisogno.» Le lunghe ciglia di Ambrose si abbassano. «Le nostre parole lo hanno ferito più di quanto avrebbe mai potuto fare una lama.»

Mi guardo il petto, da dove esce ancora il filo d'argento di Pax. Mi si accende un campanello d'allarme non appena mi accorgo che è molto flebile, la sua tremula luce blu a malapena visibile. «Perché avete litigato?»

«Per te.» Edward si fissa i piedi.

«Perché ti abbiamo delusa.»

«Ti abbiamo allontanata di nuovo.»

«Non avremmo mai dovuto farci vedere da te» commenta Ambrose con un tremolio sulle labbra. «È stata colpa mia. Avrei dovuto stare più attento...»

«No, la colpa è tutta mia.» La voce di Edward risuona

lontana. «Ho detto a Pax che stavi meglio quando era un fantasma. E lui se n'è andato, pestando i piedi.»

*Maledizione.*

«Non puoi dire cose del genere a Pax. Lui non la pensa allo stesso modo. Lui è sempre ligio al dovere, ed è convinto che il suo compito sia quello di proteggermi. E se pensa di avermi messa in pericolo, allora...»

Allora non vorrà più continuare a vivere.

Quindi lo Squartatore non è l'unico pericolo che dovremo affrontare stasera.

Non posso permettere che questo accada. *Non lo farò.*

Ambrose si incupisce di più. Ha avuto il mio stesso pensiero. «Oh, no. Dobbiamo trovarlo.»

Mi premo una mano sul petto, come se potessi calmare il cuore che batte con forza. *Pensa, Bree. Pensa.* «Okay, voi dove andreste se foste un centurione romano depresso e assetato di sangue, e steste pensando di sacrificarvi?»

«Io vorrei annegare in una tinozza di birra» dichiara Edward.

«Io vorrei essere ucciso in una grande battaglia» suggerisce Ambrose.

*Io vorrei morire accanto ai miei compagni.*

«Credo che sia andato al cimitero» dico, e afferro il cappotto. «Dobbiamo...»

«Mi scusi, signorina Mortimer. Ma credo che lei non andrà da nessuna parte.»

Mi giro di scatto. Lì, sul pianerottolo, proprio sulla cima delle scale, c'è padre Bryne.

# 36

## BREE

«B uonasera, padre» balbetto. «Sono terribilmente dispiaciuta. Pensavo che fosse fuori al pub. Non l'avrò svegliata con le... ehm... le mie urla, vero? Dovevo prendere una cosa in soffitta e... ho sbattuto un dito del piede e...»

«Non hai sbattuto nessun piede.» Padre Bryne fa un passo verso di me. Noto che indossa la tonaca nera, e mi pare un abbigliamento bizzarro per una serata di karaoke al Goat. L'abito nero lungo e fluente, insieme alla croce al collo, gli conferisce un'aria minacciosa. Inclina la testa di lato. «Con chi stai parlando, Bree?»

Non lo dice come se fosse curioso, ma quasi conoscesse già la risposta.

«Parlo da sola» mormoro. «Lo faccio da quando ero piccola. Chieda a chiunque in città, glielo confermeranno.»

«Oh, l'ho già fatto. Ho chiesto in giro di te. Bree Mortimer, la bambina sopravvissuta a un incidente in bicicletta che le ha spaccato la testa, un incidente a cui nessuno sarebbe sopravvissuto. La bambina strana con degli amici invisibili e una fervida immaginazione. L'adorabile giovane donna con un fidanzato che sembra essere un soldato dell'antica Roma tornato dai morti. Non stavi parlando da sola. Stavi parlando con il fantasma di un gentiluomo vittoriano e con il dandy che ha un frammento di vetro nel sedere.»

«Ehm, chiedo scusa, *signor cattolico*!» sbotta Edward. «Non è certo questo il modo di parlare del vostro principe! La farò bruciare come fosse un pagano!»

Mi si gela il sangue. «Lei... lei riesce a vederli?»

Padre Bryne sorride, ma non c'è traccia di allegria. «Certo. Anche se non in modo così chiaro come li vedi tu, credo. Per tutta la vita ho cercato di sopprimere la mia maledizione. Non voglio vederli, questi abomini.»

«Lei vede i fantasmi!» La notizia è così strana, così impossibile, che non so come gestirla. Non riesco a pensare con chiarezza. E ora non ho tempo per questo. Devo trovare Pax, eppure...

I miei piedi non si muovono.

*Devo* sapere.

«Vedo i fantasmi.» Padre Bryne mi scruta. «Sono venuto a Grimdale per cercare te, Bree. Dalla tua reazione, immagino che tu non abbia mai incontrato un altro essere con il tuo stesso potere.»

Accanto a me, Edward borbotta qualcosa a bassa voce. Lui e Ambrose si avvicinano e Ambrose assume una posa da pugile. Non capisco tutto questo astio. Se padre Bryne sa dei miei poteri, potrebbe aiutarci a fermare il mostro.

«No, io...» Non so bene quello che voglio dire. È troppa roba da metabolizzare. «Mi sono chiesta se forse poteva averlo Vera, il mio potere, ma poi è stata uccisa. E noi, cioè io, abbiamo trovato un'altra donna, Penny Hatterly, ma anche lei è stata uccisa. Qualcuno sta dando la caccia alle persone come noi, padre. Qualunque cosa siamo. E dobbiamo fermarlo...»

«Tu sei un Lazzaro.»

«Bree.» Le dita di Ambrose sfiorano le mie. «Non abbiamo tempo adesso. Dobbiamo trovare Pax.»

Praticamente non lo sento nemmeno. Il filo di Pax mi stringe con urgenza il petto, ma sono attratta dal sacerdote, dalla sua voce calma e gentile, dalla certezza che qui c'è qualcuno che capisce tutto quello che ho passato.

«Lazzaro... come il santo?»

«Sì. Noi siamo figli di Lazzaro, portatori del suo sangue, sangue che è stato consacrato da Cristo stesso. Abbiamo il potere di attraversare il confine tra i vivi e i morti. Nel corso dei secoli, ci siamo cercati a vicenda, per incoraggiare coloro che hanno questo dono, questa *maledizione*, a seguire il cammino della luce. Ma ci sono alcuni che vacillano e cadono, e sono troppo pericolosi per restare.»

«In che senso?»

Padre Bryne solleva la croce che porta al collo. Ancora una volta, noto che non è proprio una croce normale. Alle estremità ha delle punte in più.

«Sai cos'è questa?»

«Una croce?»

«È la croce di Lazzaro, simbolo dell'antico Ordine della Nobile Morte.» Lascia cadere la croce, che gli si appoggia sulla tonaca. «Ormai siamo rimasti in pochi. Siamo i figli legittimi di Lazzaro. All'interno dell'Ordine, ognuno di noi è stato toccato dalla mano di Cristo, e ha ricevuto in dono il potere della resurrezione. Sono venuto a offrirti un posto nel nostro illustre Ordine.»

«Esiste un Ordine? Tipo... come tra maghi?» Sono davvero confusa da tutto questo, e dal modo in cui Edward e Ambrose mi si stanno avvicinando, quasi a proteggermi.

«Sì. L'Ordine della Nobile Morte viaggia sulla Terra. Compie il lavoro di Dio, opera miracoli di resurrezione per glorificare il Suo nome e mantiene la santità della morte. Mi hai detto che sei da sempre alla ricerca del tuo posto nel mondo, giusto? Ebbene, il tuo posto è nell'Ordine della Nobile Morte. Ti porteremo nel nostro monastero, in Italia, e ti istruiremo sull'uso dei tuoi poteri per glorificare il Signore.»

«Ma...» Stare con altre persone come me. E non essere più sola. Padre Bryne mi sta offrendo l'unica cosa che abbia mai desiderato. Però... dovrei lasciare Grimdale per unirmi a un ordine sacro? E i fantasmi? «Cosa intende per mantenere la santità della morte?»

Padre Bryne stringe le mani sulla croce. Sembra amareggiato. «Alcuni dei nostri fratelli non condividono il nostro retto cammino. Scelgono di usare i loro poteri per glorificare se stessi. Perciò, per mantenere l'ordine, dobbiamo dare la caccia a questi Lazzari disonesti, e abbatterli.»

«Abbatterli? Ma...» Ho il cuore che martella forte. «Hai ucciso *tu* Vera e Penny.» Passo al tu e accantono ogni formalità. «Sei *tu* Jack lo Squartatore.»

«Cielo, no. Non mi sognerei mai di fare una cosa così macabra ed empia a un contenitore dello spirito di Dio» replica padre Bryne. «La mia anima deve rimanere pura, altrimenti non potrò ascendere al regno dei cieli lungo il sentiero che alla fine Lazzaro ha percorso. Però dobbiamo fare con ordine. Quindi: se troviamo dei Lazzari che non vogliono unirsi a noi, risuscitiamo dai morti dei soldati che siano in grado di distruggere gli infedeli.»

«Bree» mi sussurra Edward. «Credo proprio che ora dovremmo andare.»

*Sì!* urlo, ma non riesco a usare la bocca. La paura mi sale lungo la schiena, però non sono in grado di muovermi. Guardo Padre Bryne negli occhi mentre lui borbotta qualcosa in latino. Del fumo rosso gli si arriccia tra le dita nel punto dove stringe la croce.

*Mi sta facendo qualcosa.*

*Pax, dove sei?*

Vorrei che il mio soldato romano sfondasse il muro brandendo la spada, e rompesse l'incantesimo che mi ha lanciato padre Bryne. Ma il problema sta proprio qui. Io ho sempre contato sul fatto che Pax si prendesse cura di me.

Ora invece è lui, quello che deve essere salvato.

«Ed è per questo che sono qui stasera. Tu hai resuscitato un'anima dalla morte, senza il consenso di Dio. È un'impresa notevole. Ci vogliono un'abilità e un potere enormi per eseguire quel rituale, e di solito non è possibile che li abbia una persona così giovane. Ho studiato il tuo amico Pax da quando sono a Grimdale. All'inizio non potevo essere certo che fosse un risorto, e che non si trattasse solo di un giovanotto un po' maldestro, ma dopo che l'ho visto in strada questa sera, intento a discutere con i due fantasmi, ho capito che è un abominevole sacrilegio.»

«Non è niente del genere» sputa fuori Edward. «Qui, l'unica persona autorizzata a insultare Pax sono *io*.»

Padre Bryne lancia un'occhiata divertita a Edward. «Parole coraggiose per un fantasma, però a nessun Lazzaro è permesso l'uso del suo potere al di fuori dell'ordine costituito. E io sono qui proprio per assicurarmi che tu ti unisca a noi. O che accetti l'ira di Dio.»

«Lei non si unirà mai a te» grida Ambrose. Cerca di scuotermi il braccio, ma io rimango immobile. «Bree, rispondimi. Cosa c'è che non va?»

«Capisci, vero?» chiede padre Bryne, stringendo più forte la croce. «Questi uomini che ami non sono del nostro mondo. Dio ha detto che devono morire e il tuo compito sacro è quello di aiutarli a passare oltre, non quello di permettere che rimangano sulla Terra, o che ritornino ai loro corpi. Quello che hai fatto è sbagliato, e io devo rimettere a posto il mondo.»

«E riportare in vita un serial killer vittoriano, invece?» ribatte Edward. «Questo va più che bene?»

«Mi dispiace davvero, Bree. Sei una ragazza brillante e piena di potenzialità, e ti accoglieremmo con gratitudine nel nostro seno. Qual è la tua decisione?»

Fa schioccare le dita e la mia mascella torna a funzionare. Poso gli occhi su Edward, che ha la bocca imbronciata e storta per la paura, e su Ambrose, con i capelli scuri tutti scompigliati.

«Non mi unirò mai a voi» replico di getto.

«Molto bene. Dio ti ha concesso il libero arbitrio. Ma se non ti unirai all'Ordine della Nobile Morte, allora dovrò assicurarmi che il mondo sia al sicuro dai tuoi poteri.»

In effetti, la mia mascella funziona ancora, ma è l'unica parte di me in grado di muoversi. *Diamine, sto per morire e non sono in grado di muovere un dito per reagire.*

Padre Bryne ruota la croce tra le dita e borbotta qualcosa in latino. La croce si illumina e dal suo centro esce un filo che si dipana. È come i fili che vedo nei ragazzi, solo che invece di essere d'argento, è di un rosso pulsante e sanguineo.

Il filo di padre Bryne si avvolge intorno alla croce, ma nemmeno quello è d'argento. Mi rendo conto che è la prima volta che lo vedo, ed è di un nero intenso.

«Sarà qui a breve» ci informa padre Bryne. «Si sta occupando del vostro amico.»

«Tu non farai del male a Pax» esclama Edward raddrizzandosi. «Non te lo permetterò. E qualunque cosa tu abbia fatto a Brianna, devi smetterla subito.»

Padre Bryne ridacchia. «Pensi di potermi fare del male, spirito?»

Negli occhi di Edward si accende un bagliore di astuzia. Non ho idea di cosa gli passi per la testa ma poi vedo che ha costretto il prete ad avvicinarsi alla parete del pianerottolo, vicino all'interruttore della luce.

*Oh, Edward...*

«Il tuo Signore dice: *E luce sia!*» esclama Edward

sorridendo, e poi infila la mano dentro l'interruttore. Tutte le luci della casa sfarfallano. «Ora adorerai me? Tra le lenzuola sono un dio, e adesso sono anche pieno di luce celeste.»

Ha ragione. Il suo corpo è circondato da una luce flebile, che pulsa a tempo con le luci tremolanti.

«Ma, cosa...» Padre Bryne indietreggia, le mani alzate e la croce che gli penzola tra le dita, spargendo tutt'intorno una nebbia rossastra.

Edward allunga una mano e tocca la fronte di padre Bryne.

*CRACK.*

C'è uno sfrigolio.

Le luci si accendono di nuovo.

Padre Bryne indietreggia. Il suo piede scivola dal gradino più alto e lui perde l'equilibrio. E precipita rovinosamente dalle scale.

La magia che mi bloccava si dissipa. Crollo tra le braccia di Ambrose e lui mi afferra al volo. Mi aiuta a raddrizzarmi e io aggancio il suo braccio al mio. Inizio a correre giù per le scale, con Edward che ci segue a ruota, soffiandosi sulle dita, come fossero la canna di una pistola.

Raggiungiamo il fondo della scala proprio mentre Padre Bryne si rimette in piedi. Ha i capelli dritti, tutti scompigliati. Sulla fronte ha il segno di una enorme bruciatura rotonda, e l'orlo della tonaca sta fumando.

«Nel nome del diavolo, cos'è stato?» ringhia a Edward. «Tu... tu sei un fantasma, non dovresti essere in grado di fare queste cose.»

Edward agita le dita. «Mi stavo solo prendendo cura della donna che amo. E se ti avvicini ancora, ti beccherai un'altra scossa in un posto piuttosto scomodo.»

«Vedi?» Padre Bryne si volta verso di me, le labbra arricciate in una smorfia sprezzante. «Vedi quanto è facile essere corrotti da questo potere? Tu hai dato a questi fantasmi capacità superiori a quelle che dovrebbero avere. Possono interagire con il mondo umano. Questa è magia oscura e demoniaca. Hai corrotto i tuoi poteri per le forze del male...»

Serro le mani a pugno. «Se questa è corruzione, allora tu cosa sei?»

Ma è inutile rimproverarlo. Padre Bryne *è un credente*. Non vedrà mai nulla di sbagliato in quello che sta facendo. E sta venendo di nuovo verso di me, strascicando i piedi mentre cerca di riprendere in mano la croce.

*Non so cosa fare.*

Mi guardo in giro alla ricerca di un'arma. La vecchia pistola di Cuthbert Van Wimple è appesa alla parete, ma non sarà di certo carica. Potrei colpire il prete con la cappelliera, o fargli cadere addosso l'armatura, o...

Sento qualcosa che raspa, all'interno del camino. Edward lo scruta e i suoi lineamenti si illuminano. È l'espressione che assume tutte le volte che trova un distico in rima che funziona alla perfezione. Posa una mano sul braccio di Ambrose. I due si allontanano da me e avanzano verso il sacerdote, spingendolo all'indietro verso il camino.

«Tu non le farai del male» ringhia Edward, in tono basso e minaccioso. Anche se in realtà ha la stessa voce... di Pax.

«Abbiamo poteri che non puoi neanche immaginare.» Ambrose gli sventola il bastone davanti. Urta un paralume e lo fa cadere a terra.

«Indietro, spiriti immondi!» esclama padre Bryne, la croce stretta tra le dita. «Non dovreste essere in grado di fare queste cose!»

Il filo rosso che esce dalla croce si avviluppa e striscia verso i miei fantasmi, fino ad avvolgerli. Edward spalanca gli occhi per la paura.

«Bree?» grida Ambrose. «Mi sento... mi sento strano.»

«Freddo» mormora Edward. «Troppo freddo.»

«Tornatevene nella terra dei morti!» urla padre Bryne.

I fili d'argento intorno al mio cuore stringono così tanto da spezzarmi il fiato. Tirano e ronzano con forza mentre la magia della morte di padre Bryne li tende fino al punto di rottura...

Sta facendo loro del *male*.

Sta cercando di costringerli a passare oltre.

*Me li porterà via.*

Non so come ci riesco, ma *sento* ciò che devo fare per salvarli.

Mi porto una mano al cuore, e sento i cordoni d'argento che si estendono da esso a Edward e Ambrose, e *do tutto*.

Spingo dentro quei fili la magia che ho nelle vene. I fili si dipanano, girano e si avvolgono finché non soffocano il filo rosso. Ambrose e Edward si inoltrano tra le due magie in conflitto e continuano a muoversi verso di lui. Ambrose si tuffa dentro i mobili, senza far caso al dolore che immagino stia provando. Batte il bastone a terra e il suono si riverbera nella stanza.

*Tap. Tap. Tap.*

Padre Bryne si appoggia al caminetto. Lo sguardo si sposta verso il cimitero di Grimdale. «Potete farmi del male, ma mio è il regno dei cieli. Il vostro amico soldato non sarà così fortunato quando il mio Squartatore avrà finito con lui... aahhh!»

Qualcosa di piccolo e nero cade dal camino e vola dritto sul viso del sacerdote.

«Prendilo, Ozzy!» grida Edward.

Padre Bryne si strappa dal volto quella cosa nera che lo ricopre, ma il piccolo pipistrello si aggrappa e lancia squittii di sfida mentre affonda gli artigli nella pelle del sacerdote.

«Toglietelo! Tiratemelo via!» Padre Bryne geme e si scaglia di qua e di là in giro per la stanza, mentre cerca di togliersi il pipistrello di dosso. Ma, naturalmente, Ozzy è un fantasma, quindi le mani del prete continuano a mancarlo.

«Non puoi dire sul serio» si schermisce Edward,

ispezionandosi le unghie. «Io non ho nessuna intenzione di toccare quell'affare.»

«Sarebbe scortese ostacolare Ozzy» aggiunge Ambrose mentre indietreggia verso il muro, cercando di non intralciare il cammino di padre Bryne.

«Argh!» grida il prete, quando finalmente riesce a strapparsi dal viso il pipistrello, insieme a un folto ciuffo di capelli e brandelli di pelle. Poi lo scaglia dall'altra parte della stanza. La bestiolina strilla quando va a colpire Ambrose in pieno petto.

«Uufff!» grida Ambrose per la sorpresa, e barcolla all'indietro, andando a sbattere contro il muro che regge la pistola di Cuthbert.

La pistola si stacca dalla parete e gli finisce nelle mani. Lui sgrana gli occhi per il terrore mentre le sue dita stringono la canna...

*BANG.*

L'intera stanza cade nel silenzio. Lo sparo risucchia tutta l'aria della casa.

Padre Bryne si inginocchia e poi cade in avanti a terra. Ozzy esce da sotto di lui appena in tempo e si lancia rapido verso l'alto, per andare ad appendersi a testa in giù, al sicuro sul lampadario.

*SQUEAAAK*, proclama felice.

«Credo...» dice Ambrose tremando. «Credo che la pistola fosse carica.»

Corro da padre Bryne, ma è troppo tardi. Non si muove e non urla. Ha un buco nel petto grande come la tana di uno scoiattolo. Ha gli occhi annebbiati.

Una pozza di sangue scuro si allarga intorno al suo corpo, e macchia il tappeto persiano della mia bisnonna.

«Sta bene?» chiede Ambrose. «L'ho... l'ho fermato?»

*Certo che sì.*

Facciamo con ordine. Prima controllo il corpo del sacerdote, ma non vedo alcun segno del suo filo nero, né mi pare di vedere il suo fantasma aleggiare nei paraggi. Bene.

Dalla croce che porta al collo non escono più quelle volute rosse. La morte di padre Bryne deve aver interrotto il suo legame con Jack lo Squartatore.

Gli strappo la croce dal collo. Non so perché, ma so che è importante. Il metallo è stranamente caldo tra le mie dita e dall'oggetto esce del fumo rosso. Me lo infilo in tasca.

Cacchio, cosa faccio adesso? Ho un prete che sanguina qui davanti a me, a terra. Ma non ho tempo di occuparmene ora. *Dobbiamo correre da Pax.*

«Il cimitero» riesco a dire a fatica.

«Pensi che Pax sia nel cimitero?» chiede Edward.

«Prima di Grimdale, prima che arrivassimo tutti noi, è stato lì che Pax ha dato la vita per i suoi soldati. So che avrebbe voluto morire con loro.»

# 37
## BREE

Mi avvicino ad Ambrose e prendo le sue dita tremanti tra le mie. «Grazie.» Gli do un bacio sulla guancia. «Mi hai salvato. Hai salvato tutti noi.»

«Davvero?» Il suo sorriso potrebbe illuminare il mondo intero. «Avevo tanta paura, Bree. Pensavo che ti avrebbe fatto del male.»

«Ma sto bene, grazie a te, e al ridicolo senso dell'umorismo di Cuthbert.»

«Non abbiamo tempo per i sentimentalismi» sbotta Edward. «Dobbiamo trovare Pax.»

Scavalchiamo tutti e tre il corpo di padre Bryne e ci precipitiamo fuori, dalla porta d'ingresso. Ci facciamo strada nel labirinto di statue e opere d'arte nel giardino di mio padre, facciamo il giro della fontana dello zodiaco, poi costeggiamo la casa fino al sentiero che attraversa il bosco per raggiungere il mio buco segreto nella recinzione del cimitero.

Edward ci precede di corsa. Non ho mai visto il mio principe spensierato correre così tanto. Io e Ambrose giungiamo al buco del recinto, e Edward è già fuori dalla nostra vista, diretto verso il centro del cimitero.

Verso il suo mausoleo.

Edward non si è mai avvicinato a quella tomba. Non riesce nemmeno a guardarla da oltre il giardino, senza comportarsi in modo strano. Dopo tutto quello che mi ha detto, non posso biasimarlo. Ma ora si muove con la determinazione di un fantasma in missione. Scompare dietro un cherubino. Un attimo dopo lo sento gridare.

«Brianna, stai indietro.»

Io trascino Ambrose dietro la statua di un angelo in lacrime e mi blocco di fronte a una vista che mi trasforma il sangue in ghiaccio.

Pax giace a terra, sangue che sgorga da una ferita su un fianco. Su di lui si staglia l'ombra scura di un uomo con un mantello, un paio di pantaloni di taglio impeccabile, scarpe nere lucide e ghette bianche, un cappello a cilindro calato così in basso sugli occhi da mettere in ombra tutta la faccia.

No, non è un uomo.

È un mostro fuori dal tempo.

Jack lo Squartatore.

Il mantello dello Squartatore si agita nella brezza e si apre per rivelare... nulla. Volute di fumo rosso dove *dovrebbe esserci* il suo corpo. Qualunque cosa sia, non è umana. Non come il mio Pax.

Pax solleva la testa e mi vede. I suoi occhi chiari nuotano nel dolore. «Bree» dice, sollevando una mano insanguinata. «Stai indietro. Lo sconfiggerò.»

Lo Squartatore alza lo sguardo verso di me e sorride. I suoi denti brillano dall'ombra in cui è nascosto il suo volto. Non ha occhi, ma orbite scure e vuote da cui esce altro fumo rosso.

«Grazie per avermi liberato» sussurra, e il suo respiro è un sibilo di aria fredda. «Ora non ho più nessun padrone che possa mettere un freno ai miei desideri.»

Jack lo Squartatore solleva un coltello, circondato da volute rosse. Con un grido che ricorda lo sferragliare di zoccoli spettrali, affonda il coltello, dritto nel cuore di Pax.

## CONTINUA

**Come potrà Pax sopravvivere a una ferita mortale? Bree scoprirà le sue vere origini? Ozzy caccerà i fantasmi da Grimwood e reclamerà il maniero per sé? Scopritelo nel libro 3, *Uno spirito fresco*.**

**http://books2read.com/grimdale3**

*Che cosa si ottiene quando si incrociano una libreria maledetta, tre uomini di fantasia terribilmente sexy e un'eroina punk rock con il cuore spezzato? Leggete il primo libro de* I Misteri della Libreria Nevermore - Una notte morta e tempestosa *- per scoprire la storia di Mina e dei suoi fidanzati.*
**http://books2read.com/adeadandstormynight**

*(Girate la pagina per un frizzante estratto).*

Non ne avete mai abbastanza di Bree e dei suoi ragazzi? Iscrivendovi alla newsletter di Steffanie Holmes potrete leggere gratuitamente una scena bonus di prima della partenza di Bree per il suo viaggio, oltre ad altre scene bonus e racconti extra, e scoprire la sua playlist.

http://www.steffanieholmes.com/newsletter

# DALL'AUTRICE

E con questo terribile cliffhanger, termina il secondo volume!

Spero che la storia di Bree vi sia piaciuta. È stata una serie molto divertente da scrivere. Sono un po' ossessionata da fantasmi e infestazioni (e se siete iscritti alla mia newsletter, lo sapete già), quindi è stato divertente creare questo mondo in cui i fantasmi non sono apparizioni che spaventano, ma sono proprio come voi e me... solo che sono più sexy.

I nostri tre fantasmi sono tutti di fantasia: non sono personaggi storici, anche se i dettagli dei loro costumi e dei loro ricordi sono il più reali possibile.

Il nome di Pax significa *pace* in latino. Non è un nome che veniva usato nell'antica Roma, ma ho pensato che fosse troppo divertente per non usarlo. Usa la parola *verpa* che era un termine nel latino volgare per indicare il pene. E il suo insulto – *vappa!* – significa *feccia*: si riferisce al vino inacidito. Le opinioni sui druidi sono sue, personali, e non condivise dall'autrice.

Ambrose è basato su uno dei miei eroi personali: l'avventuriero vittoriano James Holman. Holman divenne misteriosamente cieco all'età di vent'anni circa e, quando questo gli impedì di portare avanti la sua carriera navale, prima si iscrisse alla scuola di medicina e poi partì per una serie di avventure in giro per il mondo. Era conosciuto come il *Viaggiatore cieco*.

Holman batteva sul suolo con un bastone, e con tale sistema era in grado di scoprire gli spazi intorno a lui attraverso l'ecolocalizzazione. Camminava tenendo in mano una corda, che aveva l'altra estremità legata a una carrozza, in modo da non uscire di strada. I suoi viaggi sono narrati nei libri che scrisse utilizzando il telaio con le corde descritto da Ambrose.

Inizialmente, i libri di Holman furono accolti con entusiasmo, ma poi fu visto più che altro come un personaggio bizzarro, e non fu più preso sul serio nelle vesti di avventuriero. La gente diceva addirittura che non poteva essere veramente cieco. Cavalcò elefanti a Ceylon, combatté la tratta degli schiavi nell'isola di Fernando Po, contribuì a tracciare le mappe dell'entroterra australiano e fu catturato in Siberia dagli uomini dello zar perché sospettato di essere una spia. Non fu ucciso, ma venne espulso alla frontiera con la Polonia.

Il suo manoscritto finale, un'autobiografia che comprendeva tutti i suoi viaggi, non fu mai pubblicato e probabilmente non è nemmeno arrivato ai giorni nostri. Holman morì nell'oscurità ed è sepolto nel cimitero londinese di Highgate, proprio il luogo da cui ho preso spunto per il Cimitero di Grimdale. Jason Roberts scrisse una splendida biografia di Holman intitolata *A Sense of the World*, che consiglio vivamente.

Forse non lo sapete, ma io sono ipovedente dalla nascita. A differenza di Ambrose, Mina e Holman, la mia vista non è scomparsa all'improvviso, né è peggiorata nel tempo. Io sono nata con una condizione genetica che si chiama *acromatopsia*, il che significa che ai miei occhi mancano i milioni di cellule coniche necessarie per riconoscere i colori e percepire la profondità. Quindi sono completamente daltonica, sensibile alla luce e con una scarsa percezione della profondità. Per questo strizzo gli occhi e sbatto le palpebre in continuazione e faccio fatica a stabilire un contatto visivo. La mia miopia è tale, che vengo considerata cieca.

Ah, e una curiosità: i costumi da *yoga* di Bree e Pax per la festa di Alice sono ispirati al mio meraviglioso ed esilarante amico Shane, che al toga party organizzato per il mio diciottesimo compleanno si presentò con una tutina in lycra e una fascia antisudore, e iniziò subito a fare stretching.

Ci sono tante persone che mi hanno sempre sostenuta e hanno creduto in me, anche quando io per prima faticavo a credere in me stessa. La mia famiglia: mia madre, mio padre e mia sorella Belinda.

Un ringraziamento speciale alla mia famiglia di scrittori: Angel Lawson, Bea Paige, Daniela Romero, Eden O'Neill, Rachel Jonas, AK Rose e EM Moore. Negli ultimi due anni siete stati una delle gioie più grandi della mia vita.

Alla mia famiglia costruita nel tempo, i pazzi *bogans* (i miei fratelli e sorelle metal). Mi scuso per la quantità delle nostre avventure che finiscono nei miei libri.

Sempre, un grosso grazie al mio irascibile marito batterista, che è tutto, per me. Ogni eroe di cui scrivo è un pezzo di te e di ciò che significhi per me.

E infine, a voi, miei lettori, per aver intrapreso questo viaggio insieme a me. Vi amo più di quanto potrei dire.

Una parte delle royalties derivanti dalla vendita di questo libro viene devoluta al Parkinson's New Zealand. Grazie per il lavoro che fate!

Ogni settimana invio ai fan una newsletter che contiene una storia inquietante su un'infestazione o su uno strano caso criminale che ha ispirato uno dei miei libri, oltre a notizie sulle prossime uscite e a un libro gratuito di scene bonus chiamato *Gabinetto delle curiosità*. Per iscrivervi alla mia mailing list vi basta andare sul mio sito web: https://www.steffanieholmes.com/newsletteritalian.

Sono davvero felice che questa storia vi sia piaciuta! Sarei contenta se voleste lasciare una recensione su Amazon o Goodreads. Aiuterà altri lettori a trovare la loro prossima lettura.

Grazie, grazie! Vi voglio un sacco di bene! A presto.

Steff

# INFORMAZIONI SULL'AUTRICE

Steffanie Holmes è autrice bestseller di *USA Today* e scrive romanzi dark, gotici e peccaminosi. I suoi libri sono caratterizzati da eroine intelligenti e spiritose, società segrete, antiche dimore da brivido e maschi alfa che ottengono *sempre* ciò che vogliono.

Ipovedente dalla nascita, Steffanie ha ricevuto il premio Attitude Award for Artistic Achievement nel 2017. È stata anche finalista del premio Women of Influence 2018.

Steffanie vive in Nuova Zelanda con il marito, la loro collezione di spade medievali e un'orda di gatti irascibili e.

**Newsletter di Steffanie Holmes**

Iscrivendoti alla newsletter di Steffanie Holmes riceverai una copia gratuita di *Gabinetto delle Curiosità:* un compendio di racconti e scene bonus scritte da Steffanie Holmes, compresa una scena bonus della Libreria Nevermore.

http://www.steffanieholmes.com/newsletteritalian

*Segui Steffanie*

# INFORMAZIONI SULL'AUTRICE

www.steffanieholmes.com
steff@steffanieholmes.com